ullstein

Das Buch

Carolin Winter freut sich, endlich wieder Seegang unter den Füßen zu spüren. Als Sicherheitsexpertin reist sie auf Kreuzfahrtschiffen um die Welt, und diesmal geht es an Bord der MS *Sea Love* von Hamburg nach New York … Ein Traum! Doch kaum hat der Luxusliner abgelegt, erkennt Carolin, was es mit dem Schiff auf sich hat: Die *Sea Love* bietet ihren Passagieren auf dem Deck Zero eine heiße Sex-Spielwiese, und die Crew erfüllt lustvoll alle Sonderwünsche. Carolin ist entsetzt. Bis sie den charismatischen und äußerst attraktiven Josh Sullivan trifft und seinen Verführungskünsten erliegt …

Die Autorin

Kerstin Dirks, 1977 in Berlin geboren, hat eine Ausbildung zur Bürokauffrau absolviert und Sozialarbeit studiert. Sie schreibt seit mehreren Jahren erotische Romane, historische Liebesromane und Fantasy. Ihre Geschichten handeln von mutigen Frauen, die ihr Schicksal selbst in die Hand nehmen und ihre Leidenschaft ausleben, und von Männern, die am stärksten sind, wenn sie Gefühle zeigen.

Von Kerstin Dirks sind in unserem Hause außerdem erschienen:

Gib dich hin
Hotel der Lust
Leidenschaft in den Highlands
Schülerin der Lust
Spiel mit mir
Wie du befiehlst

Kerstin Dirks

Das Lustschiff

Erotischer Roman

Ullstein

Besuchen Sie uns im Internet:
www.ullstein.de

Wir verpflichten uns zu Nachhaltigkeit

- Klimaneutrales Produkt
- Papiere aus nachhaltiger Waldwirtschaft und anderen kontrollierten Quellen
- ullstein.de/nachhaltigkeit

MIX
Papier
FSC FSC® C083411

Originalausgabe im Ullstein Taschenbuch
1. Auflage März 2014
4. Auflage 2021

Umschlaggestaltung: ZERO Werbeagentur, München
Titelabbildung: © Douglas Kirkland/Corbis (Po), FinePic®, München (Wasser)
Satz: Pinkuin Satz und Datentechnik, Berlin
Gesetzt aus der Berkeley Oldstyle
Druck und Bindearbeiten: CPI books GmbH, Leck
ISBN 978-3-548-28529-0

Carolin Winter spannte jeden Muskel ihres Körpers an und sprang mit ausgestreckten Armen ins kühle Nass. Die Wassermassen teilten sich vor ihr, und sie schoss, gleich einem Torpedo, auf den Grund des Beckens, mit kräftigen Stößen hinab in die Tiefe. Das Chlor brannte unangenehm in ihrer Nase, doch eine wenig modische Schwimmbrille schützte ihre Augen, erlaubte ihr den Blick auf den blau gekachelten Boden. Nach fünfundzwanzig Metern erreichte sie das Ende der Bahn. Sie schnappte nach Luft und tauchte die Strecke wieder zurück bis zum Startblock.

Carolin liebte es, am frühen Morgen in der Alster-Schwimmhalle zu trainieren. Um sechs Uhr war sie meist die einzige Besucherin des Hamburger Hallenbads, dessen ausgefallene Architektur ihm den Namen »Schwimmoper« eingebracht hatte. Lediglich die Bademeisterin, mit der sie schon per Du war, saß am Beckenrand. Sie wirkte müde. Ganz im Gegensatz zu Carolin, die mit jeder weiteren Bahn spürte, wie ihre Energie wuchs, sie immer wacher wurde. Für ihren Job war es unerlässlich, fit zu bleiben. Außerdem war sie Sportlerin mit Leib und Seele. Ohne das morgendliche Schwimmen wäre ihr Tag nicht komplett.

Nach zwanzig Bahnen legte Carolin eine Pause ein. Sie spürte, wie sich ihre Muskeln zusammenzogen, scheinbar schwerer wurden, als sie sich am Metallgeländer aus dem Wasser zog. Sie schob die Schwimmbrille hoch auf ihre Badekappe und warf einen Blick zu der Uhr am anderen Ende der Halle. Zeit für ein Frühstück. Da bemerkte sie plötzlich aus dem Augenwinkel eine Bewegung auf dem Dreimeterbrett im Nachbarbecken. Ein Mann, der eine äußerst knappe Badehose trug, stand dort oben, kerzengerade.

Sie war also doch nicht die Einzige, die heute Morgen nach Hamburg-Nord gefahren war. Interessiert musterte sie ihn. Seine Haut glänzte vom Chlorwasser, ganz deutlich erkannte sie das ausgeprägte Sixpack auf seinem unbehaarten, angenehm gebräunten Körper. Er hatte die typische Y-Figur, die sich durch auffällig breite Schultern und eher schmale Hüften auszeichnete. Ohne jeden Zweifel war dieser Mann ebenfalls Sportler. Anders war ein solcher Körperbau nicht zu erklären. Carolin trat etwas näher an das Becken heran. Sie war neugierig. Warum sprang er nicht? Traute er sich etwa nicht? Sie musste schmunzeln. Wie ein Angsthase sah dieser Kerl eigentlich nicht aus. Ganz im Gegenteil, es hätte sie nicht überrascht, wenn jemand wie er bei der örtlichen Feuerwehr arbeitete. Was also hielt ihn ab? Genau in dem Moment wandte er ihr den Kopf zu, weil er sie offenbar erst jetzt bemerkt hatte. Ein Lächeln, fast schon eher ein amüsiertes Grinsen, huschte über sein Gesicht. Dann vollführte er einen nahezu perfekten Kopfsprung.

Das Wasser spritzte meterhoch, schwappte sogar

bis zu Carolin, die erschrocken über die unerwartete Dusche aufschrie, ehe die Wassermassen den Turmspringer förmlich verschluckten. Doch nur für einen kurzen Augenblick. Sogleich tauchte der Unbekannte wieder auf, lachte sie an. »Sorry, ich habe Sie zu spät gesehen«, sagte er mit einem leichten Akzent, der amerikanisch klang.

Carolin schüttelte den Kopf und lachte. Von wegen, er hatte sie doch schon von dort oben bemerkt. Und sein Grinsen verriet, dass es ihm sogar Spaß gemacht hatte, sie nass zu spritzen. Da fiel ihr ein, wie furchtbar sie in ihrer Schwimmkluft aussehen musste, die nicht unbedingt auf modische Trends ausgerichtet war, sondern praktisch sein sollte. Dunkler Einteiler, blaue Badekappe mit dunklen Streifen und Schwimmbrille obendrauf. Die Kombination erinnerte an eine Fliegerkappe. In jedem Fall war das Outfit nicht dazu geeignet, ihre Vorzüge zu betonen. Genierte sie sich etwa plötzlich wegen ihres Aufzugs vor ihm? Das war doch sonst nicht ihre Art.

Der Mann zog sich elegant aus dem Wasser. »Trauen Sie sich, vom Zehner zu springen?«, forderte er sie mit einem frechen Grinsen heraus. Carolin blickte zu dem Sprungbrett hoch. Es war Jahre her, seit sie zuletzt vom Zehner gesprungen war. Bei dem Gedanken daran wurde ihr leicht mulmig, aber das wollte sie sich vor dem Unbekannten nicht anmerken lassen.

»Trauen Sie sich denn?«, gab sie die Frage an ihn zurück.

»Ein Kinderspiel.«

Natürlich. Was auch sonst. So ein Angeber. Ein äußerst gut aussehender Angeber, verbesserte sie sich. So aus der Nähe betrachtet, war dieses Sixpack noch um einiges beeindruckender.

»Also? Was sagen Sie? Nehmen Sie die Herausforderung an?«, hakte er nach.

»Soll das ein Wettkampf werden?« Sie sollte sich besser nicht auf solche Spiele einlassen. Das Zehnerbrett war nicht ohne! Selbst für eine erfahrene Schwimmerin wie sie. Doch sie konnte Herausforderungen nur schwer widerstehen … irgendwie wollte sie ihm auch zeigen, was in ihr steckte.

»Na klar! Kommen Sie, seien Sie keine Spielverderberin. Oder haben Sie etwa Angst?« Er sah ihr tief in die Augen. Ein äußerst merkwürdiger Moment, denn in seinem Blick war etwas, was sie gleichermaßen anzog, aber auch nervös machte. Derart nervös, wie sie es nicht von sich kannte. Sie mochte hart im Nehmen sein, sich in ihrem Job oft bewiesen haben und eine hervorragende Schwimmerin sein, doch hier und jetzt fehlte ihr aus irgendeinem Grund der Mut, diesem Blick allzu lange standzuhalten. Sie wich ihm aus, sah zur Seite, ärgerte sich über sich selbst.

Der Amerikaner lachte leise. »Schade, ich habe gehofft, Sie wären ein würdiger Gegner.« Diese Angeberei brachte sie wirklich in Rage. Würdiger Gegner? Sollte er doch erst mal beweisen, was er draufhatte. Das Dreierbrett war nun wirklich keine Leistung. Bisher hatte er nur schöne Worte gehabt, und die waren bekanntlich heiße Luft.

»Zeigen Sie mir, was Sie draufhaben«, platzte es auch schon aus ihr heraus. Carolin hätte sich am liebsten auf die Zunge gebissen. Der Amerikaner, der sich abgewandt hatte, drehte sich erstaunt zu ihr um. Erneut lächelte er spitzbübisch. Ihm schien ihr Kontra zu gefallen. Und ihr gefiel genau genommen alles an ihm. Sein Lächeln, seine muskulösen Arme, die starken Schenkel, das volle Haar. Neben diesem Mann sah sie wie ein einziger modischer Fehltritt aus.

»Wie meinen Sie?«

Sie konnte jetzt nicht zurückrudern. »Zeigen Sie mir, dass Sie den Mumm haben, vom Zehner zu springen. Dann tue ich es Ihnen gleich.«

Er kratzte sich am Hinterkopf, wirkte für einen Moment fast verlegen, dann jedoch strahlte er Entschlossenheit aus. Und das machte Carolin auf erschreckende Weise an. Jedenfalls verspürte sie plötzlich ein eigenartiges Prickeln zwischen ihren Schenkeln. Vielleicht war es aber auch das Adrenalin, das nun, ob ihrer größenwahnsinnigen Entscheidung, durch ihren Körper pumpte.

»Einverstanden. Das ist ein Deal.« Sofort eilte er zur Metallleiter, kletterte schnell hoch, so dass er kurz darauf oben auf dem Zehnerbrett stand. Ihr schwindelte schon vom Hinsehen. Worauf hatte sie sich da nur eingelassen?

Der Amerikaner zögerte keinen Augenblick, ließ sich einfach fallen, den Körper vollständig angespannt, kerzengerade. Und schon spritzten ihr erneut die Wassermassen entgegen. Er tauchte zum Beckenrand, hievte sich aus dem Wasser und grinste sie erneut an. »Das hat Spaß gemacht«, sagte er, aber Carolin hatte nur Blicke für seinen makellosen Körper, über den nun das Chlorwasser in winzigen Rinnsalen perlte. Die Badehose war so eng und nass, sie meinte sogar sein Gemächt unter dem sich spannenden Stoff zu erkennen. Und was sie dort in Umrissen ausmachte, war enorm. Carolin schüttelte perplex den Kopf. Auf was für merkwürdige Gedanken sie doch plötzlich kam? Es war doch sonst nicht ihre Art, über die Ausstattung ihr völlig fremder Männer nachzudenken. Sie tat das ja nicht einmal bei denen, die sie näher kannte. Aber der Amerikaner löste ohnehin eine merkwürdig ungesunde Risikobereitschaft in ihr aus, weil er in ihr den Drang weckte, sich ihm zu beweisen. Obwohl sie das doch eigentlich gar nicht nötig hatte.

»Sie sind an der Reihe«, forderte er sie auf und musterte sie sehr genau. Carolin verkrampfte sich am ganzen Körper, versuchte jedoch, sich ihre Anspannung nicht anmerken zu lassen.

»Es ist ganz einfach, versprochen. Lassen Sie sich einfach fallen. Die Füße voran. Es passiert Ihnen nichts, Sie werden sehen«, redete er auf sie ein, begleitete sie zur Metallleiter, als wollte er sichergehen, dass sie nicht plötzlich die Flucht ergriff. Aber ein Rückzieher kam für Carolin ohnehin nicht infrage. Wenn sie ihr Wort gegeben hatte, dann hielt sie es auch. Das war eine Frage der Ehre.

Zitternd umfasste sie das kühle Metallgeländer der Leiter. Ihre Knie fühlten sich so weich wie Butter an, und ihr Mut verließ sie.

»Keine Sorge, es ist wirklich nichts dabei«, versicherte er. Carolin biss die Zähne zusammen. Sie wollte vor ihm nicht wie ein Feigling dastehen. Also nahm sie die ersten Sprossen, arbeitete sich Stück für Stück nach oben, erinnerte sich an ihren Job und daran, dass sie in diesem nicht selten Menschenleben rettete. Und das oft aus Situationen, die weit gefährlicher waren als ein Sprung in zehn Meter Tiefe.

»Sie haben es gleich geschafft, nur noch ein paar Sprossen«, hörte sie ihn hinter sich. Erschrocken wandte Carolin den Kopf. Der Amerikaner war direkt hinter ihr, war ebenfalls hochgeklettert. Was sollte das?

»Gehen Sie wieder runter!«, schimpfte sie, aber er lachte nur. Carolin hatte jetzt nicht den Nerv für einen Streit. Sie war schon viel zu weit oben, konnte nun nicht mehr zurück. Sie zog sich an den beiden Stangen hoch und stand auf dem Brett, blickte in die Tiefe. Der Turm schien zu wackeln. Hoffentlich bildete sie sich das nur ein.

Langsam trat sie an den Rand des Brettes. Ihr schwindelte, zumal es unter ihren Füßen leicht wippte. Fast verlor sie das Gleichgewicht, aber da schlangen sich plötzlich zwei kräftige Arme um sie.

»Sind Sie etwa nicht schwindelfrei?«, neckte sie der Fremde. Carolin hätte ihn empört zurückstoßen sollen, aber sie genoss das Gefühl seiner Nähe, die Wärme, die sein Körper ausstrahlte, viel zu sehr. Außerdem gab er ihr Halt. Der Turm schien nicht mehr zu wackeln, das Brett nicht unter ihr nachzugeben. Und noch etwas löste diese zweckmäßige Umarmung in ihr aus. Etwas, was sie lange entbehrt hatte und nun umso stärker vermisste …

»Ich lasse Sie gleich los«, hauchte er ihr ins Ohr. Sein Atem hinterließ eine warme Spur an ihrem Ohrläppchen, kitzelte sie. »Und sobald ich Sie loslasse, werde ich Ihnen einen Stoß geben.«

»Was?« Carolin war entsetzt. Er wollte sie ins kalte Wasser werfen? Einfach so? Ehe sie protestieren konnte, spürte sie seine Hände an ihren Schultern, die sie nach vorn schoben. Es ging viel zu schnell, sie konnte kaum einen klaren Gedanken fassen. Carolin verlor den Halt unter den Füßen, doch instinktiv spannte sie jeden Muskel an, sauste in die Tiefe, durchbrach die Wasseroberfläche wie ein Pfeil. Und kaum hatte sie den Grund des Beckens erreicht, trieb sie auch schon wieder in die Höhe, schwamm zum Beckenrand. Es war vorbei! Das waren nur Sekunden gewesen!

Sie zitterte vor Aufregung, zugleich schossen Unmengen an Endorphinen durch ihren Körper, weil sie es geschafft hatte. Zugegeben mit etwas unfairer Unterstützung. Sie wusste gar nicht, ob sie wütend oder dankbar für die Einmischung des Fremden sein sollte.

»Achtung! Ich komme!«, rief er und sprang ins Wasser. Carolin wandte den Kopf, klammerte sich am Beckenrand fest und fluchte leise, als abermals die Wassermassen über sie hinwegschwappten. Als sie sich jedoch nach dem Amerikaner umdrehte, war dieser noch nicht an die Oberfläche zurückgekehrt. Er blieb auf dem Grund des Beckens. Hatte er sich verletzt? War er ohnmächtig geworden? Ihr Herz begann schneller zu schlagen. Wie oft hatte sie Menschen vor dem Ertrinken gerettet. Es war dennoch immer wieder ein Schock, wenn sich eine solche Notlage ereignete.

Carolin zögerte keinen Augenblick und tauchte unter, um den Fremden so schnell wie möglich an die

Oberfläche zu bringen. In solchen Momenten zählte jede Sekunde! Das Herz schlug ihr bis zum Hals. Der junge Mann schwebte scheinbar schwerelos durchs Wasser, seine Augen waren geschlossen, er bewegte sich nicht mehr. Rasch legte sie ihren Arm von hinten um seine Brust, um ihn mit aller Kraft hochzuziehen, als er sich plötzlich aus ihrem Griff befreite und den Kopf schüttelte. Sie erschrak so sehr, dass sie vor lauter Schreck Wasser schluckte. Was sollte das?

Er reckte den Daumen, um ihr anzudeuten, dass alles in Ordnung war. Carolin hatte für solche Scherze aber kein Verständnis. Sie hatte sich Sorgen um diesen Spinner gemacht. Über so etwas konnte sie nicht lachen. Wütend kehrte sie an die Oberfläche zurück, stieg aus dem Becken. Für heute hatte sie genug. Der Schock saß ihr noch immer in den Gliedern. Unfälle passierten schließlich überall.

Sie hatte den Ausgang des Hallenbereichs fast erreicht, als sie ein »Hey! Wo wollen Sie denn hin?« hinter sich vernahm. Offenbar war der verrückte Ami zur Vernunft gekommen und hatte seinen Spontan-Tauchtrip abgebrochen. Für ihren Geschmack kam das reichlich spät. In ihrem Job hatte sie viele gerettet, aber eben auch nicht jeden, denn manchmal war Hilfe zu spät gekommen. Solche Erlebnisse brannten sich ein. Und derlei Scherze konnten leicht als Trigger fungieren. Sie hatte jetzt keine Lust auf eine weitere Unterhaltung. »Lassen Sie mich in Ruhe«, sagte sie knapp und verschwand in der Damendusche.

Erst als sie das angenehm warme Wasser verspürte, das auf sie herunterprasselte, bemerkte Carolin, dass ihre Beine vor lauter Aufregung immer noch zitterten. Sie hatte die Situation falsch eingeschätzt, geglaubt, der Mann würde in Lebensgefahr schweben. Sie musste sich irgendwie wieder beruhigen.

Die Sauna wäre jetzt gar keine schlechte Idee, überlegte sie und streifte ihren Badeanzug ab, schnappte sich ihr Handtuch, das sie im Duschbereich abgelegt hatte. Sie wickelte sich darin ein und begab sich eilig in eine der Kabinen im Saunabereich. Die wohltuende Wärme wäre nun genau das Richtige, würde sie hoffentlich beruhigen und diesen schrecklichen Moment schnell vergessen lassen.

Um diese Uhrzeit war die Sauna leer. Sie war die Einzige, hatte also die Kabine für sich allein. Wie angenehm das war. Niemand, der sie anstarrte, niemand, der ihr ein Gespräch aufdrängte. Sie setzte sich auf eine der Holzbänke, legte das Handtuch ab und genoss die Wärme, die sie in einen wohligen Kokon einschloss.

Dies war ihr vorletzter Tag an Land, schon morgen endete ihr Urlaub, und übermorgen stachen sie in See. Carolin konnte es nicht erwarten, sie liebte das Meer, den Seegang, das Gefühl, in einer gänzlich anderen Welt unterwegs zu sein, auf einer schwimmenden Stadt. Sie seufzte leise. Eigentlich war sie nicht der Typ fürs Abenteuer. Sie liebte die Sicherheit. Zumindest im Alltag. Sie galt als kontrolliert, aber das war in ihren Augen nichts Schlechtes. Es war klug, keine unnötigen Risiken einzugehen. Gerade eben hatte sie ja gesehen, wohin das führte. Was für ein alberner Wettkampf das gewesen war. Und was hatte es gebracht? Nichts als Ärger.

Ein leises Knarren ließ sie aufschrecken. Jemand öffnete die Tür. Gleich darauf blickte sie in das strahlende Gesicht des Amerikaners.

»Das ist ja ein Zufall«, sagte er vergnügt.

Carolin sah, dass er lediglich ein Frotteetuch um die Hüften trug.

»Zufall?« Wer glaubte denn an so etwas. »Sie sind mir augenscheinlich gefolgt.« Sie wollte gehen. Dieser Kerl ging ihr allmählich auf die Nerven. Vor allem nervte sie sein makelloses Äußeres. Es zwang sie nämlich dazu, sehr genau hinzusehen. Und das war ihr mehr als unangenehm.

»Ach, kommen Sie. Es ist wirklich nur ein Zufall. Ich will doch gar nichts von Ihnen.« Er zwinkerte ihr zu. Carolin wusste nicht, ob sie erleichtert oder beleidigt sein sollte.

»Ohne Taucherbrille und Badekappe sehen Sie übrigens nicht mal schlecht aus.«

Herrje! Er hatte sie ja vorhin in ihrem altbackenen Badeanzug gesehen. Doch für ihr Training musste sie nicht unbedingt wie eine Nixe aussehen. Die Trainingskleidung sollte praktisch, nicht attraktiv sein.

»Danke«, murmelte sie und wollte sich an ihm vorbeischieben. Es war hier drin viel zu heiß! Doch der Fremde hielt sie am Arm fest und beförderte sie sanft auf ihre Bank zurück. Dennoch kam sie etwas unglücklich auf, so dass ihr Po schmerzte.

»Aua«, zischte sie.

»Entschuldigen Sie bitte, das war nicht meine Absicht.« Er grinste verlegen.

Erschrocken stellte Carolin fest, dass dieser Kerl

um einiges stärker war als sie, obwohl sie doch stets im Training war. Vor allem die Leichtigkeit, mit der er sie bewegte, gab ihr zu denken. Er war in jedem Fall stärker als die meisten Männer, mit denen sie in ihrem Job zu tun hatte. Und das sollte etwas heißen. An Bord arbeiteten immer harte Kerle. Keine weichgespülten Landratten.

»Bleiben Sie doch, ich werde mich auch benehmen«, versprach er und schien es ernst zu meinen. Noch dazu hatte er ja betont, dass er nichts von ihr wollte. Störte sie das auf einmal? Sollte sie nicht sogar froh darüber sein, dass er kein irgendwie geartetes Interesse an ihr hatte? Carolin war kein Typ für eine Beziehung, das wusste sie inzwischen. Beziehungen endeten doch immer im Streit und Chaos. Man sagte Sachen, die man gar nicht meinte, nur um den anderen zu verletzen. Ein einziger Kriegsschauplatz war das. Und zurück blieb man mit gebrochenem Herzen. Darauf konnte sie gern verzichten.

Carolin blieb sitzen. Nicht, weil er es wünschte, auch nicht, weil sie diesem zugegebenermaßen ungewöhnlichen Mann noch Gesellschaft leisten wollte. Sie wusste schlichtweg nicht, was sie tun, wie sie reagieren sollte. Diese Situation überforderte sie. Und das passierte nun schon zum zweiten Mal an diesem frühen Morgen.

Er setzte sich ihr gegenüber hin, nahm das Frotteetuch ab und offenbarte ihr völlig ungeniert sein Geschlecht. Carolin erschrak, blickte beklommen zur Seite. Machte er das absichtlich? Wollte er sie immer wieder in Verlegenheit bringen? Es hatte den Anschein, aber wenn sie den Kerl aus dem Augenwinkel musterte – und hoffentlich bekam er das gar nicht erst mit –, so wirkte er tatsächlich völlig unschuldig, als ahnte er nicht, welche Wirkung sein Körper auf eine Frau, die Beziehungen und somit auch Sex oft viel zu erfolgreich aus dem Weg ging, hatte und was dieser perfekte Körper in ihr auslöste.

Jetzt spürte sie schon wieder dieses seltsame Prickeln zwischen den Schenkeln, das zwar süß, aber auch unerwünscht war, weil es ihr die Hitze in die Wangen trieb. Natürlich konnte sie die wohl sichtbare Rötung auf die Hitze in der Kabine schieben, sollte er sie überhaupt bemerken oder danach fragen. Aber Carolin wusste, dass das nicht die Wahrheit war. Die Wahrheit war viel schlimmer. Sie hatte der Liebe, der Lust und dem Verlangen abgeschworen, denn sie brachten nur Probleme, lenkten ab und waren sowieso unnütz. Sie wollte und durfte nicht schwach werden, doch in Gegenwart dieses Adonis war das alles andere als leicht. Er weckte Verlangen! Und Sehnsucht. Völlig gleich, wie sehr sie sich dagegenstemmte. Auch wenn sie nun ging, würde es nichts ändern, weil diese Sehnsüchte längst da waren. Wie sich dieser Penis wohl anfühlte, ob er sehr heiß war? Wie seine Eichel schmeckte?

»Woran denken Sie?«, fragte er plötzlich und riss sie aus ihren Gedanken. Woran sie gedacht hatte? Das würde sie ihm bestimmt nicht verraten. Sie war entsetzt von sich selbst. Wohin sollte das alles noch führen? Am meisten erschreckte sie jedoch die Erkenntnis, dass sie trotz aller selbstauferlegten Verbote immer noch ein sexuelles Wesen war, das auf augenscheinliche Reize reagierte. Und zwar intensiver, als ihr lieb war.

»An … nichts Bestimmtes«, log sie in dem Wissen, dass sie eine miserable Lügnerin war. Zum Glück hakte er aber nicht nach und nahm ihre Antwort hin.

»Und woran denken Sie?«, fragte sie durchaus nicht uninteressiert zurück, und auch, um sich ein wenig auf andere Gedanken zu bringen.

»Das es hier drinnen doch sehr heiß ist.«

»Das stimmt«, gab sie zu.

»Sie schwitzen also auch?«

»Und wie!«

»Warum legen Sie dann nicht Ihr Handtuch ab?«

»Mein …« Carolin merkte erst jetzt, dass sie das Handtuch eng um ihren Körper geschlungen hatte und es vor der Brust mit einer Hand zusammenhielt. Es bedeckte ihren Körper fast vollständig, wenn man von den Beinen mal absah.

»Sie haben bestimmt nichts an sich, was Sie verstecken müssten.«

»Sie wollen mich nackt sehen?«, fragte sie fassungslos.

»Das ist eine Sauna«, erinnerte er sie. »Seien Sie doch nicht so prüde.«

Prüde? Carolin kämpfte gegen die Schnappatmung an. So etwas Gemeines hatte sie ja noch nie gehört. Sie war nicht prüde! Nur vernünftig. Sie sollte diesem Kerl mal die Meinung sagen. Aber das tat sie nicht. Und zu allem Überfluss reagierte ihr Körper völlig anders als ihr Verstand. Das süße Prickeln zwischen ihren Schenkeln drohte sie zu übermannen. Sie musste tatsächlich nach Luft schnappen und fächelte sich rasch mit einer Hand Luft zu.

»Wie ich schon sagte, es ist sehr heiß hier drin«, meinte er amüsiert.

Er hatte ja recht. Und die Hitze war tatsächlich kaum noch zu ertragen. Also legte sie ihr Handtuch ab, nur um ihm zu zeigen, dass sie nicht prüde war, schlug die Beine übereinander und hielt die Arme vor ihre Brüste.

Den Fremden schien ihr Gebaren zu amüsieren. Er lachte unverhohlen, was sie nur noch wütender machte.

»Glauben Sie mir, ich habe schon mehr als nur eine nackte Frau gesehen«, versicherte er. Hoffentlich wollte er jetzt nicht wissen, wie viele nackte Männer sie gesehen hatte. Allzu viele waren es nicht.

»Entspannen Sie sich, vergessen Sie den Vorfall von vorhin. Ich wollte nur ein wenig trainieren. Ich mache in meiner Freizeit Apnoetauchen und wollte Sie ganz gewiss nicht erschrecken.«

Carolin nickte. »Schon vergessen.«

»Na, fein. Dann entspannen Sie sich. Genießen Sie Ihr Saunabad.«

Erneut hatte er recht. Es war auch nicht das erste Mal, dass sie in eine gemischtgeschlechtliche Sauna ging. Langsam öffnete sie die Arme, lehnte sich nach hinten und stützte sich mit den Händen ab.

»Ich bin übrigens Josh Sullivan«, stellte er sich vor und strahlte sie an.

»Carolin Winter«, entgegnete sie und machte die Augen zu, behielt sie aber heimlich einen Spalt offen. Und siehe da, nun da Mr Sullivan sich unbeobachtet glaubte, ließ er seinen Blick doch über ihren Körper schweifen. Von wegen kein Interesse! Wenn sie sich nicht täuschte, gefiel ihm sogar, was er sah, denn ein kleines Lächeln erschien auf seinen markanten Zügen.

Sie war froh, dass diese Begegnung eine einmalige Sache bleiben würde, ein Mann wie er konnte ihr gefährlich werden. Doch schon übermorgen würde sie Deutschland verlassen und danach 24 Tage unterwegs sein. Hamburg–New York, hin und zurück. Was für ein Traum!

Carolin stellte ihre zwei Koffer ab und beobachtete die Wellen, die sanft, aber stetig gegen den Rumpf der MS *Sea Love* schlugen, an dem riesigen Kreuzfahrtschiff zerschellten, ohne den mächtigen Koloss aus der Ruhe zu bringen. Der Wetterbericht hatte nicht gelogen. Dunkle Wolken zogen am Hamburger Hafen auf, trieben das Wasser unaufhörlich der Stadt entgegen. Nicht unbedingt das schönste Reisewetter, aber schon bald würde das Schiff den Atlantik überqueren, und ab da begann für die über 2500 Passagiere, die morgen an Bord gingen, der wohlverdiente Urlaub auf dieser gewaltigen schwimmenden Metropole. Theater, Casinos, Restaurants, Kinos, Einkaufsmeilen, alles, was das Herz begehrte, und noch mehr erwarteten sie auf dem 340 Meter langen Luxusliner, der von der Wasserlinie bis zum Schornstein über 70 Meter in die Höhe ragte. Die amerikanische Reederei *Sea Tours* unterstand dem millionenschweren Unternehmer Erik Osburne, der, wie man unter Kollegen munkelte, ein schwieriger Mensch war. Eins musste man Osburne in jedem Fall lassen, er wusste, was seine Gäste wünschten. Jedes seiner Schiffe gehörte zur Luxusklasse und verfügte über ein sehr großes Bord-Entertainment-Programm, in der Regel sorgten etwa tausend Mitarbeiter für das Wohlergehen der Gäste an Bord. Kein Wunder also, dass die Preise gepfeffert waren. Privat wäre für Carolin ein solcher Urlaub undenkbar. Aber durch ihren Job kam sie in diesen außergewöhnlichen Genuss. Seit Tagen freute sie sich darauf, endlich wieder in See zu stechen, das Festland hinter sich zu lassen. Dies war außerdem eine Premiere. Ihre erste Fahrt mit der MS *Sea Love*, wenngleich sie schon mit anderen Schiffen aus der Reederei *Sea Tours* gefahren war. Aber Schiff war nicht gleich Schiff. Sie war spontan für einen Kollegen eingesprungen, der krank geworden war. Ob es Fügung oder Schicksal war? Sie konnte diesen Job jedenfalls gut gebrauchen.

Carolin atmete tief durch, schnappte sich ihre Koffer und ging an Bord, meldete sich auf der Brücke, die sich recht weit oben am Bug befand. Der Mann in der weißen Uniform, auf der die Kapitänsabzeichen prangten, hatte ihr den Rücken zugewandt, diskutierte gerade mit einem Offizier. Doch als Carolin sich leise räusperte, wandte er sich ihr zu. Die dunklen Pupillen, die Lachfalten unter den Augen, das grau melierte Haar. Dorian Zeissner!

»Frau Winter, schön Sie wieder einmal an Bord zu haben«, sagte Zeissner erfreut und schüttelte ihr die Hand. Wie gewohnt war sein Händedruck sehr kräftig.

Aber das musste er wohl auch sein, denn ohne diesen Mann lief an Bord gar nichts. Er hatte die verantwortungsvollste Aufgabe von allen, wurde dabei jedoch von seinen zwei Ersatzkapitänen unterstützt.

»Danke. Ich war letzten Monat für zwei Wochen im Pazifik, wird eine schöne Abwechslung, mal wieder die andere Seite der Erdkugel zu sehen.«

Zeissner lachte. »Ja, nur Landratten glauben, das Wasser sähe überall gleich aus.«

Wie recht er damit hatte. Jemand reichte ihr die Schlüsselkarte für ihre Kabine, die sich direkt über dem Maschinendeck befand.

Carolin machte sich gleich auf den Weg. Sie war guter Dinge, weil sie viel auf Zeissner hielt. Er war ein hervorragender Mann, agierte stets mit Ruhe und Bedacht. Außerdem war er ein Teamplayer, was man leider nicht von jedem Kapitän behaupten konnte. Sie freute sich nun umso mehr auf die Fahrt. Mit dem Lift fuhr sie zum Deck A, wo auch die anderen Crewmitglieder untergebracht waren. Schnell fand sie ihre Kabine. Die war ungewöhnlich klein, aber gemütlich ausgestattet, was ihr bei Reisen wichtig war. Die Einrichtung bestand aus typischen *Sea-Tours*-Möbeln – terrakottafarbener Teppich, braune Couch, einfaches Bett mit Holzgestell. Die Crewkabinen sahen auf jedem Schiff gleich aus. Lediglich die Größe der einzelnen Unterbringungen unterschied sich.

Carolin öffnete ihre Koffer, hängte ihre Uniformen in den Schrank und verstaute ihre Privatkleidung in der kleinen Kommode neben dem Bett. Am liebsten wäre es ihr, die MS *Sea Love* würde sofort auslaufen, doch

Carolin würde sich noch einen Tag gedulden müssen. Ihr war bewusst, dass ihre Arbeitswut einer Flucht gleichkam. Ihr Privatleben existierte gar nicht – und das war gut so. Anders wollte sie es nicht. Ein Klopfen an der Tür schreckte sie aus ihren Gedanken.

Wer konnte das sein? »Ja, bitte?«, rief sie und klappte ihren zweiten Koffer zu. Die Tür ging auf, und ein junger Mann in fescher Arbeitskleidung trat ein. Ein gewinnendes, aber auch sehr unechtes Lächeln erschien auf seinen Lippen, während er sie von oben bis unten musterte.

»Und Sie sind?«, fragte sie gereizt, weil der Unbekannte ihr nicht in die Augen, sondern ganz woandershin sah. Erst da merkte der junge Mann, dass er sie ungehörig lange angestarrt hatte. Für ihre schlanke Figur hatte sie recht große Brüste, um die sie früher oft beneidet worden war. Sie selbst fühlte sich gar nicht allzu wohl mit ihrer Körbchengröße. Sie fand das zusätzliche Gewicht unpraktisch, vor allem beim Schwimmen.

»Leonard Wagenstein, Restaurantleiter im *Tropico*. Außerdem zuständig für die Sicherheit an Bord. Ich bin Ihnen direkt unterstellt, Frau Winter, und wollte mich vorstellen.« Viele der Bordangestellten hatten eine Prüfung in Erster Hilfe und für Sicherheitsunterweisungen abgelegt. In Notfällen waren sie es, die die Passagiere anleiteten oder eine Massenpanik verhinderten. Kein leichter Job, wenn wirklich etwas Unvorhergesehenes geschah.

»Wie nett von Ihnen, Herr Wagenstein.«

Er grinste und starrte immer noch – oder schon wieder – auf ihren Vorbau.

»Wenn Sie möchten, führe ich Sie gern herum, damit Sie die *Sea Love* kennenlernen. Wie ich hörte, sind Sie für meinen Vorgesetzten kurzfristig eingesprungen und dies ist Ihre erste Fahrt mit unserem wunderschönen Schiff.«

»Sehr freundlich, aber ich bin gerade noch am Auspacken. Vielleicht etwas später?«

»Sehr gern, Frau Winter. Ich schaue nachher noch einmal bei Ihnen vorbei.«

»Nur zu.«

Er lächelte sie an und ging. Doch die Wände an Bord waren dünn, und so hörte sie, wie Leonard und ein zweiter Mann sich vor der Tür unterhielten.

»Hübsches Mädchen.«

»Das habe ich dir doch gesagt, Leo. Als ich ihren Namen auf der Liste sah, musste ich gleich an diese Äpfel denken. Aber mach dir keine Hoffnungen, an diese Früchte kommst du nicht ran. Ich bin schon mal vor ein paar Jahren mit ›Madame de Winter‹ gefahren. Ihr Name ist Programm. Die ist kalt wie ein Eisblock.«

Die Worte versetzten ihr einen Stich ins Herz. Sie eckte oft an, weil sie nicht immer aus sich herauskam, aber sie war doch kein eiskaltes Biest! Carolin war einfach kein Mensch, der allzu offenherzig war und auf andere zuging. Dennoch erwarteten die meisten genau das von ihr. Warum auch immer.

Jetzt erkannte sie auch die zweite Stimme. Sie gehörte Manfred Fiedler. Der Mann hatte früher im Bordcasino gearbeitet und war zudem Sicherheitsbeauftragter. Vor einigen Jahren hatte er ihr schöne Augen gemacht, war aber bei ihr abgeblitzt, weil sie seine Anmache ziemlich einfallslos gefunden hatte. War das nun die späte Rache?

»Ich werde das Eis schon zum Schmelzen bringen«, hörte sie Leonard sagen.

Carolin schmunzelte. Wenn der hübsche Kerl sich da mal nicht täuschte. Davon abgesehen, war er viel zu jung für sie.

Die Schritte der Männer entfernten sich, und Carolin konnte endlich ihre Koffer verstauen und sich auf ihre Aufgabe konzentrieren. Morgen in aller Herrgottsfrühe würde es losgehen. Wie sie es liebte, auf Reisen zu sein. Als Sicherheitsoffizierin hatte sie genau den richtigen Job, um das Angenehme mit dem Nützlichen zu verbinden. Oft saß sie abends stundenlang auf dem Sonnendeck und beobachtete das Spiel der Wellen. Ein Leben ohne das Meer konnte sie sich nicht vorstellen. Es war ihr ein Vertrauter, ein Verbündeter. Jemand, der sie davon ablenkte, dass daheim niemand war, der auf sie wartete, ihre Rückkehr ersehnte. Das heißt, vor langer Zeit hatte es diesen Jemand gegeben. Doch der hatte ein falsches Spiel mit ihr gespielt. Sie verdrängte den Gedanken an Daniel schnell wieder. Er hatte hier nichts zu suchen. Dies war ihre Welt, ein Ort der Sicherheit, der Entspannung, der Freiheit. Carolin seufzte leise und ging einige ihrer Unterlagen durch. Eine Namensliste derer, die ihr direkt unterstellt waren. Die meisten kannte sie nicht, doch morgen würde sie die Sicherheitsbeauftragten kennenlernen, die Zusammenarbeit mit ihnen organisieren. Es war davon auszugehen, dass kein größerer Notfall während der Fahrt eintrat, aber der Atlantik war groß, und man durfte sich nie zu sehr auf sein Glück verlassen. Besser war es schon, alles einzukalkulieren. Sie legte sich ins Bett. Eigentlich hätte sie noch eine Nacht zu Hause verbringen können, aber das wollte sie gar nicht. Sie wollte sich mit der *Sea Love* vertraut machen. Jedes Schiff war anders. Jedes eine Welt, ein Abenteuer für sich. Und obwohl alles sehr aufregend und neu war, schlief sie doch ziemlich schnell ein.

Der Wecker klingelte pünktlich, und Carolin schlüpfte, nachdem sie sich rasch geduscht hatte, in ihre Uniform, die sie als Crewmitglied der *Sea Love* auswies. Sie musterte sich kritisch im Schrankspiegel. Die Worte von Manfred Fiedler hallten in ihren Ohren nach. Als Eisblock hatte er sie bezeichnet. Ein wenig konnte sie ihn verstehen. Die Frau, die ihr aus dem Spiegel entgegenblickte, wirkte unnahbar und streng. Ihre Gesichtszüge waren eben, fast schon puppenhaft. Die etwas zu schmalen Lippen passten nicht zu dem ansonsten sehr weiblichen Gesicht. Ihre Augenfarbe war hell, erinnerte an sprühende Eisfunken. Der strenge Knoten, der ihre blonden Haare zusammenfasste, verstärkte die Wirkung noch. Ja, diese Frau konnte man mit einem Eisblock verwechseln. Aber das war nur Fassade, die sie zum Glück bisher immer hatte aufrechterhalten können. Daniel war es zu verdanken, dass diese Schutzmaßnahme überhaupt nötig war. Er hatte sie verändert, aus ihr eine gänzlich andere Person gemacht. Früher war sie fröhlich gewesen, offen auf andere zugegangen.

Sie hatte gern gefeiert, das Leben genossen. Bis sie ihn mit einer anderen Frau in ihrem Bett erwischt hatte. Von einer Sekunde zur nächsten war die alte Carolin verschwunden, hatte aufgehört zu existieren. Aber das alles war Jahre her. Sie wollte nicht daran denken. Zumindest jetzt nicht, da die Zeit drängte. Carolin traf sich mit den Sicherheitsbeauftragten auf Deck 1, wo die Besprechungen der Crewmitglieder stattfanden. Schon gestern, als sie in den Fahrstuhl gestiegen war, war ihr Deck Zero aufgefallen, das zwischen Deck A und Deck 1 lag. Ein 16. Deck war äußerst ungewöhnlich. Bisher hatte sie noch kein Deck dieser Art gesehen, und sie fragte sich, was es mit diesem auf sich hatte.

Die Sicherheitsbeauftragten erwarteten sie bereits. Carolin entdeckte Leonard Wagenstein und Manfred Fiedler unter ihnen. Jeder der Männer und Frauen ging noch einer zweiten Tätigkeit an Bord nach, der eine war Barkeeper, der andere Kellner. Vorrangig gehörten sie zum Personal. Viele waren jedoch vor allem im Erste-Hilfe-Bereich der Krankenstation entweder als Schwester oder Pfleger tätig. Ein kurzes Briefing genügte fürs Erste, mehr Zeit war nicht da, denn das Schiffshorn erklang bereits. Das Einschiffen hatte begonnen.

»Auf gute Zusammenarbeit«, sagte Carolin und verabschiedete die Truppe, um die Passagiere, die über mehrere Gangways an Bord kamen, zu empfangen, mögliche Fragen zu beantworten oder Wertsachen in den Tresor zu schließen.

Wie immer, wenn um sie herum Aufbruchsstimmung herrschte, schlug Carolins Herz doppelt so schnell, und Adrenalin pumpte ohne Unterlass durch ihren Körper. Jede Abfahrt symbolisierte den Beginn von etwas Neuem. Und irgendwie hoffte sie jedes Mal, dass sie nach der Reise als ein neuer Mensch zurückkehrte, der zufriedener und selbstbewusster war. Das mochte albern klingen, Carolin wusste das selbst. Dennoch war da diese Hoffnung in ihr, die sich nicht unterkriegen ließ.

»Ach, da sind Sie ja, Frau Winter«, erklang eine männliche Stimme viel zu laut an ihrem Ohr. Verärgert drehte sie sich zu Leonard um. Offenbar war er bester Laune. Das konnte sie ihm nicht verdenken. Weshalb sollte es ihm anders ergehen als ihr? Die Abreise war immer einer der Höhepunkte jeder Kreuzfahrt. Das erste Mal trafen Crew und Gäste aufeinander. Überall stand Empfangspersonal, überprüfte die Personalien der Gäste, und Stewards erklärten den Passagieren den Weg zu ihren Kabinen.

»Hallo, Leonard. Ich sehe, Sie sind voller Tatendrang.«

»Das bin ich«, gab er zu. »Und ich wollte mein Versprechen bei Ihnen einlösen.«

»Versprechen?«

»Sie herumzuführen, Sie mit der *Sea Love* vertraut zu machen.«

»Das ist sehr freundlich, Leonard, aber ich möchte Sie ungern von Ihrer Arbeit abhalten. Wenn ich mich recht erinnere, sind Sie für die Sicherheitsübungen eingeteilt.«

»Das ist doch schnell erledigt.«

Carolin gefiel nicht, wie leichtfertig er von einer der wichtigsten Bordübungen sprach. Schließlich mussten die Passagiere unterrichtet werden, was im Notfall zu tun war. Das war nichts, was man nebenbei abhandelte.

»Die *Sea Love* ist anders als die meisten Schiffe und ganz gewiss anders als jene, mit denen Sie zuvor gefahren sind. Da bin ich sicher«, meinte er.

Carolin lachte. »Befürchten Sie etwa, dass ich mich verlaufe? Sie tun ja so, als wäre ich noch grün hinter den Ohren.« Sie war Ende dreißig. Er allerhöchstens Mitte zwanzig. Glaubte er wirklich, sie war auf seinen Erfahrungsreichtum angewiesen? Wahrscheinlicher war wohl, dass er seine Ankündigung gegenüber Manfred Fiedler wahr machen wollte. Carolin hatte jedoch nicht vor, sich auf irgendwelche schlüpfrigen Spielchen mit ihm oder sonst einem Kollegen einzulassen. Dafür war ihr ihre Zeit zu kostbar.

»Gehen Sie lieber noch mal die Notfallübungen in Gedanken durch, bevor Sie diese mit unseren Gästen durchführen. Da tun Sie etwas für Ihr Geld.« Sie zwinkerte ihm zu.

»Na, schön, wie Sie meinen, Frau Winter. Sollten Sie dennoch Fragen haben, dann wenden Sie sich bitte jederzeit vertrauensvoll an mich.«

»Natürlich, das mache ich.«

Endlich verschwand der lästige Kerl. Der Junge wurde schließlich nicht fürs Reden bezahlt. Nachdem die Passagiere und auch ihr Gepäck an Bord waren, verabschiedete sich die *Sea Love* unter lautem Getöse vom Hamburger Hafen. Wie es üblich war, eilten die Reiseteilnehmer zur Reling, um ihren Angehörigen zu winken, die in der Hansestadt zurückblieben. Nach Carolins erster Einschätzung handelte es sich diesmal um eine bunte Mischung an Gästen, die jedoch durchweg nicht allzu schlecht betucht waren. Ihr fiel auf, dass die Dekolletés der Damen etwas offenherziger waren, als sie es von anderen Fahrten gewöhnt war.

Zur Besprechung fand sie sich kurze Zeit später auf der Brücke ein, während die Passagiere über die Lautsprecher zu den Sicherheitsübungen zu ihren Decks beordert wurden. An Bord herrschte organisiertes Chaos, aber das war kurz nach der Abreise normal. Carolin musterte ihre neuen Kollegen. Es handelte sich um äußerst ansehnliche Männer und Frauen, die alle sehr freundlich und aufgeschlossen waren. Es irritierte sie, von so besonders schönen Menschen umgeben zu sein. Und obwohl Carolin ein wenig die Rolle des hässlichen Entleins einnahm, fühlte sie sich wohl in dieser Crew und bereute es nicht, den Job kurzfristig angenommen zu haben.

Kapitän Zeissner hielt eine kleine Ansprache, während sein Stellvertreter die Navigation übernahm, und reichte jedem Crewmitglied ein Sektglas. Doch für diejenigen, die ihre erste Schicht antraten, gab es lediglich Orangensaft. Carolin fand das sehr vernünftig und war froh, dass Zeissner in der Beziehung eine harte Linie fuhr. So kannte sie den Kapitän von früher. Verantwortungsbewusst durch und durch.

Nachdem etwaige Fragen geklärt und alle sich aufeinander abgestimmt hatten, löste sich die Versammlung wieder auf, und Carolin wollte nun den längst überfälligen Rundgang durch das Schiff machen. Es ging ja nicht an, dass sich die Passagiere am Ende besser auf der *Sea Love* auskannten als sie selbst. Besonders neugierig machte sie dieses ominöse Deck Zero.

Zunächst suchte sie jedoch das Bordhospital auf. Dies war einer der wichtigsten Anlaufpunkte, falls jemand sich verletzte oder an der Seekrankheit litt. Die *Sea Love* war standardmäßig ausgestattet, was den medizinischen Bereich betraf. Im Falle besonders schwerer Notfälle, von denen hoffentlich keiner auftrat, bestand auch die Möglichkeit, über Funk Kontakt mit dem Festland aufzunehmen. Ihr Ansprechpartner auf der Station war Dr. Thomas Meinhardt, der Schiffsarzt, sowie sein Kollege Dr. Ingo Wölter.

Der nächste Weg führte sie zu den Sportanlagen auf dem Sonnendeck. Ein Bereich, der ihr persönlich besonders am Herzen lag. Neben einem Schwimmbad gab es auch einen Sportplatz mit kleiner Tribüne für die Passagiere, die lieber zusahen, wie andere Sport trieben, anstatt sich selbst zu verausgaben.

Carolin suchte jedes einzelne Deck auf. Auf den Mitteldecks befanden sich zehn verschiedene Bordrestaurants. Vom Italiener bis zum asiatischen Gaumenschmaus war alles dabei.

Deck Zero hob sie sich ganz bewusst bis zum Schluss auf. Es war das Deck, das sie am neugierigsten machte. Zumal in fast jedem Flur ein Schiffsplan aushing, der die Passagiere durch Zuhilfenahme von Pfeilen zum Deck Zero lotste. Etwas Derartiges hatte sie noch auf keiner ihrer Reisen gesehen. Neugierig folgte sie diesen Pfeilen.

Und kaum hatte sie den Lift auf Deck Zero verlassen, stieg ihr ein merkwürdiger Duft in die Nase. Süß. Lockend. Verführerisch. Eine Spur zu lieblich für ihren Geschmack. War hier unten ein verborgener Wellnessbereich? Das Licht war gedimmt, die Wände rot angestrichen oder mit Samtvorhängen dekoriert. Carolin trat durch einen Vorhang klimpernder Perlen und gelangte in einen Raum, der mit roten Sofas und einer Vielzahl Kissen ausgestattet war. Sie konnte sich keinen Reim auf all das machen. Es handelte sich um eine völlig untypische Bordeinrichtung. Der Raum war leer, im Hintergrund lief Musik. Niemand war zu sehen. Sie war allein. Das alles wirkte surreal. Sah das gesamte Deck so aus?

»Na, überrascht?«, hauchte jemand ihr ins Ohr. Carolin erschrak derart, dass sie fast das Gleichgewicht verlor. Sie drehte sich wütend um und erkannte Wagenstein. Wo kam der denn so plötzlich her?

»Sind Sie mir etwa heimlich gefolgt?«

»Ja, das trifft es wohl. Als ich Sie zufällig in den Lift steigen sah, dachte ich mir schon, dass unser Deck Zero Sie neugierig gemacht hat. Und ich wollte unbedingt Ihre Reaktion miterleben. Ja, man könnte sagen, ich bin Ihnen gefolgt.«

»Was ist das hier für ein Bereich?« Bei der Frage fühlte sie sich plötzlich doch wie ein Grünschnabel. Das war ihr äußerst peinlich.

»Ist das nicht offensichtlich?« Leonard schlenderte lässig an ihr vorbei und setzte sich in einen der Samtsessel, machte es sich dort gemütlich.

Die Musik, der Duft, die Farben. All das hatte eine Note von Verruchtheit. Wäre sie an Land, sie würde glauben, sie befände sich in einem Swingerklub. Oder einem artverwandten Etablissement. Aber dies hier war ein Kreuzfahrtschiff. Ein Luxusliner der gehobenen Klasse von der Reederei *Sea Tours*.

Ein männliches Stöhnen drang aus einem der hinteren Räume. Es war nicht besonders laut, übertönte die Musik jedoch trotzdem. Womöglich weil dieses Stöhnen in eine Art Vibrieren überging, das Carolin fast schon körperlich spürte. Du meine Güte, sie waren ja doch nicht allein hier unten! Auch Leonard drehte sich überrascht in die Richtung, aus der er das Stöhnen vernommen hatte. Dann jedoch grinste er sie wieder an. »Scheint so, als wären wir nicht die Ersten.«

»Die Ersten?«

»Hier unten, auf dem Liebesdeck.« Er lachte leise.

Das Stöhnen wurde lauter und war jetzt eindeutig zu hören. Es war nicht nur ein männliches Stöhnen. In dieses mischte sich auch das Stöhnen einer Frau.

Die Sachlage wurde immer offensichtlicher. Dennoch nahm Carolins Verwirrung zu. Und ihr Unbehagen ebenfalls. Was wurde hier gespielt?

»Ein Liebesdeck? Was soll das sein?«

»Überlegen Sie mal, vielleicht kommen Sie ja von alleine drauf?«

Leonard erhob sich, offenbar in der Absicht, nach dem Rechten zu sehen. Aber das konnte er doch nicht einfach tun! Seelenruhig ging er zu der halb offenen Tür am anderen Ende des Raumes, aus dem nach wie vor weibliche und männliche Lustlaute erklangen, gleich einer verruchten Melodie, die sich mit jedem Takt steigerte. Schweiß perlte über Carolins Stirn, während sie allmählich die Situation in ihrer Gänze erfasste. Ein

Liebesdeck, wildes Stöhnen, Leidenschaft. Ein Sicherheitsbeauftragter, der ihr direkt unterstand und sich gerade auf den Weg zum Quell des Stöhnens machte, diese Leute, die sich gerade miteinander vergnügten, unangenehm überraschen würde. Ihr war klar, die Sache konnte schnell peinlich werden. Vor allem für sie, da sie Leonards Vorgesetzte war. Sie musste handeln. Ihn aufhalten. Bevor er nicht nur seinen eigenen Ruf zunichtemachte. Rasch holte sie ihn ein und packte ihn am Arm, bevor er durch die Tür gehen und Unheil anrichten konnte.

»Hören Sie schon auf damit, das geht uns doch nichts an!«

»Sie haben natürlich völlig recht, Frau Winter.« Sie atmete auf. Wenigstens machte er die Sache nicht komplizierter, als sie war. »Aber da wir schon hier sind … ich finde es urgemütlich. Sie nicht auch?« Er deutete zu einer Couch an der Wand, machte eine einladende Handbewegung.

Ihr blieb die Spucke weg. Meinte er das ernst? Sein dümmliches Grinsen verriet genau das. Was bildete dieser Kerl sich ein? Glaubte er wirklich, sie war so leicht rumzukriegen? Nur weil sie sich auf einem »Liebesdeck« befanden? Zugegeben, er sah nicht allzu unattraktiv aus. Ganz im Gegenteil. Aber sie war nicht auf der Suche nach einem Abenteuer. Und auf gelackte Kerle, die dazu noch so durchschaubar waren, verzichtete sie gern. Sie hatte sehr genau gehört, was er zu Fiedler gesagt hatte.

»Wie wäre es, wenn Sie stattdessen wieder an Ihre Arbeit gingen?«

»Von der komme ich doch gerade. Alles erledigt, Sie können zufrieden mit mir sein, Chefin. Alle Passagiere meines Zuständigkeitsbereichs sind über die Notfallmaßnahmen informiert, wissen, wo die Rettungsboote sind und was zu tun ist, wenn wider Erwarten Probleme auftreten.«

»Fein. Gut gemacht.«

»Nicht wahr?« Er grinste breit.

»Und das war es? Kein Dienst im *Tropico*?«

»Die Bar öffnet erst am Abend.« Er zwinkerte ihr zu. Zu ärgerlich aber auch.

»Was halten Sie davon, wenn wir uns hier ein bisschen die Zeit vertreiben?«, fragte er rundheraus und ging auf sie zu.

»Noch einen Schritt näher und Sie bekommen eine saftige Ohrfeige von mir.«

»Sie sind wirklich eine Spaßbremse.«

»Das hier ist kein Spaß. Verschwinden wir, bevor wir noch bemerkt werden.« Sie wollte gewiss nicht wie eine Spannerin wirken.

»Was ist denn schon dabei? Lassen Sie uns einen Blick riskieren. Die Passagiere wissen doch, wo sie hier sind.«

Dazu fiel Carolin wirklich nichts mehr ein. Sie überlegte ernsthaft, Zeissner von diesem Vorfall zu berichten. Das Verhalten dieses Mannes war untragbar.

»Ach, und wo sind wir hier?«, hakte sie nach, ohne mit ihrem Spott zurückzuhalten.

»Auf der MS *Sea Love*, dem Lustschiff.«

Lustschiff? Was sollte das bedeuten? Das lauter werdende Stöhnen aus dem Nebenzimmer gab ihr eine

Ahnung. Sie schüttelte den Kopf. Das konnte doch nur ein Witz sein. Sie war kurzfristig für einen Kollegen eingesprungen, hatte geglaubt, auf einem ganz normalen Kreuzfahrtschiff zu arbeiten. Herrje, sie hatte ja nicht einmal gewusst, dass so etwas wie ein Lustschiff überhaupt existierte. Und wie sollte man sich das jetzt vorstellen? Kam jedes Pärchen hier herunter, um … sie konnte den Gedanken nicht einmal zu Ende bringen.

»Sie machen Witze, oder? Sagen Sie mir, dass Sie nur Witze machen.«

Leonard lachte. »Sie sollten Ihr Gesicht sehen, Frau Winter. Zu köstlich. Genau darauf hatte ich gehofft. Mit Ihrer entgleisten Mimik sehen Sie fast hübsch aus.«

Sie eilte an ihm vorbei zum Lift. Das alles musste ein Irrtum sein. Leonard verstand etwas falsch. Oder war sie wirklich auf dem falschen Dampfer? Was sollte sie dann tun? Von Bord springen? Lachhaft! Das Schiff war längst ausgelaufen, viel zu weit weg von der Küste. Sicherlich gab es eine logische Erklärung für alles. So etwas wie ein Liebesdeck oder ein Lustschiff existierten nicht. Anderenfalls hätte sie doch längst davon gehört, sie war schließlich lange genug in der Branche tätig.

Ohne Umwege lief sie zur Brücke, wo Kapitän Zeissner gerade den Kurs einstellte. In zwei Tagen würden sie in South Hampton anlegen, bevor sie mehr als sieben Tage auf hoher See verbringen würden.

»Könnte ich Sie mal kurz sprechen?«, fragte Carolin atemlos. Zeissner merkte gleich, dass etwas mit ihr nicht stimmte, und nahm sie zur Seite, übergab das Kommando an den Ersten Offizier.

»Was ist denn passiert, Frau Winter? Sie wirken so aufgelöst.«

Das war sie auch! Dennoch versuchte sie Ruhe und Haltung zu bewahren. Sie war schließlich die Sicherheitsoffizierin an Bord und wollte keinesfalls wie ein ängstliches Mäuschen wirken.

»Ich …« Was sollte sie ihm eigentlich sagen? Dass sie sich den Vertrag nicht richtig durchgelesen hatte, weil sie dachte, es wäre Standard? Dass sie blauäugig an Bord gegangen war, ohne zu ahnen, dass dieser Luxusliner seinen Passagieren einen besonderen Service anbot? Das wäre unprofessionell. Und das war es im Grunde genommen auch! Hätte sie sich richtig informiert, dann hätte es keine böse Überraschung gegeben. Jetzt musste sie mit der Situation klarkommen. Zurückschwimmen ging ja wohl schlecht. Außerdem brauchte sie den Job.

Die Sorge in Zeissners Gesicht wuchs. »Sie werden mir doch hoffentlich nicht seekrank! Eine erfahrene Offizierin wie Sie!«

Carolin lachte. Wenn es nur das wäre. Aber ihre Peinlichkeit war kaum zu übertreffen. Jeder an Bord, ob Mann oder Frau, ob Crewmitglied oder Passagier, hatte gewusst, dass er sich auf einem Lustschiff befand. Jeder, bis auf sie.

»Nein, nein. Alles in Ordnung. Ich habe nur eine leichte Magenverstimmung. Nichts Ernstes«, log sie rasch.

»Das verstehe ich. Das ist sicher die Aufregung. Es ist immer wieder ein Abenteuer, mit der *Sea Love* in See zu stechen. Legen Sie sich ein bisschen hin, Frau Winter. Das wird sich rasch geben. Und falls nicht, suchen Sie Dr. Meinhardt auf. Der weiß, was in solch einem Fall zu tun ist.«

»Danke, Kapitän.«

Sie kehrte in ihre Kabine zurück und zog das Werbeprospekt der *Sea Love*, das in ihren Vertragsunterlagen dabeigelegen hatte, aus der Tasche, um sich genauer über das Lustschiff und dessen besonderen Service zu informieren.

Abenteuer. Sinnlichkeit. Leidenschaft. All dies finden Sie auf unserem Lustschiff. Und noch vieles mehr!, stand dort in dicken Lettern, wenn man den Flyer aufklappte. Wie hatte ihr so etwas nur entgehen können? Außerdem legte das Schiff auf seinem Weg nach New York auf der Insel Passionata an, wo im Haus Erik Osburnes ein Fest der Lust und Leidenschaft stattfinden sollte. Ihr dämmerte, weshalb die *Sea Love* für die Reise, die sonst nur elf Tage benötigte, zwölf eingeplant hatte. Das konnte ja heiter werden!

»Ich kann es nicht glauben, wir sind tatsächlich auf hoher See.« Andrea Lautenthal blickte aus dem Fenster ihrer Außenkabine, die sie sich mit ihrer spendablen Freundin Lena Gruber teilte. Als erfolgreiche Geschäftsfrau, die mehrere Unternehmen, darunter eine profitable Kosmetik Company, leitete, bezahlte sie einen Luxusurlaub dieser Kategorie aus der Portokasse. Andrea hingegen konnte als Sekretärin in Lenas Firma nur von solchen Abenteuern träumen. Zum Glück hatte ihr Lena finanziell unter die Arme gegriffen. Nicht jedoch, ohne eine Gegenleistung einzufordern.

Wir lassen es auf der *Sea Love* so richtig krachen, das ist die Bedingung, die ich stelle, hatte sie gesagt. Am Anfang war Andrea nicht allzu begeistert von den besonderen Dienstleistungen gewesen, die der Luxusliner während seiner 12-tägigen Fahrt anbot. Aber Lena hatte ihr klargemacht, wenn sich irgendwo ihre Träume erfüllten, dann hier, auf der *Sea Love*. Und vielleicht fand Andrea, ihres Zeichens Dauersingle, ja tatsächlich den Mann fürs Leben auf dem Lustschiff. Genügend Männer, die selbst auf der Suche nach Glück waren, gab es hier schließlich.

»Was dachtest du denn? Natürlich sind wir auf hoher See. Das ist eine Kreuzfahrt, meine Liebe«, sagte Lena und schlüpfte in ihren Bikini. Lena Gruber war einige Jährchen älter als Andrea. Aber mit ihrer Figur zog sie alle Blicke auf sich. Ganz im Gegensatz zu Andrea, die lieber jeden Blick zu viel in den Spiegel vermied. Ihrer Ansicht nach war es ein offenes Geheimnis, dass ihre üppige Figur ihrem Liebesglück im Wege stand. Lena behauptete hingegen vehement, es läge eher am mangelnden Selbstbewusstsein. Doch für Andrea ging beides Hand in Hand. Wenn sie auch nur annähernd so sexy aussehen würde wie Lena, sie hätte gewiss keine Selbstzweifel mehr.

»Das schaukelt aber ganz schön, oder?«

»Wir sind auf einem Schiff«, erinnerte Lena sie.

»Das habe ich schon mitbekommen. Ich habe nur nicht gedacht, dass man den Seegang so stark spürt.« Draußen peitschten die Wassermassen unbändig hin und her. Hätte sie es nicht besser gewusst, sie hätte geglaubt, draußen herrschte ein tosendes Unwetter. Aber die Sonne strahlte. Und nichts deutete auf einen Sturm hin.

Lena warf ebenfalls einen Blick aus dem Fenster und hob eine Braue. »Das ist doch völlig ruhig.«

»Ruhig?« Sah Lena denn diese riesigen Wellen nicht?

»Ist das etwa deine erste Schiffsreise?«, hakte ihre Freundin amüsiert nach.

»Ja, und?«

»Das merkt man, du bist eine geborene Landratte. Keine Ahnung von nichts, wie?«

»Du musst ja nicht gleich beleidigend werden«, erwiderte Andrea, die dennoch genau verstanden hatte, wie Lena es meinte. Aber dieses Schaukeln machte ihr schon ein wenig Sorgen. Etwas rumorte in ihrer Magengegend.

»Kommst du mit aufs Sonnendeck?«, fragte Lena und schnappte sich ein Handtuch, setzte einen Strohhut sowie eine Sonnenbrille auf.

Ganz gewiss würde sie sich nicht im Bikini präsentieren. Aber eigentlich war das nicht der Hauptgrund, weshalb sie Lena nur ungern begleiten wollte. Ihr war plötzlich speiübel!

»Ich … leg mich besser noch mal hin … der ganze Stress macht mich fertig«, erklärte Andrea und ließ sich auf ihr Bett sinken.

»Aber das ist doch kein Stress. Wir haben Urlaub, komm schon …« Lena brach ab und starrte sie an, als wäre sie ein Alien. Sie setzte sogar extra ihre Sonnenbrille ab, um die Freundin genauer zu mustern.

»Ach, du meine Güte«, entwich es ihr.

»Was ist denn los?«, fragte Andrea erschöpft. Das Rumoren in ihrem Magen wurde schlimmer. Hatte sie etwas Falsches gegessen?

»Das sieht gar nicht gut aus.«

»Wovon sprichst du denn bloß?« Jetzt setzten auch noch Bauchschmerzen ein.

»Du bist ja ganz grün im Gesicht!«

»Was?« Andrea richtete sich erschrocken auf. Für einen Moment war die Übelkeit vergessen. Sie wankte zum Schrank und starrte in den Spiegel. Mein Gott! Lena hatte recht. Ihre Haut wirkte fahl und auch ein wenig grünlich!

»Du bist seekrank!«

»Nein!«

»Doch, es sieht wirklich danach aus. Glaub mir, ich habe auf meinen Reisen schon viele Seekranke gesehen.«

»Ich und seekrank? Alles, nur das nicht!« Andrea ließ sich auf den Boden der Kabine sinken, und das Druckgefühl im Bauch, das ihr die Luft abdrückte, kehrte unversehens zurück. Das durfte doch nicht wahr sein! Das war das Schlimmste, was passieren konnte. Schließlich würden sie mehrere Tage auf See sein! Sollte sie da etwa die ganze Zeit krank sein? Was für eine grauenhafte Vorstellung! Was für ein schrecklicher Urlaub! »O Gott, ich werde die ganze Reise im Liegen verbringen müssen. Klasse!«

Lena griff ihr unter die Arme und zog sie auf die Füße. »Lass dich jetzt nicht gehen! Du wirst den Urlaub genießen, denk an dein Versprechen!«

»Was soll ich denn tun? Ich kann doch nichts dafür, dass …« Eine Welle von Übelkeit ließ sie würgen. Andrea fürchtete, sich zu übergeben.

»Rum hilft!« Lena half ihr zum Bett und holte irgendwoher einen kleinen Flachmann hervor, den sie offenbar mit an Bord geschmuggelt hatte.

Die Übelkeit verklang, zumindest für den Moment.

»Ist da wirklich Rum drin?«, fragte Andrea misstrauisch. Lena trank sonst lieber Cognac oder Whisky. Rum hatte sie jedenfalls noch nie in der kleinen Bar im Loft ihrer Freundin gesehen.

»Na klar, was denn sonst? Auf See trinkt man Rum. Das ist schon seit Jahrhunderten Tradition.« Sie hielt ihrer Freundin den Flachmann an die Lippen. Schlimmer konnte es eigentlich gar nicht werden, also nahm Andrea einen Schluck. Doch es wurde schlimmer! Sie sprang auf, eilte zur Toilette und kam kurz darauf zurück, immer noch wackelig auf den Beinen, wenn nicht sogar wackeliger als zuvor.

»Ach, du liebes bisschen, jetzt siehst du sogar noch grüner aus als vorhin«, meinte Lena besorgt. »Ich bringe dich besser zum Schiffsarzt, bevor du mir noch umkippst.«

Andrea sah ein, dass dies wohl die beste Lösung war, und ließ sich bereitwillig von Lena zur Krankenstation bringen. Dort saßen bereits ein paar Leidensgenossen. Man hätte denken können, an Bord wäre eine Epidemie ausgebrochen, wenn man all die fahlgrünen Gesichter näher betrachtete.

»Keine Sorge, Dr. Meinhardt ist gleich bei Ihnen«, versicherte ihnen eine Arzthelferin und half ihr, sich auf eine Liege zu legen. Dann zog sie den Vorhang zu, der das Krankenbett vom Rest des Raumes trennte.

»Weißt du, was das bedeutet?«, fragte Andrea missmutig.

»Nein, was?«

»Dass ich noch schlimmer aussehe als die traurigen Gestalten draußen im Wartebereich, sonst hätte mich die Schwester nicht hier hinverfrachtet. Die anderen können zumindest noch selber sitzen.«

Andrea sah Lena an, dass diese sich ein Schmunzeln verkneifen musste. Lustig mochte es für Außenstehende wirken, für Andrea war es ein Albtraum.

Kaum ein paar Sekunden später wurde der Vorhang zurückgezogen, und der attraktivste Mann trat ein, den Andrea je zu Gesicht bekommen hatte. Sein Erscheinen kam einer Offenbarung gleich. Ihr Herz schlug doppelt so schnell, und der Mund blieb ihr bei diesem unerwarteten Anblick offen stehen.

Der Arzt bemerkte das zum Glück nicht. Er lächelte sie charmant, aber auch mitfühlend an. »Ich habe schon gehört, Sie sind nicht ganz seetauglich«, sagte er und setzte sich an ihre Liege, fühlte ihren Puls. Allein die Berührung ihres Handgelenks zauberte ihr eine Gänsehaut auf den ganzen Körper.

»Ich hoffe, Sie können ihr helfen«, warf Lena ein, die in ihrem Bikini sehr sexy aussah und sich nun auch noch absichtlich in Pose warf. »Sie können mir glauben, das war ein riesiger Schreck, als Andrea plötzlich grün im Gesicht wurde.«

»Das kann ich mir vorstellen. Wann wurde Ihrer Freundin denn übel?«

»Gerade eben erst, dabei sind wir doch schon mehr als eine Stunde unterwegs.«

»Manchmal tritt die Seekrankheit auch verzögert auf.«

»Ich verstehe. Wie gut, dass Sie da sind, um zu helfen.«

Andrea räusperte sich, versuchte auf sich aufmerksam zu machen, doch Lena und der Arzt schienen in ihr Gespräch vertieft. Weshalb fragte der Schiffsarzt nicht sie nach ihrem Befinden? Sie war immerhin die Patientin.

»Der Puls ist in Ordnung, messen wir noch rasch den Blutdruck«, sagte Dr. Meinhardt, so der Name auf dem Schild an seinem Kittel. Andrea freute sich über die zurückgewonnene Aufmerksamkeit des Arztes wie ein kleines Kind, dem man einen Lolli schenkte. Der Blutdruck war etwas zu hoch, aber aufgrund der Umstände nicht besorgniserregend.

»Ich gebe Ihnen ein paar Tropfen mit, die Sie bitte dreimal am Tag einnehmen. Die werden Sie beruhigen und die Übelkeit mildern.«

Andrea nickte und nahm gleich ein paar Tropfen ein. Obwohl der Arzt nun direkt mit ihr sprach, brachte sie noch immer keinen Ton heraus, weil sie viel zu abgelenkt und fasziniert von ihm war. Er wirkte wie einer jener Ärzte aus dem Fernsehen, die eigentlich viel zu schön für ihren Beruf waren.

»Ich werde aufpassen, dass sie sich daran hält!«, versprach Lena und übernahm abermals das Sprechen für sie. Anschließend brachte sie ihre Freundin in die gemeinsame Kabine zurück.

»Das ist schon erstaunlich«, sagte Lena und grinste von einem Ohr zum anderen, während sie Andrea dabei half, sich wieder hinzulegen.

»Was meinst du?«

»Ich habe dich selten so sprachlos gesehen. Der Doc hat dir gefallen, stimmt's?«

War das so offensichtlich gewesen? Andrea hoffte nicht! Vor allem hoffte sie, dass Doktor Meinhardt nichts davon mitbekommen hatte. Das wäre ihr mehr als peinlich, wirkte es doch geradezu verzweifelt, wenn man sich als Passagierin in den Schiffsarzt verguckte.

»Dir wohl auch. Du hast dich ja von deiner besten Seite präsentiert.«

»Ach was, der Kerl ist doch viel zu zahm für eine wie mich, auch wenn er ganz süß aussieht«, gab Lena zu. Wollte sie etwa doch etwas von ihm? Gegen ihre Freundin hätte Andrea wohl kaum eine Chance.

»Keine Bange, Süße. Vor mir hast du nichts zu befürchten. Aber wenn du willst, helfe ich dir, den Doc zu erobern. Du wärst nicht die erste Freundin, der ich zu ihrem Glück verhelfe.« Sie zwinkerte Andrea zu.

Andrea hatte schon von Lenas verrückten Verkuppelungsversuchen gehört, sie hatte noch jedem zum persönlichen Happy End verholfen. Doch Andrea war ein besonders schwieriger Fall, der schwer zu vermitteln war. Zumindest war dies ihre eigene Überzeugung.

»Mal sehen«, sagte sie leise.

Die Medizin schien schon ein bisschen anzuschlagen. Jedenfalls hatte sie nicht das Gefühl, alles um sie herum würde nur noch schwanken. Dafür suchte sie eine starke Müdigkeit heim, der sie sich kaum erwehren konnte. Sie gähnte laut.

»Scheint wohl eine Nebenwirkung des Medikaments zu sein«, mutmaßte Lena. »Ruh dich einfach für ein paar Stunden aus, ich gehe solange auf das Sonnendeck. Und später schauen wir uns eine dieser heißen Tanzshows an, in der die Männer ihre Hüllen fallen lassen. Was wir wegen des Docs unternehmen, können wir später ausknobeln.« Sie kicherte.

Für Andrea klang das nach einem Deal. Sie folgte Lenas Rat, zog die Decke bis zum Kinn und schloss die Augen. Wohltuende Wärme umfing sie. Ein Gefühl, als würde sie schweben. Offenbar eine weitere Nebenwirkung des Medikaments. Was das wohl für Tropfen waren? Hatte sie zu viel davon genommen? Aber das hätte der Doc doch sicher gemerkt. Eine Tür schlug zu. Lena war fort, und Andrea genoss den Zustand der Schwerelosigkeit, fühlte sich wohl in ihrer Haut, die sich unter der warmen Decke förmlich auflud. Ihre Finger- und Zehenspitzen kribbelten. Hitze stieg ihr ins Gesicht, und ihre Wangen glühten heiß. Aber nicht nur die. Die Hitze übertrug sich auf den Rest ihres Körpers, strömte zielstrebig ihrer Mitte entgegen, wo sie sich sammelte und pulsierte. Es fühlte sich an, als tobte ein Wirbelsturm in ihrem Inneren, ein Tornado, der mit jedem Augenblick an Kraft und Geschwindigkeit gewann. Etwas zwang sie förmlich dazu, ihre Hände unter ihr Höschen zu schieben und ihre wild pulsierende Scham zu beruhigen. Andrea erschrak über die Hitze, die sich zwischen ihren Beinen gebildet hatte.

»Wollen doch mal sehen, was ich für Sie tun kann.«

Andrea blickte erschrocken zur Seite. Da stand Dr. Meinhardt neben ihrem Bett, schaute wissend auf sie herunter, lächelte sie an. Wie lange war er schon in ihrer Kabine? War er überhaupt wirklich hier?

Ich muss halluzinieren, meldete sich eine Stimme in ihrem Kopf. Eine andere Erklärung gab es nicht. Ihr fiel ein, dass sie zuvor noch den Rum von Lena getrunken hatte. Alkohol und diese Tropfen ergaben gewiss einen ungesunden Cocktail. Sie hätte vorsichtiger sein müssen. Aber jetzt war es zu spät. Der Phantasie-Meinhardt stand neben ihr, und was er wollte, das wusste sie auch.

Ungefragt setzte er sich auf ihr Bett, zog seinen Kittel aus, unter dem er nackt war. Was für ein Körper! Ob der echte Dr. Meinhardt auch solch beeindruckende Brustmuskeln hatte? Sie leckte sich unwillkürlich über die Lippen, musterte diese wohl definierten Muskeln unter der samtig gebräunten Haut, die zum Anfassen einluden. Andrea wusste, der echte Dr. Meinhardt würde sich niemals für sie interessieren. Das war traurig und ernüchternd, kränkte sie. Aber das würde sie nicht davon abhalten, diese Phantasie in vollen Zügen zu genießen. Lena behauptete stets, für jeden Topf gäbe es einen Deckel, und sie war überzeugt, dass Andrea auf dem Lustschiff einen Mann fand, der sich zu ihr hingezogen fühlte. Für Lena war es leicht, solche Dinge zu behaupten. Die Realität sah oft anders aus. Andrea wusste, dass sie kein Männermagnet war. Und Lena steckte nicht in ihrer Haut, sie wusste nicht, dass Andrea oft hässliche Blicke erntete. Unvorstellbar, dass sich ein Mann aus Fleisch und Blut ernstlich für sie interessierte. Also war diese Phantasie sogar mehr als willkommen, zumal sie sich so unglaublich echt anfühlte.

Langsam zog der Doktor die Bettdecke zurück, entblößte ihre nackten Beine, die vor Erregung zitterten. Andrea konnte sich nicht erinnern, wann sie ihre Shorts ausgezogen hatte, aber das spielte nun auch keine Rolle mehr. Er beugte sich über sie, sog ihren Duft ein. Sie spürte seinen heißen Atem an ihrer Scham, und das Pulsieren in ihrem Inneren wurde noch stärker.

Dr. Meinhardt öffnete leicht die Lippen, und sein Atem strich über ihre empfindsamste Stelle. Ihre Perle begann vor Erregung zu glühen. Es reizte sie, entlockte ihr süßeste Gefühle, die sie weder kontrollieren konnte noch wollte.

Andrea öffnete die Beine noch etwas mehr, lud ihn ein, damit seine Zunge in ihrer Enge tauchte. Sie sehnte sich so danach, ausgefüllt zu werden. Mit seiner Zunge, einem Finger, oder vielleicht sogar mit noch viel mehr.

Aber Dr. Meinhardt stellte seine Bemühungen ein, musterte sie lediglich amüsiert. Lachte er sie etwa aus? Es störte sie, machte sie wütend, dass er plötzlich so überheblich, so abweisend war. Sollte sie nun selbst eine Phantasiegestalt verschmähen?

»Wissen Sie, was noch gegen die Seekrankheit hilft?«, fragte er genüsslich.

»Wie bitte? Wovon sprechen Sie?« Von ihrer Seekrankheit merkte sie doch gar nichts mehr. Fast hätte sie diese unerfreuliche Sache sogar vergessen. Aber dann dämmerte ihr, worauf der Arzt hinauswollte. Sie lachte leise und schüttelte den Kopf. »Sie denken wohl immer nur an das eine, oder?«

»Ich kann Ihnen beweisen, dass die richtige Menge an Endorphinen eine heilende Wirkung hat.«

»Nur ist nicht jederzeit ein Sexualpartner zur Stelle, wenn man an der Seekrankheit leidet.«

»Aus dem Grund sollten die Betroffenen lernen, sich selbst eine hilfreiche Hand zu sein.« Er zwinkerte ihr zu, griff nach ihrem Handgelenk und führte ihre Hand zu ihrer bebenden Scham, die sich nach einer Berührung von ihm verzehrte. Statt aber seine Finger an ihren Schamlippen zu spüren, fühlte Andrea lediglich die sachte Berührung ihrer eigenen. Doch das fühlte sich erstaunlich gut an.

Das Prickeln in ihrer Mitte wurde stärker, ihre Labien schwollen an, wurden so heiß, dass die Berührungen fast schmerzten. Ein wildes Pulsieren ergriff von ihr Besitz, raubte ihr den Atem.

»So ist es gut«, lobte sie der Arzt und ließ ihre Hand schneller und schneller über ihr Geschlecht streichen. Ihr Herzschlag und ihre Atemfrequenz nahmen zu. Schweiß perlte über ihren Körper. Die Luft war stickig und schwül, roch nach Lust und Begehren. Andrea spürte, wie sich alles auf einen Punkt ausrichtete, unaufhaltsam diesem entgegenstrebte. Sie reckte sich ihm entgegen, drückte ihren Rücken durch, bäumte sich auf, doch kurz bevor es ihr kam, ließ Dr. Meinhardt ihr Handgelenk los, und die süße Lust erlosch wie das Licht einer Kerze im Wind.

Andrea stöhnte auf. Wie konnte er ihr das nur antun? Was fiel ihm eigentlich ein?

»Du kannst das auch ohne meine Hilfe«, redete er ihr gut zu und musterte sie zwischen ihren Beinen mit großer Aufmerksamkeit. Natürlich konnte sie das auch alleine. Aber unter Beobachtung? Ein sinnliches Zittern erfasste abermals ihren Unterleib. Möglicherweise war genau das besonders anregend?

»Einen Versuch ist es wert, oder?«, meinte er, als hätte er ihre Gedanken erraten.

Langsam glitten ihre Hände zurück, strichen zärtlich über ihre Schamlippen, die jetzt nur noch heißer wurden und in denen es so stark vibrierte, dass es sich fast anfühlte, als würden sie ein Eigenleben entwickeln.

»Deine wunderschöne Knospe erblüht«, sagte der Arzt anerkennend und lächelte sie verheißungsvoll an. Sie konnte sehen, dass seine rechte Hand zwischen seinen eigenen Beinen lag, sich dort auf und ab bewegte. Es ließ ihn nicht kalt, was er hier sah.

Andrea lachte über sich selbst. Fast hätte sie vergessen, dass dies lediglich eine verruchte Phantasie war. Eine Phantasie, die sie dennoch in vollen Zügen genoss. Sie streichelte sich schneller, trieb sich immer näher diesem ersehnten Punkt entgegen.

Ihre Beine zitterten vor Lust, ihr Unterleib schien unter Strom zu stehen. Alles fühlte sich intensiver an. Lag es daran, dass er sie dabei beobachtete? Das ließ Adrenalin durch ihre Venen pumpen, und nun schien ihr alles noch viel aufregender. Bedeutsamer. Intensiver.

Und dann war der Punkt erreicht, an dem es kein Zurück mehr gab.

In ihr staute sich alles auf, strebte der Erlösung entgegen. Sie rieb immer weiter. Keuchte. Stöhnte. Konzentrierte sich auf ihre Empfindungen, die Lust, die sie nie stärker verspürt hatte als in diesem Moment. Und plötzlich konnte sie nicht länger an sich halten. Die Welt schien vor ihren Augen zu verschwimmen, als blickte sie durch milchiges Glas. Alles drehte sich um sie. Andrea schnappte nach Luft. Sie warf den Kopf hin und her, genoss diese süße Explosion, die ihren Körper durchschüttelte, bis an ihre Grenzen trieb. Die schönsten Gefühle rauschten einer Ekstase gleich durch ihren Körper. Andrea stöhnte lauter, und ihr Stöhnen verwandelte sich in einen Lustschrei, weil plötzlich alles aus ihr herauswollte. Alles, was so lange in ihr gefangen gewesen war. Ein Befreiungsschrei.

Erschöpft sank sie auf ihr Kissen, und ihr Körper regulierte seine Funktionen auf ein normales Maß zurück. Ihr Herzschlag beruhigte sich. Ihr Atem wurde langsamer. Das süße Prickeln erlosch. Aber wie war er schön gewesen, dieser wundervolle Moment!

»Und? Bist du noch seekrank?«, fragte der Doktor.

Andrea lachte leise. Nein, das war sie nicht mehr.

Er lächelte zufrieden. »Dann habe ich meine Aufgabe erfüllt.«

Sie wusste, er konnte nicht bleiben. Und doch war er der perfekte Mann für sie. Er löste sich vor ihren Augen auf, verschwamm mit dem Hintergrund, und Andrea wachte auf. Zu gern hätte sie noch weiter von Dr. Meinhardt geträumt. Tatsächlich ging es ihr inzwischen besser. Die Übelkeit war verschwunden. An ihren Fingerspitzen spürte sie eine sanfte Feuchte. Sie stammte von ihrer Lust. Offenbar war dieser Traum doch realer gewesen, als sie gedacht hatte. Andrea stand mühsam auf und ging ins Bad, wusch sich die Hände, blickte aus dem Fenster und stellte erschrocken fest, dass es draußen inzwischen dunkel geworden war. Am Firmament prangte ein Meer aus funkelnden Diamanten. Nie zuvor hatte sie eine sternenklarere Nacht gesehen. Der Blick auf den Nachthimmel war um so vieles beeindruckender als in der Stadt. Allein schon deswegen hatte sich diese Reise gelohnt.

Wo steckte eigentlich Lena? Hatten sie nicht zu der Tanzshow gehen wollen? In dem Moment entdeckte sie einen Zettel neben ihrem Kopfkissen.

»Ich wollte dich nicht wecken. Sehen uns heute Abend im *Lotos*. Lena«, las sie laut vor und schüttelte den Kopf. Dieses verrückte Huhn hatte die Show allein genossen. Aber zum Glück gab es ja jeden Tag eine Vorstellung. Andrea zog sich etwas Ausgehfertiges an, schnappte sich ihre Handtasche und machte sich auf den Weg zum Restaurant.

Carolin Winter stand an der Reling und blickte auf das Spiel der Wellen, die von den Lichtern der *Sea Love* angestrahlt und zu leuchtend bunten Farbspielen inmitten eines dunklen Meeres wurden. Eine Lichterkette umspannte das Schiff vom Bug bis zum Heck, und von überall her erschallte Musik, eingängige Rhythmen, die zum Tanzen einluden. Für Carolin war jedoch nicht an Party zu denken, sie war im Dienst. Doch selbst wenn sie es nicht gewesen wäre, sie war nicht in der richtigen Feierlaune. Noch immer konnte sie es nicht fassen. Sie befand sich auf einem Lustschiff. Bis vor kurzem hatte sie nicht einmal gewusst, dass etwas Derartiges überhaupt existierte. Mit einem Mal sah sie ihre Kollegen mit ganz anderen Augen, allen voran Kapitän Zeissner. Ob auch die Crewmitglieder hin und wieder die besonderen Möglichkeiten an Bord für sich in Anspruch nahmen? Der Gedanke behagte ihr gar nicht. Bei Wagenstein und Fiedler hatte sie nicht die geringsten Zweifel, dass diese Männer nichts anbrennen ließen. Im Grunde genommen ging sie das alles jedoch gar nichts an. Und dabei sollte es auch bleiben.

»Entschuldigen Sie?«, sprach sie plötzlich ein älterer Herr an, dessen Gesicht sie nicht auf Anhieb einordnen konnte. In der Regel stellte sich die Crew den Gästen an Bord vor, dennoch war es nicht möglich, sich jeden einzelnen Fahrgast zu merken. Bei 2500 Passagieren ein Ding der Unmöglichkeit.

»Wie kann ich Ihnen helfen?«, fragte Carolin freundlich.

»Ich sehe, dass Sie eine schöne Uniform tragen. Sie gehören wohl zur Crew?«

»Richtig. Ich bin Carolin Winter, die Sicherheitsoffizierin.«

»Sicherheitsoffizierin? Das trifft sich ausgezeichnet. Ich könnte Ihre Hilfe gebrauchen.«

»Gern. Worum geht es denn?«

»Ich kann meine Kabinentür einfach nicht abschließen. Aber es ist die richtige Schlüsselkarte, sie passt immerhin in dieses Gerät neben der Tür.« Der ältere Herr wirkte regelrecht verzweifelt und weckte Carolins Mitgefühl. »Zeigen Sie mir Ihre Kabine, ich sehe mir das mal an.«

»Sehr freundlich von Ihnen, vielen Dank.«

Sie gingen gemeinsam zum entsprechenden Deck. Der ältere Herr zog die Karte durch den vorgesehenen Spalt, doch die Tür ließ sich nicht verriegeln, sondern ging immer wieder auf, wenn man die Klinke herunterdrückte. »Sehen Sie?«

Carolin nickte nachdenklich. Das war wohl ein Fall für den Techniker. Zum Glück hatten sie fähige IT-Experten an Bord.

»Darf ich es auch einmal probieren?« Sie wollte sich selbst davon überzeugen, dass das Schloss aufgrund von technischen Problemen versagte.

»Natürlich.« Der Mann drückte ihr seine Karte in die Hand. Carolin beugte sich vor, steckte diese in den Spalt und zog sie durch, als sie plötzlich einen sachten Druck an ihrem Hintern verspürte. Im ersten Moment glaubte sie, sich die Berührung nur einzubilden, aber dann wurde der Griff fordernder. Lass das nicht wahr sein, bat sie und fuhr wütend zu dem dreisten Passagier herum. Der erschrak so sehr, dass er sich verschluckte und sogar rot anlief.

»Was fällt Ihnen ein?«, schrie sie den in die Jahre gekommenen Lüstling an. Je oller, desto doller! Dieser Spruch stimmte in diesem Fall tatsächlich mal.

»Warum regen Sie sich denn so auf, Frau Winter?« Der Mann keuchte und lachte verlegen, lockerte seinen Kragen mit dem Finger. »Ich dachte, es würde Ihnen gefallen. Ich meine, immerhin sind wir auf einem Lustschiff. Liebe und Leidenschaft, damit haben Sie und Ihre Leute doch geworben.«

Carolin straffte die Schultern und atmete tief durch.

Es lag augenscheinlich ein Missverständnis vor, denn der ältere Herr schien davon auszugehen, dass, nur weil sie sich auf einem Lustschiff befanden, jedes Crewmitglied auf eine heiße Affäre aus war.

»Hören Sie, Herr …?«

»Pan. Für Sie Eduard.«

»Herr Pan«, erklärte sie, denn sie wollte sich gewiss nicht auf Vertraulichkeiten einlassen. »Sehen Sie, Sie haben zwar recht, wir sind auf dem Lustschiff, aber die Crew ist nicht zu Ihrer lustvollen Befriedigung hier. Wir stehen sozusagen außerhalb des – nennen wir es – Angebots.«

Herr Pan seufzte gedehnt. »Das tut mir leid, dann habe ich wohl einen Fehler gemacht.«

Wie erleichtert Carolin war, dass er das einsah. »Ich kümmere mich um das Problem mit Ihrem Türschloss«, versicherte sie und wollte gehen, um nach dem Techniker zu suchen, als Herr Pan sie am Handgelenk festhielt. Sie war erstaunt, wie stark sein Griff war. Er wirkte nicht unbedingt wie ein Bodybuilder, nicht einmal wie jemand, der regelmäßig trainierte. Offenbar hatte sie in letzter Zeit ein wenig nachgelassen.

»Wollen Sie es sich nicht doch anders überlegen?«, fragte Herr Pan in einem säuselnden Ton und zog sie eng an sich. Carolin war viel zu überrascht, um sich ihm zu erwehren.

»Ich mag Frauen in Uniform«, verkündete er und betatschte ihr Rangabzeichen.

Schließlich gewann sie ihre Fassung zurück und versuchte sich von ihm zu lösen. Aber seine Arme legten sich besitzergreifend um ihre Taille, und er ignorierte ihren Protest völlig.

»Ich werde Sie nicht enttäuschen«, versprach er ihr hoch und heilig.

»Ich werde Ihnen einen Kinnhaken verpassen, wenn Sie nicht endlich zur Vernunft kommen.« Noch hatte sie Hemmungen, den Mann wegen seines Alters zu schlagen, doch mit jeder Sekunde schwanden die.

»Hey! Lassen Sie die Frau in Ruhe!«, rief plötzlich jemand hinter ihr. Die Stimme, die einem Mann gehörte, war Carolin vertraut, aber sie konnte sie nicht zuordnen, sich auch nicht umdrehen, da Herr Pan ihre volle Aufmerksamkeit einforderte, indem er versuchte, sie ungeniert zu küssen. Unfassbar! Das konnte doch alles nur ein übler Traum sein.

Der Mann riss Carolin und Pan auseinander, packte den älteren Herrn bei der Gurgel und drückte ihn mit voller Wucht gegen die Wand.

»Hörst du schlecht, Opa? Lass die Lady in Ruhe!«

»Nicht doch, Sie schnüren ihm ja die Luft ab«, sagte Carolin und versuchte die beiden Männer zu beruhigen.

»Es … kommt nicht wieder vor … versprochen«, keuchte Herr Pan und versuchte vergeblich die Hand an seinem Hals zu lösen.

»Jetzt lassen Sie ihn doch los, bitte.« Bevor noch ein Unglück geschah.

Der Fremde hörte auf sie, ließ von Pan ab, und der suchte rasch das Weite, ohne sich noch einmal umzudrehen. Die Sache mit dem Türschloss würde sie dennoch regeln müssen, doch fürs Erste war sie diesen Westentaschencasanova los.

Der Fremde drehte sich zu ihr um, musterte sie eindringlich. Dieses Gesicht, das spitzbübische Grinsen, das war doch …

»Josh Sullivan? Was machen Sie denn an Bord der *Sea Love*?«

»Sie?« Er schien überrascht – oder er war ein guter Schauspieler. »Das könnte ich Sie fragen.« Er lachte. Jetzt wusste sie auch, was an seiner Stimme ihr so vertraut vorgekommen war. Dieser unterschwellige amerikanische Akzent, den man nur wahrnahm, wenn man sehr genau hinhörte.

»Sind Sie mir etwa an Bord gefolgt?« Was für ein unglaublicher Zufall, dass ihre Bekanntschaft aus der Alster-Schwimmhalle ausgerechnet mit *Sea Tours* reiste.

»Nein, ich habe eine ganz reguläre Buchung vorgenommen. Vor Ihnen steht kein blinder Passagier.«

Sie schmunzelte. »Das meinte ich nicht. Ich fragte, ob Sie meinetwegen an Bord sind?« Sie hätte sich am liebsten sofort auf die Zunge gebissen. Was für eine blöde Frage war das denn?

Er lachte, nahm es mit Humor. »Ich verbringe hier meinen Urlaub. Und Sie sollten froh sein, dass ich das tue.«

»Ach ja?« Sie konnte ihm nicht ganz folgen.

»Ja«, bestätigte er. »Wäre ich nicht zufällig an Bord, dann hätte ich Sie nicht vor diesem zudringlichen Kerl retten können.«

»Mich retten?« Das schlug ja nun wirklich dem Fass den Boden aus. Carolin brauchte keinen Retter, sie hätte sich jederzeit allein verteidigen können. Erst recht, wenn ihr Gegner ein deutlich älterer Herr war! Zugegeben, er war unerwartet kräftig gewesen, und sie hatte Hemmungen gehabt, sich gegen ihn zur Wehr zu setzen. Trotzdem wäre sie auch allein klargekommen. Das musste sie immerhin auch. Sie war die Sicherheitsoffizierin.

»Bilden Sie sich mal nicht zu viel ein, Sullivan.«

»Das brauche ich nicht. Ich habe Sie gerettet, das ist ein Fakt.« Sein Lächeln wurde breiter und triumphierender. Es gefiel ihm, sie aufzuziehen. Das sah sie in seinen frechen Augen.

»Ich habe keine Hilfe gebraucht«, rechtfertigte sie sich.

»Das sah für mich aber anders aus.«

»Dann unterlagen Sie eben einem Irrtum.«

»Sie sind ganz schön undankbar.«

»Wie bitte?«

»Sie haben mich schon verstanden.«

»Na schön, eins steht auf jeden Fall fest.«

»Und das wäre?«

»Sie sind genauso anstrengend, wie ich Sie in Erinnerung habe.«

Er zuckte mit den Schultern. »Sie müssen mich ja nur noch elf Tage ertragen.«

Das klang, als wäre es wenig! Warum musste er auch ausgerechnet ein Ticket für die *Sea Love* buchen? Nicht nur, dass sie erst mal den Schock mit dem Liebesdeck verarbeiten musste, jetzt befand sich auch noch ein Mann an Bord, den sie auf erschreckende Weise anziehend fand. Aber diese Anziehung verwandelte sich in Ernüchterung, als ihr klar wurde, warum er ausgerechnet mit der *Sea Love* reiste. Dies war nicht irgendein Schiff. Und die Gäste, die an Bord der *Sea Love* gingen, reisten aus einem ganz bestimmten Grund mit diesem Liner. Sie alle waren auf Vergnügungen der besonderen Art aus, wollten sich mal so richtig austoben. Josh Sullivan bildete da sicher keine Ausnahme.

Störte sie der Gedanke etwa? Carolin verdrängte ihn gleich wieder. Ihr konnte es doch egal sein, aus welchem Grund Josh Sullivan an Bord war. Solange sie nicht dieser Grund war, und danach sah es ja nun nicht gerade aus. Wenn er doch nur endlich einsah, dass sie keine Hilfe gebraucht hatte.

»Wissen Sie was, Sullivan, machen wir einfach einen Deal.«

»Ich bin immer für einen guten Deal zu haben.«

»Ich gehe Ihnen aus dem Weg und Sie mir. Irgendwie werden wir diese paar Tage schon rumkriegen, ohne uns ständig in die Quere zu kommen.«

Sullivan schüttelte den Kopf. »Der Deal gefällt mir nicht.«

»Schlagen Sie einen besseren vor.« Sie war durchaus für Kompromisse offen.

»Sie leisten mir beim Abendessen Gesellschaft. Das wäre ein angemessenes Dankeschön von Ihrer Seite.«

Carolin fehlten die Worte. Sullivan war ja fast noch unverschämter als Pan. »Vergessen Sie es einfach«, sagte sie gereizt und ließ ihren »Retter« einfach stehen, eilte durch den Gang zum Lift. Sie hatte keine Lust auf weitere unsinnige Diskussionen, die zu nichts führten. Was wollte dieser Kerl überhaupt von ihr? Hier gab es genug Frauen, die auf ein kleines Abenteuer aus waren.

Sie hingegen brauchte keine Affäre, das war das Letzte, wonach ihr momentan der Sinn stand.

Carolins Magen meldete sich zu Wort. Sie hatte den ganzen Tag über nichts gegessen, es wurde Zeit für eine Pause. Also begab sie sich ohne Umwege zum nächstgelegenen Bordrestaurant, dem *Lotos*. Ein edles Restaurant, das mit exquisiten asiatischen Speisen aufwartete. Genau das Richtige, um den Abend ausklingen zu lassen. Und sich vielleicht auch ein bisschen abzulenken. Denn Sullivan, das war leider ein Fakt, löste etwas in ihr aus, was ganz und gar ungesund für sie war.

Josh schmunzelte. Das war wirklich ein hinreißender Zufall, ausgerechnet der Badenixe aus dem Alsterbad auf der *Sea Love* wiederzubegegnen. Carolin Winter. Ein passender Name für eine scheinbar kalte Person. Ob es ihm gelang, das Eis zwischen ihnen zu brechen? Im Alsterbad hatte er Carolin bestenfalls sympathisch gefunden, amüsant. Ihre Kämpfernatur und das sportliche Konkurrenzdenken hatten ihm imponiert. Wahrscheinlich hätte er diese Frau aber schnell wieder vergessen, wäre sie ihm hier nicht erneut begegnet. Nun weckte sie zusehends sein Interesse. Wer war die Frau in der strengen Uniform, die nicht ahnte, dass er in Wirklichkeit einen anderen Namen trug? Bei näherer Betrachtung hatten sie offenbar mehr gemeinsam. Beide zeigten nicht ihr wahres Ich. Aus unterschiedlichen Gründen. Er war sich nicht einmal sicher, ob sie diese Mauer, die sie um sich gezogen hatte, bewusst oder unbewusst aufgebaut hatte. Vielleicht um sich zu schützen.

So oder so, sie stachelte seinen Erobererinstinkt an, und er fragte sich unwillkürlich, wer hinter dieser kühlen Fassade wirklich steckte. In ihren Augen hatte er etwas gesehen, was ihn jetzt nicht mehr losließ. Leidenschaft? Sehnsucht? Verlangen? Nach ihm?

Er würde es herausfinden. Aber nun wollte er erst einmal sein Abendbrot zu sich nehmen, gespannt darauf, ob die vielen Küchen an Bord ihre fünf Sterne tatsächlich verdienten. Er schlenderte durch den Gang, nahm den Lift und suchte das entsprechende Deck auf. Spontan entschied er sich für das *Lotos*-Restaurant und traute seinen Augen kaum, als er die Dame in der weißen Uniform an einem der hinteren Tische erspähte. Das war doch mehr als nur ein Zufall. Josh glaubte nicht an Schicksal. Aber in diesem Moment geriet er ob seiner Einstellung doch ins Zweifeln. Schließlich begegneten sie sich nun schon zum zweiten Mal an diesem Abend, ohne dass einer von ihnen es darauf angelegt hätte. Die *Sea Love* war groß, niemand wusste das besser als er. Er hatte ihre Baupläne abgesegnet gehabt. Dies war eine kleine schwimmende Stadt, auf der man sich schnell aus den Augen verlor. Aber offenbar gab es etwas oder jemanden, der sie einander näherbringen wollte, ihre Wege immer wieder zusammenführte.

Verfolgen Sie mich schon wieder?, würde sie fragen, wenn er jetzt zu ihr ging. Er lachte leise, konnte ihr diesen Verdacht jedoch nicht verübeln. Es sah ja tatsächlich ganz danach aus. Und was würde er antworten? Dass es Schicksal war?

Nein, er setzte sich an einen anderen Tisch, von dem aus er die Sicherheitsoffizierin im Blick hatte. Eine Kellnerin brachte ihm die Speisekarte. Auch sie ahnte nicht im Geringsten, wen sie tatsächlich bediente und dass Josh Sullivan lediglich ein Pseudonym war. Gut so! Er konnte Publicity im Moment nicht gebrauchen. Josh hatte nicht vor, seine wahre Identität preiszugeben. Er genoss es im Moment viel zu sehr, der charmante und unbedarfte Sullivan zu sein. Er mochte diesen Kerl einfach. Und er wollte endlich einmal Urlaub machen.

»Was hat die Dame in Weiß bestellt?«, fragte er die Kellnerin, ohne einen Blick in die Speisekarte zu werfen.

»Ente in Orangensauce«, erwiderte die hübsche junge Frau. Sie sah um einiges weicher aus, wirkte anschmiegsamer als Frau Winter. Aber solchen Frauen begegnete er häufig, sie reizten ihn nicht so sehr wie die Eislady. Erinnerten ihn zudem viel zu sehr an Veronika.

»Das nehme ich auch. Vielen Dank.«

»Noch etwas zu trinken?«

Er bestellte einen Weißwein dazu und beobachtete Carolin Winter genau, die zwei verschiedene, gänzlich konträre Aspekte in sich vereinte, wie er nun feststellte. Einerseits schüchtern, gar zurückhaltend, andererseits sehr präsent, wahrscheinlich hart im Nehmen. Unweigerlich fragte er sich, was sie anmachte, wie sie sich im Bett verhielt. Ob sie gern den aktiven Part übernahm oder doch eher den passiven? Seltsamerweise konnte er sich beides vorstellen, weil sie auch beide Persönlichkeitsmerkmale aufwies.

»Ihre Ente«, unterbrach die hübsche Kellnerin seine Gedanken, nachdem einige Minuten verstrichen waren, zwinkerte ihm sogar zu. War das ein Flirt? Er hatte im Augenblick kein Interesse. Schade, denn die Kleine war wirklich süß. Josh hatte in seiner Zeit vor Veronika nichts anbrennen lassen. Dann hatte er den Fehler seines Lebens begangen, den er gerade dabei war zu korrigieren, um besagte Freiheit zurückzuerlangen. Aber dieses Mädchen war es nicht wert, ein Risiko einzugehen, denn eine andere fesselte ihn viel mehr. Fesseln? Ob Frau Winter das gefiel? Offenbar spielten seine Hormone verrückt. Aber ja, er wollte sie zu gern fesseln, mit seiner Persönlichkeit, seinem Sexappeal. Er wollte ihren Körper an seinem spüren, herausfinden, wie sich ihre Haut anfühlte, wonach sie roch. Sie war im Bett gewiss genauso kratzbürstig wie im normalen Leben. Das gefiel ihm. Eine ebenbürtige Partnerin, die ihm Kontra bot.

Tut mir leid, Carolin Winter, Sie sind selbst dran schuld, dass ich nur noch an Sie denken kann, dachte er. Und er würde nicht eher aufgeben, bis er sie da hatte, wo er sie haben wollte. Und das war in seinem Bett. Er lehnte sich genüsslich zurück, nahm noch einen Schluck Wein und entschied, dass Carolin Winter schon bald die Seine sein würde.

»Du hättest mich wirklich wecken sollen«, beschwerte sich Andrea Lautenthal, als sie ihre Freundin Lena Gruber an der Bar des *Lotos*-Restaurants erspähte. »Ich hätte mir die Show gern mit dir angesehen.«

»Sorry, Andrea, du hast so friedlich wie ein kleines Baby ausgesehen. Ich hab es nicht übers Herz gebracht, dich aus dem Schlaf zu reißen.«

»Jetzt machst du dich auch noch über mich lustig?« Andrea konnte nicht darüber lachen.

»Sei doch nicht so überempfindlich. Ich hab es nicht böse gemeint, okay?«

Andrea nickte langsam, setzte sich zu der Freundin und bestellte sich eine Piña Colada.

»Wie geht's dir denn? Siehst ja schon deutlich besser aus«, stellte Lena fest.

»Ich fühle mich auch viel besser. Dieser Dr. Meinhardt hat mir wahre Wundertropfen verschrieben. Ich merke den Seegang gar nicht mehr.« Direkt schade, dass sie so gut wirkten. Nun hatte sie keinen Grund, noch mal zu ihm zu gehen.

»Das musst du doch den Doktor nicht wissen lassen.« Lena zwinkerte ihr zu. Hatte sie das gerade richtig verstanden? Schlug Lena vor, sie solle dem attraktiven Meinhardt weiterhin vorspielen, sie würde an der Seekrankheit leiden, damit er ihre Behandlung fortsetzte? Das war ziemlich durchtrieben. Aber irgendwie auch genial. Einer von Lenas typischen Einfällen, um dem Schicksal ein wenig auf die Sprünge zu helfen. Nur konnte sie das wirklich tun? Einen Arzt derart unverschämt anlügen? Und würde er es nicht merken, wenn sie simulierte?

»Du musst schon ein bisschen nachhelfen, wenn du deinen Doktor erobern willst«, meinte Lena, als hätte sie ihre Gedanken gelesen.

Andrea wollte Lena gerade erklären, dass sie durchaus bereit war, etwas für die Liebe zu tun, als ihre Freundin plötzlich ihren Barhocker zurückschob und in den Raum hineinstarrte, als hätte sie dort einen alten Bekannten entdeckt. Aber wen sollte sie schon auf der *Sea Love* kennen? »Das halte ich ja im Kopf nicht aus!«

»Was ist los?«, fragte Andrea irritiert. Aber Lena gab ihr keine Antwort, sondern rauschte auf die Tische zu und blieb erst stehen, als sie an dem der Sicherheitsoffizierin angelangt war. Was wollte Lena denn von der?

Andrea bezahlte den Cocktail, denn die Getränke an Bord wurden im Gegensatz zu den Speisen in Rechnung gestellt, und folgte ihrer verrückten Freundin.

»Das ist ja unglaublich, Carolin Winter? Das ist Jahre her, seit wir uns das letzte Mal gesehen haben.« Offenbar kannten sich die beiden. Lena kam so viel herum, bereiste die ganze Welt, es hätte Andrea eigentlich gar nicht verblüffen sollen, dass sie, egal wohin sie auch kam, mindestens auf eine Person traf, der sie schon mal begegnet war.

»Lena? Was machst du denn hier?«

»Ich mache Urlaub. Was dachtest du denn?« Lena setzte sich zu der Sicherheitsoffizierin und blickte sich nach Andrea um, winkte diese dann zu sich. Andrea folgte der Einladung und nahm ebenfalls Platz.

»Hallo, ich bin Andrea Lautenthal, eine Freundin von Lena«, stellte sie sich vor.

Frau Winter reichte ihr die Hand. »Carolin. Freut mich.« Schon waren sie beim Du. Mit Lena an der Seite ging so etwas immer sehr schnell und unkompliziert. Sie besaß so eine gewisse Ausstrahlung, die jeden in den Bann zog.

»Wo habt ihr euch denn kennengelernt?«, fragte Andrea, die sich trotz allem ein wenig außen vor fühlte.

»Lass mich mal überlegen. Ach ja, ich weiß es wieder. Das war auf dieser entzückenden kleinen Kreuzfahrt nach St. Petersburg, stimmt's?«

Carolin nickte.

»Wie lange ist das jetzt schon wieder her?«, grübelte Lena.

»Fast zehn Jahre. Die Zeit vergeht wie im Flug.«

»Du sagst es. Aber du hast dich kaum verändert.«

Die Sicherheitsoffizierin lachte. »Ist das nun gut?«

»Selbstverständlich. Siehst jung und knackig aus, wie eh und je.«

»Knackig? Sprechen wir wirklich von mir?«

»Von mir wohl erst recht nicht«, mischte sich Andrea ins Gespräch. Sie hätte alles dafür getan, eine so gute Figur wie Carolin Winter zu haben. Sie war zwar nicht gertenschlank, hatte aber gute Proportionen. Ganz im Gegensatz zu ihr. Doch dieses Thema wollte Andrea jetzt nicht weiter vertiefen, es zog sie nur herunter.

»Das fällt auch allen anderen auf. Zum Beispiel diesem schicken Kerl dort hinten in der Ecke. Der starrt unentwegt zu uns herüber. Und wenn mich nicht alles täuscht, hat er insbesondere ein Auge auf dich geworfen.«

Carolin und Andrea blickten gleichzeitig zu dem Fremden, von dem Lena sprach. In der Tat, das war ein Typ, der Andrea gefallen könnte. Er wirkte adrett, sexy, und obwohl er ziemlich weit weg saß, war seine männliche Ausstrahlung derart stark, dass man sie selbst von hier aus nicht übersehen konnte. Ihr persönlich gefiel

Dr. Meinhardt besser, aber das war ein Mann, den sie auf keinen Fall von der Bettkante stoßen würde.

Seltsamerweise reagierte Carolin ganz anders auf diesen Adonis. Sie wurde nervös. Und als sie nach ihrem Wasserglas griff, rutschte es ihr fast aus den Händen. Schließlich warf sie einen Blick auf ihre Armbanduhr und schob ihren Stuhl zurück. »Ich muss leider los, habe gar nicht auf die Zeit geachtet. Tut mir leid, wir plaudern später noch mal, ja?«

»Ja … gut, kein Problem«, sagte Lena verdutzt. »Ist alles okay, du wirkst ein wenig … aufgelöst.«

»Alles bestens. Ich … bin nur spät dran, das ist alles. Ich will den Kapitän nicht verärgern. Man sieht sich, schönen Abend noch.« Und schon eilte die Sicherheitsoffizierin aus dem Restaurant.

»Kannst du dir ihr merkwürdiges Verhalten erklären?«, fragte Andrea irritiert.

Lena wog den Kopf hin und her, nahm einen Schluck von ihrem Cocktail und blickte noch einmal zu dem Fremden, der nun breit grinste und den Kopf schüttelte. Hatte er vielleicht bemerkt, dass sie von ihm gesprochen hatten? Amüsierte er sich über sie? War Carolin seinetwegen geflohen?

»Entweder Carolin hat wirklich noch einiges zu tun oder …« Lena leckte sich über die Lippen und fixierte den Mann mit ihrem Verführerinnenblick. Bei ihr sahen solche Gesten immer sexy aus. Andrea hingegen verkniff sich derartige Spiele völlig. Ihr fehlte die Übung, außerdem war sie nicht von deren Wirkung überzeugt. Ihr fiel auf, dass der Mann nicht auf Lenas Anmache reagierte. Zumeist flirteten die Männer zurück, wenn

Lena die Initiative ergriff. Das war nicht unbedingt ein Zeichen dafür, dass die Sache im Bett endete oder gar ernster wurde. Für Lena war es oft ein Spiel, um ihren Marktwert zu testen. Bei dem Kerl kam sie jedenfalls nicht an. Wenn so etwas geschah, was selten vorkam, frustrierte sie es, dieses Mal nahm sie es jedoch locker.

»… oder«, fuhr sie fort, »Carolin und dieser hübsche Gast kennen sich irgendwoher.«

Nun ging auch Andrea ein Licht auf. »Du meinst, er ist ihr Freund?«

»Nicht unbedingt, aber womöglich bahnt sich etwas zwischen den beiden an.«

»Nach einer Anbahnung sah es nach dieser überhasteten Flucht aber nicht aus.«

Lena nickte. »Du hast wohl recht. Wahrscheinlicher ist, dass Carolin immer noch das kleine Mäuschen von damals ist.«

»Mäuschen?« Wie ein Mäuschen sah diese hochgewachsene Frau in der Uniform nun nicht gerade aus. Wenn eine von ihnen dreien ein Mäuschen war, so war es Andrea, aber doch nicht eine wie Carolin Winter.

»Carolin ist privat sehr schüchtern. Das war auch damals schon ein Thema zwischen uns. Sie flieht vor den Männern, die sich für sie interessieren.«

»Ach ja?« Das konnte Andrea nicht verstehen. Sie war froh, wenn überhaupt ein Mann an ihr Interesse zeigte. Wenn er dann auch noch so aussah, wie der große Unbekannte am anderen Tisch, dann würde sie alles tun, nur nicht vor ihm fliehen.

»Das hat mit ihrer Vergangenheit zu tun«, erklärte Lena.

Allmählich weckte sie Andreas Neugier. »Du meinst, sie war mal mit jemandem liiert, der sie für alle Zeit für alle anderen Männer verdorben hat?«

Lena lachte. »Nein. Nichts in der Art. Aber sie hatte mal einen Freund, der sie schlecht behandelte, nicht respektierte und obendrein fremdging.« Sie ging nicht ins Detail, aber das brauchte sie auch gar nicht. Ein Mann, der eine Frau ohne Respekt behandelte, genügte ihr als Erklärung für ein männerabweisendes Verhalten.

»Leider macht Carolin den Fehler, nun alle Männer stellvertretend büßen zu lassen, und dabei steht sie ihrem eigenen Glück im Wege.«

»Nicht sehr rational.«

»Gefühle sind selten rational.« Nachdenklich zeichnete Lena den Rand ihres Glases mit dem Finger nach, dann schnipste sie plötzlich. »So kann es nicht weitergehen. Ich kenne Carolin seit zehn Jahren, vielleicht sogar elf. Bis vor wenigen Jahren hatten wir regelmäßig Kontakt, haben uns mal hier, mal dort getroffen, und immer war sie Single. Ich bezweifle, dass sich jüngst etwas daran geändert hat. Aber dafür wird es langsam Zeit! Ich werde die Sache in die Hand nehmen.«

»Gehst du nicht ein bisschen zu weit. Es gibt nun mal Menschen, die lieber allein bleiben. Überlass die Entscheidung ihr. Vielleicht ist sie ja glücklich als Single?«

»Das ist sie nicht. Ich kenne sie lange genug, diese Flucht hat alles verraten«, war Lena überzeugt. »Carolin ist niemand, der für eine schnelle Nummer zu haben ist. Wer weiß, wann sie das letzte Mal Sex hatte.«

»Das … geht uns nun wirklich nichts an.«

»Sie muss innerlich völlig verkümmert sein.«

»Du übertreibst.«

»Tue ich nicht.«

»Und was ist mit mir? Du wolltest mir helfen«, erinnerte Andrea sie.

»Keine Sorge, Süße, du kommst schon nicht zu kurz. Auch wenn du es mir wahrscheinlich nicht glaubst, aber Carolin ist ein schwierigerer Fall als du.«

Das war in der Tat nur schwer vorstellbar. Carolin hatte alles. Ein akzeptables Aussehen, einen coolen Job und offenbar auch einen Verehrer, von dem Andrea bestenfalls träumen konnte.

War sie tatsächlich eifersüchtig auf die Sicherheitsoffizierin? Fürchtete sie, dass Lena sich mehr ihr als Andrea zuwenden würde? War das nicht albern? Es erinnerte ein wenig an ihre Schulzeit, als es darum ging, wer wem die beste Freundin war.

»Du musst wissen, was du tust.« Lena hatte ihr schon oft von ihren zahlreichen Verkupplungserfolgen erzählt. Eine Freundin hatte sie mit einem Animateur eines Luxushotels zusammengebracht, eine andere hatte ihren Arzt geheiratet. Lena selbst war interessanterweise noch nie unter die Haube gekommen, wie man so schön sagte. Danach stand ihr nicht der Sinn. Sie brauchte ihre Freiheit, und wechselnde Beziehungen waren für sie das Salz in der Suppe. Andrea war da ganz anders gestrickt. Sie suchte tatsächlich den Mann fürs Leben. Und wenn sie die freie Wahl hätte, dann würde sie sich für Dr. Meinhardt entscheiden. Ohne Zögern.

»Das weiß ich auch. Du wirst sehen. Noch ehe diese

Kreuzfahrt zu Ende ist, wird Carolin diesem Kerl den Kopf verdrehen.« Sie rieb sich in Vorfreude die Hände. Andrea ahnte Böses, verkniff sich aber jeglichen Kommentar. Wenn Lena sich erst einmal etwas in den Kopf gesetzt hatte, zog sie es auch durch. Da mochte kommen, was wollte. Andrea hatte im Moment nicht den Nerv, sie davon abzuhalten. Und solange sie tatsächlich Dr. Meinhardt, mit oder ohne Lenas Zutun, näherkam, sollte es ihr genau genommen egal sein, was Lena wieder ausheckte. Fest stand nur, diese Kreuzfahrt würde noch äußerst interessant werden.

Andrea schlotterten die Knie, als sie am nächsten Morgen in aller Früh zur Krankenstation ging. Um diese Uhrzeit war auf der *Sea Love* noch nicht allzu viel los, aber sie begegnete einigen Sportversessenen, die an Deck joggten oder Tennis spielten. Wäre wohl nicht allzu schlecht, wenn sie sich einem von ihnen beizeiten anschloss. Andrea wischte den Gedanken gleich wieder fort. Sie war zwar alles andere als zufrieden mit ihrer Figur, dafür aber auch ein echter Sportmuffel.

Inzwischen hatte sich ihr Magen beruhigt und ihr Körper sich an den Seegang gewöhnt. Die Tropfen vertrug sie gut. Heute erschien ihr das Wetter besonders mild, und die *Sea Love* schaukelte kaum merklich. Umso unangenehmer war es, dem Doktor direkt ins Gesicht zu lügen, ihm eine Seekrankheit vorzuspielen, die gar nicht mehr da war.

Und wofür das Ganze? Damit er sie noch einmal untersuchte? Zugegeben, sie sehnte sich nach seiner Aufmerksamkeit, nach seinen Berührungen, auch wenn diese nur Untersuchungszwecken dienten. Aber für den Augenblick würde ihr das genügen. Wäre da nicht das schlechte Gewissen, das unentwegt an ihr nagte. Sie war eben keine Lena Gruber, die schon mal falschspielte, um an ihr Ziel zu kommen.

Je näher Andrea Lautenthal der Krankenstation kam, desto langsamer wurden ihre Schritte. Gab es denn keine andere Möglichkeit, in Kontakt mit Dr. Thomas Meinhardt zu kommen? Sollte nicht an diesem Abend eine Gala stattfinden, mit Live-Gesang und allem Pipapo? Gewiss würde auch die Crew zu diesem Anlass erscheinen, aber ob der Doktor dann überhaupt die Zeit hatte, sich mit ihr zu unterhalten. Sie war ja auch nicht die einzige Single-Frau an Bord. Und dass der Schiffsarzt auffällig attraktiv war, war gewiss nicht nur ihr aufgefallen.

Nein, es gab nur diesen einen Weg für sie. Sie musste einfach ihre Skrupel beiseiteschieben und den Plan durchziehen. Immerhin stammte er von Lena, und deren Pläne gingen in der Regel auf. Endlich erreichte sie die Krankenstation, aber Andrea schaffte es dennoch nicht zur Anmeldung. Sie fühlte sich einfach schäbig. Hatte sie solche Tricks wirklich nötig?

Als eine Schwester auf sie zukam und besorgt fragte, wie es ihr ginge, behauptete Andrea, sie hätte sich nur verlaufen, und verließ die Station wieder. Es war nicht richtig, den Doktor anzulügen. Das war nicht ihr Stil.

Nun lief sie gedankenversunken über das Deck, beobachtete abermals all die fitten Menschen mit ihren

Traumfiguren um sich herum, von denen sich zusehends mehr im Sportbereich sammelten.

Andrea wäre gern eine dieser athletischen Frauen gewesen, die kein Gramm zu viel auf den Rippen hatten, die gesund und attraktiv aussahen, aber es war ihr nicht vergönnt. Schon während der Pubertät hatte sie vergeblich gegen die überschüssigen Pfunde angekämpft. Keine Diät hatte ihr geholfen, im Gegenteil, viele hatten sogar den gefürchteten Jo-Jo-Effekt bewirkt, auf den sie gut und gern verzichten konnte.

»Kann ich Sie zu einer Runde Jogging überreden?«, fragte plötzlich ein Mann hinter ihr. Andrea fühlte sich im ersten Moment gar nicht angesprochen. Erst als sie merkte, dass niemand sonst im näheren Umkreis stand, der hätte gemeint sein können, drehte sie sich um und erstarrte, als sie in Dr. Meinhardts strahlende Augen blickte. Sie waren tiefgründig, dunkel, und doch glaubte sie in diesem schwarzen Abgrund etwas aufflammen zu sehen. Etwas, was ihr die Kehle trocken werden und ihr Herz schneller schlagen ließ. Doch wahrscheinlich war dieses Etwas nur Einbildung. Wunschdenken.

»Sie haben mich erschreckt«, sagte sie ehrlich. Wurde er denn nicht auf der Station gebraucht? Natürlich gab es auch noch einen zweiten Arzt an Bord. Vermutlich hatte Dr. Meinhardts Schicht einfach noch nicht begonnen.

»Das tut mir aufrichtig leid. Wie ich sehe, wirken meine Tropfen. Das freut mich sehr.«

»Ja, es geht mir viel besser.« Andrea versuchte sich ihre Nervosität nicht anmerken zu lassen.

»Also, was halten Sie von meiner Idee? Eine Morgenrunde zu zweit?«

»Ich … weiß nicht recht.« Ausdauersport war noch nie etwas für sie gewesen. »Ich habe nicht die passenden Sachen dabei«, rechtfertigte sie sich rasch.

Dr. Meinhardt musterte sie sehr genau, und sein prüfender Blick, der über ihren Körper glitt, hinterließ ein aufregendes Prickeln zwischen ihren Schenkeln, das Andrea nur noch nervöser machte. Instinktiv presste sie die Beine leicht zusammen.

»Für mich sieht das genau nach der richtigen Kleidung fürs Joggen aus«, erwiderte er und lächelte sie charmant an.

Andreas schaute nun ebenfalls auf ihre Kleidung. Die kurzen Hosen, das T-Shirt – sogar Turnschuhe hatte sie an – erweckten in der Tat den Eindruck, als wäre sie nur aus dem Grund zum Sportdeck gekommen, um eben das zu tun, was alle hier taten – Sport zu treiben.

Sie lachte verlegen. Jetzt waren ihr die Ausreden ausgegangen. Andererseits gefiel es ihr, dass Dr. Meinhardt offenbar Zeit mit ihr verbringen wollte. War es nicht das, worauf sie abgezielt hatte? Wenn sie nicht nachgab, würde sie es ewig bereuen. »Versuchen wir es. Aber ich habe eine schlechte Kondition, da muss ich Sie vorwarnen.«

»Joggen Sie in einem Tempo, das Ihnen genehm ist, Andrea. Ich bin an Ihrer Seite.« Er nannte sie beim Vornamen, wollte an ihrer Seite bleiben. Seine Worte ließen ihre Wangen glühen. Beschämt blickte sie von ihm weg. Hoffentlich merkte er nicht, wie verschossen sie in ihn war.

Langsam rannte sie los. Es war Jahre her, seit sie das letzte Mal gejoggt war. Schon immer war Ausdauersport ein Krampf für sie gewesen, weil ihr schnell die Puste ausging und Seitenstiche sie plagten. Die ließen auch nicht lange auf sich warten, sondern traten schon nach den ersten paar Metern auf. Am schlimmsten jedoch war die Tatsache, dass ihre Brüste bei jedem Schritt mitwippten. Bei ihrer Oberweite half nicht mal der BH, und Dr. Meinhardt blickte schon zu ihren prallen Äpfeln, schmunzelte darüber.

Unter anderen Umständen hätte sie diesen Blick als Kompliment aufgefasst, sich gefreut, dass er augenscheinlich Interesse an ihren ausgeprägten Rundungen zeigte. Doch in diesem Fall verstärkte es ihre Unsicherheit.

»Sie machen das gut«, lobte er sie, offenbar in der Absicht, sie zum Durchhalten zu animieren. Aber Andrea konnte schon nach ein paar Minuten nicht mehr. Sie blieb stehen, schnaufte, rannte ein paar Schritte weiter, blieb abermals stehen, hielt sich die schmerzende Seite.

»Machen Sie langsam weiter. Jetzt stehen zu bleiben ist das Schlechteste«, riet er ihr. Aber Dr. Meinhardt hatte gut reden. Er war fit und konnte sich wahrscheinlich nicht einmal ansatzweise vorstellen, wie sich diese furchtbaren Seitenstiche überhaupt anfühlten.

Andrea wollte kapitulieren. Sie hatte es versucht, war wieder einmal gescheitert. Sport war einfach nicht ihr Ding. Sie wollte sich auf die nächstbeste Bank setzen, als der Doktor plötzlich ihre Hand ergriff und sie weiterzog.

Die Berührung ließ ihr Herz höherschlagen, aber sein Vorhaben missfiel ihr ganz und gar. Wollte er sie etwa über das Deck schleifen?

»Ich kann nicht mehr, wirklich. Ich brauche eine Pause.« Der Schweiß rann ihr über die Stirn. Ihre Haare waren nass und verklebt. Die Morgendusche hätte sie sich sparen können.

Endlich hielt auch Dr. Meinhardt inne. »Also schön, gehen Sie im Schritttempo weiter. Das ist gut für den Kreislauf.«

Sie wollte sich hinsetzen, verdammt! Aber der Doktor wusste wohl, wovon er sprach, und sie folgte seiner Anweisung. Es war die reinste Folter. Doch allmählich, wenn auch nur ganz langsam, ging es ihr besser, wenngleich ihr Herz nach wie vor wie wild schlug. Doch ob das an seiner Gegenwart oder der Anstrengung lag, das konnte sie nicht sagen.

»Es geht schon wieder«, erklärte sie und versuchte zu lächeln. In dem Moment bekam sie mit, dass er sie abermals taxierte. Und als Andrea zu ihren Brüsten sah, bemerkte sie das Malheur! Die Schweißflecken sorgten dafür, dass der dünne Stoff wie eine zweite Haut an ihr klebte. Ganz besonders in der Brustregion trat dieses Phänomen auf, so dass auch ihre Brustwarzen sich unter dem T-Shirt sichtbar abzeichneten.

Andrea war entsetzt. Zum einen, weil Doktor Meinhardt ihr genau da hinstarrte. Zum anderen, weil ihr das auch noch gefiel! Das Prickeln zwischen ihren Schenkeln meldete sich verstärkt zurück, und ihre Wangen liefen erneut rot an. Aber das konnte sie wenigstens auf die Erschöpfung schieben.

»Verzeihen Sie, ich wollte Sie nicht anstarren«, entschuldigte sich der Schiffsarzt.

»Ich … ähm …« Was sollte sie darauf erwidern? Das, was er vermutlich erwartete, nämlich, dass er ein Lustmolch war, der einer armen, ausgepowerten Frau auf die Brüste stierte. Oder die Wahrheit? Dass es sie irgendwie scharfmachte, wenn er sie so ansah. Ihr Verlangen nach ihm verstärkte sich.

»Haben Sie heute Abend schon etwas vor?«, fragte er plötzlich.

»Ich?« Andrea stand ein wenig auf der Leitung. Wollte er sich etwa mit ihr verabreden? Das wäre das erste Date in zwei Jahren, um das sie sich nicht selbst bemühen musste.

»Ja, ich spreche mit Ihnen«, sagte er amüsiert. »Ist ja sonst auch niemand in Hörweite.« Er zwinkerte ihr zu.

»Ich …«

»Wenn Sie schon etwas anderes vorhaben, ist das natürlich völlig in Ordnung. Dann würde ich Sie fragen, ob Sie an einem anderen Abend Zeit hätten?« Er lächelte sie charmant an. Und bei diesem Lächeln wurden ihr die Knie weich.

»Oh … ich habe Zeit. Heute … und morgen Abend. Suchen Sie sich einen Abend aus!«

»Dann nehme ich beide.«

»Be… beide?« Hoffentlich würde er das nicht bereuen. Sie suchte rasch nach einem Taschentuch in ihrer Hosentasche und tupfte sich dann die Stirn damit ab.

»Heute Abend findet eine Gala im Theater statt. Die

berühmte Künstlerin Brigit Susette La Norma tritt auf. Das sollten wir uns nicht entgehen lassen.«

»Sicherlich.« Sie nickte zustimmend. Ihr war es egal, wohin sie gingen. Wichtig war nur, dass er bei ihr war. Interesse an ihr zeigte. Und das tat er offenbar.

»Dann ist es abgemacht? Heute Abend um zwanzig Uhr im Theater?«

Sie nickte erneut. Das Strahlen in seinem Gesicht wurde größer. Dann nahm er ihre Hand und hauchte ihr einen altmodischen, aber sexy Kuss darauf. »Ich freue mich. Bis bald, Andrea.«

Mit diesen Worten verabschiedete er sich, joggte leichtfüßig und doch kraftvoll über das Deck. Andrea blickte ihm nach, musterte den festen Po in der engen Hose, das breite Kreuz und die starken Oberschenkel, bis der Doktor aus ihrem Blickfeld verschwand. Dann ließ sie sich endlich auf die Bank sinken und fächelte sich mit beiden Händen frische Luft zu. Dass alles plötzlich so schnell gehen würde, hätte sie nicht gedacht! Aber sie freute sich sehr auf den Abend und auf das Wiedersehen mit dem hinreißenden Schiffsarzt. Es war gut gewesen, Lenas Plan nicht zu folgen.

Auch das noch! Ein Pärchen in Not hatte Carolin Winter zum Deck Zero gerufen. Es gab wohl kaum einen Ort an Bord des riesigen Mehrtonners, an dem sie sich weniger wohlfühlte. Schon als sie aus dem Fahrstuhl stieg und der süße Duft von ätherischem Rosenöl sie empfing, richteten sich ihre Nackenhaare auf und sie hätte am liebsten rücklings die Flucht angetreten. Für Carolin war das Liebesdeck an Bord der *Sea Love* eine eigene Welt, die neben der realen existierte und für ihr persönliches Leben keine Rolle spielte. Sie hatte akzeptiert, dass sie sich nicht auf einem normalen Kreuzfahrtschiff befand, für die nächsten Tage auf einem Lustschiff arbeitete, aber sie wollte mit dieser Parallelwelt nichts zu tun haben.

Nun sah es danach aus, als würde sich der Kontakt doch nicht ganz vermeiden lassen. Sie schritt durch den großen Saal, ignorierte das Stöhnen und Flüstern, das von allen Seiten zu ihr herüberdrang, genauso wie sie die eindeutigen Bilder aus dem Augenwinkel wahrnahm. Es ging sie nichts an, was die Passagiere hier unten trieben, sie wollte keine Details wissen. Rasch ging sie durch eine angrenzende Tür in das Zimmer Nummer 7, aus dem sie den Notruf erhalten hatte.

»Endlich«, keuchte auch schon ein junger Mann, als sie eintrat. Er lag nackt auf dem Bett und war mit beiden Händen an das Gestell gekettet.

»Wir bekommen die Handschellen einfach nicht auf«, erklärte seine Gespielin, die ebenfalls nackt war. »Ich habe schon alles versucht, aber es klemmt. Der Schlüssel ist mir sogar abgebrochen. Bitte helfen Sie ihm!«

»Schon gut, ich will sehen, was ich tun kann«, erklärte Carolin und stellte ihre Allzwecktasche ab, um nach einer Zange zu suchen. Fiel ein solcher Fall überhaupt in ihren Aufgabenbereich? Nun ja, das Pärchen hatte nun mal sie angerufen, und deshalb war sie sofort hergekommen.

»Nicht erschrecken, das wird gleich knacken«, warnte sie den jungen Mann vor und durchschnitt mit der Zange die Schelle an seiner rechten Hand. Das Metall war nicht besonders hart, und die Fessel ließ sich ohne großen Widerstand teilen.

»Vielen Dank«, sagte der Befreite und atmete auf, befühlte das gerötete Handgelenk.

»Schon gut«, erwiderte Carolin und blickte demonstrativ zu Boden, damit er sich schnell etwas überzog. Aber daran dachte der junge Mann offenbar gar nicht. Im Gegenteil, seine Gespielin legte sich plötzlich auf ihn, küsste ihn zärtlich, während Carolin noch danebenstand. Sie seufzte leise, wandte sich von dem Pärchen ab, das offenbar nicht mal für ein paar Sekunden die Finger voneinander lassen konnte. Sie wollte so schnell wie möglich das Liebesdeck wieder verlassen. Doch gerade als sie die Tür einen Spaltbreit öffnete, erhaschte sie einen Blick auf Josh Sullivan, der sich an die Bar gegenüber setzte!

Ihr Herz schlug sofort ein paar Takte schneller. Was machte Sullivan denn hier? War er ihr abermals gefolgt? Schwer vorstellbar. Woher sollte er wissen, dass man sie aufs Deck Zero gerufen hatte. Dafür musste er schon ein Gedankenleser sein. Was ziemlich unwahrscheinlich war.

Gefiel ihm etwa das Liebesdeck, kam er her, um sich verführen zu lassen? Deswegen war er wohl an Bord, hatte diese Reise überhaupt gebucht. Es wäre naiv, etwas anderes zu glauben. Dennoch, der Gedanke gefiel ihr aus irgendeinem Grund, den sie nicht erfassen konnte, gar nicht. Und als sich auch noch eine hübsche

Blondine im engen Kleid zu ihm setzte, ihn anlächelte, da wurde Carolin sogar wütend.

Das Stöhnen hinter ihr wurde lauter, und Carolin fiel wieder ein, dass sie in Zimmer 7 nicht allein war. Sie wollte aber auch nicht rausgehen, weil Sullivan dann auf jeden Fall auf sie aufmerksam würde. Zum Glück schien das Pärchen sie gar nicht mehr zu bemerken, oder es war den beiden völlig egal, dass sie noch im Raum war.

Es blieb ihr also nichts weiter übrig, als abzuwarten. Ein wenig gespannt war sie auch, wie weit dieser Sullivan gehen würde. Zunächst bestellte er sich einen Cocktail, die Dame tat es ihm gleich und geizte nicht mit ihren Reizen. Wie das Carolin in Rage brachte. Nur weil dieses Püppchen gewisse Vorzüge besaß, musste sie diese doch nicht einsetzen und derart ausspielen? Carolin tat das schließlich auch nicht.

War sie etwa eifersüchtig? Carolin schüttelte den Kopf. Was für seltsame Gedanken ihr plötzlich kamen. Ihr konnte es doch völlig gleich sein, was dieser Sullivan auf dem Lustschiff trieb. Natürlich war er nicht wie sie arglos an Bord gegangen. Er war wegen des Abenteuers hier, genauso wie alle anderen.

Die Blondine legte ihm den Arm um die Schultern, hauchte ihm einen Kuss auf die Wange, flüsterte ihm etwas ins Ohr und lachte dabei. Es fühlte sich an, als würde sie Carolin verhöhnen. Dabei wusste sie doch noch nicht einmal, dass Carolin überhaupt hier war und sie beobachtete. Wütend ballte sie die Hände zu Fäusten. Auch wenn sie bis eben noch einigermaßen cool geblieben war, fand sie dieses Verhalten so unmöglich, dass sie sich ernstlich zurückhalten musste, um nicht zur Bar zu stürzen und diesem Weibsbild die Meinung zu sagen.

Weshalb war sie überhaupt so wütend? Sullivan war ein erwachsener Mann, der ihr gegenüber keine Verpflichtung hatte. Sie wollte ja nicht einmal etwas mit ihm zu tun haben. Dennoch störte es sie, wenn andere Frauen auf ihn flogen. War das nicht paradox?

Josh und die Blondine zogen sich aus Carolins Blickfeld zurück. Das machte die Sache nicht unbedingt besser. Ganz im Gegenteil. Von überall hörte sie lustvolles Stöhnen. Das Pärchen hinter ihr gab sich ganz seinen Gelüsten hin, und auch aus dem Barbereich drangen Laute der Erregung.

Und plötzlich tauchte dieses furchtbare Bild vor ihrem geistigen Auge auf. Sie sah Sullivan, der das Kleid der Blondine abstreifte, seine Hände auf ihre Brüste legte, sie sanft massierte, sie … küsste.

Das ertrug sie nicht. Impulsiv stieß sie die Tür auf und platzte in den Barbereich. Niemand beachtete sie. Alle waren mit sich selbst beschäftigt. Sie erblickte ein in die Jahre gekommenes Paar, das sich gegenseitig im Intimbereich massierte, sowie zwei Männer, die sich Küsse auf ihre nackten Körper gaben, doch sie sah nirgends Josh Sullivan. Hatte er sich in eins der Separees zurückgezogen?

Sie musste wieder runterkommen, sich beruhigen, bevor sie noch einen furchtbaren Fehler beging.

Da plötzlich kam ihr die Blondine entgegengeschlendert. Sie war allein, wirkte verärgert, auch ein wenig gelangweilt. Sie setzte sich an die Bar, ohne Carolin eines Blickes zu würdigen, und bestellte sich noch einen Cocktail.

»Das ging ja schnell«, bemerkte der Barkeeper.

»Schnell? Es hat ja nicht mal angefangen. Der Typ hat mir einen Korb gegeben.«

Carolin traute ihren Ohren kaum, unwillkürlich blieb sie stehen und lauschte mit klopfendem Herzen dem Gespräch.

»Einen Korb? Ihnen?« Der Barkeeper konnte es offenbar genauso wenig glauben wie Carolin und die Blondine selbst. Weshalb hatte Sullivan eine so hübsche Frau vor den Kopf gestoßen? Doch nicht ihretwegen? Carolin spürte, wie ihre Hände schweißnass wurden.

»Tja, so sind die Männer. Sie wollen immer das, was sie nicht haben können.«

»Nicht alle sind so«, säuselte der Barkeeper immerhin noch laut genug, so dass auch Carolin es verstehen konnte.

Fest stand, Sullivan hatte die Chance auf schnellen Sex mit einer heißen Blondine gehabt und diese bewusst verstreichen lassen. Warum?

Sie musste an das Gespräch mit Lena Gruber denken. Ihre Freundin hatte gleich gemerkt, dass ihr Sullivan gefiel. Carolin hatte das zunächst abgestritten, weil sie keine Beziehung mehr wollte. Nicht nach diesem Desaster mit ihrem Exfreund Daniel, der sie nach Strich und Faden belogen hatte. Doch nun merkte sie, dass ihre Freundin sie besser kannte als sie sich selbst und sie vom ersten Moment an durchschaut hatte. Sullivan gefiel ihr. Sehr sogar. Das hatte er von Anfang an getan, nur hatte Carolin es nicht einsehen wollen, sich sogar dagegen gesträubt. Das Erlebnis gerade eben hatte ihr die Augen geöffnet, wegen der Angst, ihn an eine andere zu verlieren.

Aber was machte sie nun mit dieser Erkenntnis? Sollte sie es ihm sagen, ihm zeigen? Konnte sie das über sich bringen? Ihre Zurückhaltung stand ihr im Weg, wie immer. Und es war schwer, dagegen anzukämpfen. Aber das musste sie wohl, wenn sie Sullivan nicht verlieren wollte. Denn eins war klar, wenn sie ihm nicht bald ein Zeichen sandte, würde er sich anderweitig umsehen. Auswahl hatte er an Bord der *Sea Love* mehr als genug.

Selten war ein Theatersaal an Bord eines Kreuzfahrtschiffs so voll wie an diesem Abend gewesen. Und Carolin hatte schon einige Bordveranstaltungen auf verschiedenen Luxuslinern erlebt.

Kapitän Dorian Zeissner stand auf der Bühne, vor ihm ein Mikrophonständer, hinter ihm ein glitzernder Vorhang, der aus den Siebzigern stammen konnte. Die Luft war stickig, staute sich im Zuschauerraum, der mit kleinen runden Tischen ausgestattet war, auf denen Getränkekarten standen. Die Getränke waren eine der Haupteinnahmequellen. Für Carolin galten jedoch andere Regeln, da sie zur Crew gehörte. Für sie waren alle Getränke kostenlos.

An diesem Abend saß sie allein an einem der hinteren Tische, wartete auf Lena und Andrea, mit denen sie hier verabredet war. Doch beide Frauen hatten sich bisher noch nicht blicken lassen.

»Es ist mir eine besondere Freude und eine große Ehre, Ihnen heute Abend unseren Star zu präsentieren. Vielen ist ihr Name ein Begriff. Mit ihrer einzigartigen Stimme hat sie die Hitlisten der Welt bereits erobert. Und gewiss gelingt ihr das auch heute Abend mit Ihren Herzen. Begrüßen Sie mit mir gemeinsam Brigit Susette La Norma!« Dorian Zeissner klatschte in die Hände. Die Zuschauer fielen in den Applaus ein. Dann hob sich der Vorhang, und ein Spot fiel auf die schlanke, hochgewachsene Frau im Paillettenkleid, die nun geradezu über die Bühne schwebte. Die dunklen Locken waren zu einer wilden Mähne gestylt.

»Bon soir, Mesdames et Messieurs«, hauchte die elfenhafte Gestalt ins Mikrophon, ihre Stimme war kaum zu hören, so zart klang sie. Dann jedoch schmetterte sie plötzlich los mit einem Volumen, das man dieser zierlichen Person niemals zugetraut hätte. Der Saal tobte. Die meisten Zuschauer kannten offenbar die Songs der Künstlerin. Carolin musste jedoch zugeben, dass ihr nicht einmal der Name dieser Sängerin geläufig war. Aber ihre Musik gefiel ihr.

»Entschuldige bitte, ich habe es einfach nicht früher geschafft«, sagte Lena, die plötzlich neben ihr stand und sich schnell auf einen der beiden leeren Stühle sinken ließ. Sie strich sich rasch eine Strähne aus dem Gesicht und winkte dann dem Kellner zu, um etwas zu bestellen.

»Wo ist denn Andrea? Nach deiner SMS dachte ich, wir wären heute Abend zu dritt?«

»Du siehst ja richtig schick aus ohne die strenge Uniform«, bemerkte Lena, ohne auf ihre Frage einzugehen.

»Ich bin nicht im Dienst«, erklärte Carolin und blickte an sich herunter. Sie trug im Gegensatz zu den meisten anwesenden Frauen kein Kleid, weil sie sich darin einfach nicht wohlfühlte. Doch zumindest waren ihre Bluse und die Hose einigermaßen figurbetont.

»Die hat vielleicht eine Röhre«, bemerkte Lena begeistert und wippte im Takt mit.

»Wo ist denn Andrea?«, hakte Carolin nach.

»Schau mal da rüber.« Lena deutete zu einer der vorderen Reihen. »Sie hat heute Abend eine Verabredung.«

Carolin versuchte über all die Köpfe hinweg etwas zu sehen und meinte dann tatsächlich, Andrea in Begleitung zu entdecken. Doch der Kerl an ihrer Seite war nicht irgendein Mann. Sie erkannte die hochgewachsene Statur wieder.

»Sie ist mit unserem Doktor ausgegangen?«, fragte Carolin fassungslos.

»Warum so überrascht? Glaubst du, ein Schiffsarzt ist kein Mann?«

»Doch natürlich, aber …« Ihr gingen die Argumente aus. Sie hatte ja auch gar nichts dagegen, wenn sich die Crew mit Passagieren einließ. Aber das sollte dennoch eine Ausnahme bleiben und nicht zur Regel werden. Dachte sie dabei auch etwa an sich selbst?

»Na, siehst du. Außerdem hast du doch auch einen Verehrer, du solltest dem Doc wirklich seinen Spaß gönnen. Apropos Verehrer, schau mal, wer da gerade reinkommt.«

Carolin warf einen Blick über Lenas Schulter und erstarrte. Josh Sullivan hatte den Saal betreten. Er sah umwerfend aus in seinem schicken Anzug. Auf Fliege und Krawatte hatte er bewusst verzichtet, so wirkte er nicht bieder. Die dunklen Haare fielen ihm ins Gesicht, betonten seine markanten Züge. Jetzt schaute er auch noch zu ihr herüber, lächelte sie charmant, aber auch ein wenig triumphierend an. Ohne zu zögern, kam er auf ihren Tisch zu, wo noch ein Platz frei war.

»Einen wunderschönen guten Abend, die Damen«, grüßte er sie.

»Guten Abend«, sagte auch schon Lena, und ihr Lächeln überstrahlte das seine. Die Art, wie ihre Freundin Josh Sullivan ansah, gefiel Carolin gar nicht. War sie etwa schon wieder eifersüchtig? Was war nur mit ihr los? Sie erkannte sich ja selbst nicht wieder. Irgendwie schaffte es dieser Mann, sie gänzlich durcheinanderzubringen. Dafür musste er nichts weiter tun, als einfach nur anwesend zu sein.

»Darf ich mich zu Ihnen setzen?«

Carolin nickte langsam, denn eigentlich wollte sie nichts lieber, als in seiner Gesellschaft sein, auch wenn ein Teil von ihr das nach wie vor leugnete.

»Aber ja doch, leisten Sie uns Gesellschaft«, sagte Lena überschwänglich. »Die Show ist wundervoll, sie wird Ihnen gewiss gefallen.«

»Ich bin ein großer Fan von Brigit«, gab Josh zu und winkte einen Kellner herbei, der kurz darauf mit drei Gläsern Champagner zurückkam sowie der Bestellung, die Lena kurz davor aufgegeben hatte.

»Sie sind aber sehr großzügig«, bedankte sich Lena. Carolin fiel nichts Besseres ein, als ihrer Freundin zuzustimmen. Lena nahm ihr die Zügel aus der Hand, führte das Gespräch und zeigte immer unverhohlener, dass ihr Sullivan ebenfalls gefiel. Wie wahrscheinlich jeder Frau an Bord.

Carolin fühlte sich bald wie das fünfte Rad am Wagen. Völlig überflüssig. Lena und Josh verstanden sich zusehends besser. Sie waren beide weit gereist, hatten denselben Musikgeschmack, und auch was Wein anging, kamen sie auf einen Nenner. Carolin hatte von all diesen Dingen kaum eine Ahnung, vom Reisen einmal abgesehen. Aber selbst da kam sie kaum zu Wort.

Sie fühlte sich immer unbehaglicher und wollte am liebsten verschwinden. Ihr entging nicht, dass Josh nur noch Lena ansah, sie hingegen gänzlich ignorierte. Das tat weh. Sehr sogar. Wahrscheinlich hatte sie sich sein Interesse von Anfang an nur eingebildet.

»Ich mache mich eben mal frisch«, erklärte Carolin schließlich, weil sie es nicht länger aushielt. Doch sie hatte nicht vor zurückzukommen. Sie wollte fliehen, wie so oft. Sollten Lena und Josh sich doch einen schönen Abend machen. So gleichgültig, wie sie tat, war ihr die Sache aber nicht. Ein Grund mehr, schnell zu verschwinden, bevor ihre Eifersucht noch sichtbar wurde.

»Ich komme mit«, sagte Lena plötzlich. Auch das noch!

»Bei mir geht es ganz rasch, mach dir keine Mühe.«

»Aber nicht doch, Caro. Lass uns zusammen gehen, dann können wir noch ein bisschen plaudern.«

Josh lachte leise. »Plaudern. Deswegen gehen Frauen also immer zusammen auf die Toilette.«

»Da sehen Sie mal, von uns können Sie noch was lernen, Mr Sullivan«, neckte ihn Lena und schob Carolin vor sich her. Erst als sie den Saal verlassen hatten, ließ sie wieder von ihr ab.

»Warum so defensiv?«, fragte Lena.

»Defensiv?« Was sollte die Frage?

»Du überlässt mir das Spielfeld, das macht doch so keinen Spaß.«

»So wie du dich an ihn ranschmeißt, bleibt mir doch kaum etwas anderes übrig.«

»Demnach gefällt er dir also doch?«

»Ja, natürlich tut er das!«, empörte sich Carolin. Da lachte Lena auf einmal und schüttelte amüsiert den Kopf. »Ich habe es doch von Anfang an gewusst.«

»Wie schön für dich.« Sie fühlte sich immer noch von ihrer Freundin hintergangen. Geradezu ausgebootet.

»Dann geh schnell wieder zurück. Worauf wartest du noch?«, forderte Lena sie auf.

Jetzt verstand Carolin gar nichts mehr. Wollte Lena nun Sullivan oder wollte sie ihn nicht? Und falls sie ihn wollte, weshalb forderte sie Carolin auf, schnell zurückzugehen.

»Du hast nur einen kleinen Tritt in den Allerwertesten gebraucht. Jetzt zier dich nicht länger, er gehört dir.«

Es war nur ein Trick gewesen, um ihre Eifersucht anzukurbeln, sie aus der Reserve zu locken? Was für ein hinterhältiges Biest! Und was für eine gute Freundin. Carolin atmete erleichtert auf. Sie hatte schon geglaubt, sich in Lena getäuscht zu haben.

»Das war wirklich gemein.«

»Hat aber seine Wirkung nicht verfehlt, oder?«

»Nein, hat es nicht.«

»Also, schnapp ihn dir.«

»Aber was soll ich ihm sagen, wenn er nach dir fragt?«

»Das wird er nicht. Er will dich. Das merke ich.« Aus Lenas Mund klang es glaubhaft, und zugleich weckte es ihren Mut, sich der Situation zu stellen. Sullivan hatte die Blondine auf dem Liebesdeck verschmäht. Und Lena, die in solchen Dingen eine echte Kennerin war, behauptete, dass sie Chancen bei ihm hatte. Wäre sie doch nur nicht so verdammt schüchtern!

»Und sollte er doch fragen, sag ihm, es ginge mir nicht gut. Ich habe mich hingelegt. Der Rest liegt in deiner Hand.«

Carolin nickte und straffte die Schultern. Dies war ihre Chance. So schnell würde sie keine zweite bekommen. Und Josh Sullivan war genau der Mann, den sie wollte. Sie fühlte sich geradezu magisch zu ihm hingezogen, seine Ausstrahlung nahm sie gefangen. Das konnte sie nicht länger leugnen. Vielleicht war es an der Zeit, eine Dummheit zu begehen, diesem Zwang zu widerstehen, immer alles vorausplanen und kontrollieren zu müssen.

Perfekt. Carolin Winter kam allein zurück. Und etwas lag in ihrem Blick, was anders war als sonst. Er war noch scheuer, unsicherer, und das gefiel ihm. Es war ein Zeichen dafür, dass er sie nervös machte. Josh genoss diesen Umstand, der zugleich sein Verlangen nach ihr verstärkte. Es war merkwürdig. Seit langem hatte ihn keine Frau mehr derart gereizt wie Carolin Winter. Sie war anders als die Mädchen, die sich ihm sonst an den Hals warfen, ihn mit ihren Reizen zu becircen versuchten. Natürlich hatten hübsche Frauenkörper etwas für sich, er sah sie sich gern an, liebte es, sie zu berühren, aber etwas hatte gefehlt, um seine Sehnsucht zu stillen. Bisher.

»Wo ist Lena?«, fragte er, obwohl ihn das in Wirklichkeit allerhöchstens marginal interessierte.

»Es … ging ihr nicht gut, sie wollte sich hinlegen.«

»Tatsächlich?« Ob das stimmte? Oder ob sich die beiden Frauen abgesprochen hatten. Schmeichelhaft wäre das.

»Darf ich Sie noch auf einen Drink einladen?«

»Oh, sehr freundlich, aber mein Champagnerglas ist ja noch halb voll.«

»Wie Sie meinen, ich dachte nur, Sie wollten sich vielleicht noch ein bisschen Mut antrinken.« Er zwinkerte ihr zu.

»Mut antrinken?«

»Für das, was ich heute Abend noch mit Ihnen vorhabe.« Ihm war klar, alles auf eine Karte zu setzen war riskant. Aber er musste es tun. Carolin, die gerade an ihrem Glas nippte, verschluckte sich.

»Was … haben Sie vor?«, fragte sie und musste husten.

»Eine Überraschung. Doch jetzt sollten Sie erst einmal das Showprogramm genießen. Deswegen sind wir doch hier, nicht wahr?«

Sie nickte hastig, stellte das Glas wieder hin und richtete ihren Blick nach vorn, weg von ihm. Brigit Susette La Norma schmetterte einige ihrer alten Hits, aber Josh hatte kein Auge für die schöne Sängerin, er beobachtete stattdessen die sichtlich angespannte Carolin. Ihm gefiel der Zwiespalt, den sie verkörperte. Eine eigentlich toughe Frau, die doch so unsicher war. Aber in einer Hinsicht war sie nun doch recht eindeutig gewesen, sie hatte seine Anmache nicht zurückgewiesen.

Es versprach, ein hinreißender Abend zu werden. Vorsichtig rückte er etwas näher an die Sicherheitsoffizierin heran und legte ihr sacht seine Hand auf den Oberschenkel. Sie protestierte nicht, sah ihn nicht einmal an, versteifte sich aber noch etwas mehr. Wie süß! Bildete er es sich nur ein, oder fühlte sich ihr Schenkel zusehends heißer an. So heiß, dass sie durch den Stoff ihrer Hose hindurch glühte.

Er würde dieser Frau die schönsten Gefühle verschaffen, die ihren Körper in einen brodelnden Vulkan verwandeln würden. Es kam, wie so oft, nur auf das Timing an.

»Entschuldigen Sie bitte, ich … muss an die frische Luft«, erklärte Carolin plötzlich. Ihr Gesicht war leicht gerötet. Perlte da sogar Schweiß von ihrer Stirn? Hatte ihr plötzliches Aufbrechen etwas mit ihm zu tun? Sie sah nicht gut aus. Vielleicht war es besser, wenn er mit ihr ging. Er schob seinen Stuhl zurück, wollte ihr aufhelfen, aber Carolin winkte ab.

»Es geht schon, Sie brauchen sich keine Mühe zu machen.«

Er ignorierte das und folgte ihr an Deck. Herrlich kühle Abendluft empfing sie, streichelte die erhitzte Haut.

Carolin ging an die Reling, beugte sich sacht darüber und schaute auf das Spiel der Wellen, die im Mondlicht geheimnisvoll glitzerten.

»Soll ich vielleicht den Schiffsarzt rufen?«, fragte er besorgt.

Sie drehte sich wieder zu ihm um und schüttelte energisch den Kopf. »Es war einfach nur ein bisschen heiß im Saal.«

Das lag gewiss nicht an der Raumtemperatur. Josh kam näher, blieb dicht vor ihr stehen und sah ihr in die Augen. Zum ersten Mal überhaupt hielt sie seinem Blick stand, der nun über ihre sinnlichen Lippen glitt. Sie öffneten sich, glänzten ein wenig, luden ein. Zu gern wollte er von ihnen kosten. Jetzt.

Er legte ihr seine Hand auf den Hinterkopf und zog sie eng an sich. Carolin erschrak, atmete hörbar auf, wehrte sich jedoch nicht. Und dann hatte er alles unter Kontrolle. Er senkte seinen Kopf und drückte seinen Mund sanft auf ihren. Seine Zungenspitze schob sich fordernd gegen ihre Lippen, öffnete sie mit Druck. Er erhielt eine Ahnung von ihrem süßen, weiblichen Geschmack, der so sinnlich war, dass es ihn benebelte, ihm die Sinne raubte. Carolin ließ sich in seine Arme sinken. Fast als wäre sie dankbar dafür, dass er sich endlich nahm, wonach es ihn verzehrte, weil sie es genauso ersehnte wie er. Seine Hände wanderten über ihren Rücken, hielten sie fest, während sich seine Zunge tiefer in ihren Mund schob. Nun entfaltete sich ihr Aroma, das sein Blut nur noch stärker in Wallung brachte. Etwas wuchs in seiner Hose, wollte herausgelassen werden, in die Freiheit.

»Komm mit mir«, flüsterte er und löste sich sanft von ihr. Er ergriff ihre Hand und zog Carolin hinter sich her. Und zu seinem Erstaunen folgte sie ihm.

»Wohin?«, fragte sie atemlos.

Er antwortete nicht und führte sie zu seiner Kabine. Diese Nacht sollte ihnen beiden gehören.

Carolin staunte über die Größe der Kabine, die deutlich geräumiger war als die der meisten Passagiere. Statt eines einfachen Fensters war die Wand auf Backbord vollständig verglast, so dass man einen freien Blick aufs tosende Meer hatte, und wenn die Wellen hoch genug schlugen, sogar Wassertropfen über die Scheiben liefen. Dieser Luxus war für einen Normalsterblichen kaum zu bezahlen. Ihr fiel ein, dass sie kaum etwas über diesen Mann wusste. Nur dass er Amerikaner war. Was machte er beruflich? Wo lebte er? In Deutschland? In Amerika? Hatte er dort vielleicht sogar Familie. Sein Deutsch war perfekt, er musste einige Zeit in Deutschland gelebt haben. Konnte sie mit einem Mann schlafen, den sie kaum kannte?

Die Zweifel nagten an ihr. Aber als er plötzlich die Hand ausstreckte, sanft ihre Wange streichelte und sie abermals küsste, verflogen sie, als wären sie nie da gewesen. Sein Kuss machte sie schwach. Genauso wie der Kuss an Deck sie schwach gemacht, sie dazu gebracht hatte, ihm hierher zu folgen.

Sacht drängte er sie in Richtung seines Bettes. Dann gab er ihr einen leichten Schubs, und sie landete rücklings in seinen Kissen. Und ehe ihr auch nur der Gedanke an Flucht kommen konnte, lag er auf ihr, und sie spürte seine heißen Lippen an ihrem Hals, auf ihrem Dekolleté, wo sie eine brennende Spur hinterließen.

»Auf diesen Moment habe ich gewartet«, gestand er, und seine Worte erregten sie, verursachten wieder dieses süße Prickeln in ihrer Mitte, dem sie nichts entgegensetzen konnte, nicht wollte! Es war ein machtvolles Gefühl, begehrt zu werden.

Seine Hände umfassten ihre Hüften, und ehe sie es sich versah, war der Gürtel offen, die Hose heruntergezogen. Er legte sich zwischen ihre ausgestreckten Beine. Sie spürte seinen Atem an ihrem Höschen, er kitzelte die Innenseiten ihrer Oberschenkel.

Ein leises Stöhnen drang aus ihrer Kehle. Das Prickeln wurde stärker. Es wäre vernünftig, das Spiel abzubrechen, bevor es zu gefährlich, unkontrollierbar wurde. Aber Carolin blieb. Etwas in ihr wollte bleiben. Und dieses Etwas war weit stärker, als sie es vermutet hatte.

Sie schloss die Augen, versuchte sich ganz auf die intensiven Gefühle zu konzentrieren, die er in ihr auslöste. Sein Atem ging stoßweise, immer wieder blies er über ihre noch bedeckte Scham. Aber dann spürte sie plötzlich einen Finger, der unter ihren Slip glitt und sanft ihre nassen Schamlippen streichelte.

»Du riechst wundervoll«, flüsterte er, und seine Worte beruhigten sie. Sein Finger strich wieder und wieder über ihre anschwellenden Schamlippen. Sie hörte das verräterische Schmatzen ihrer Lust, und dann spürte sie seine Fingerkuppe an ihrer Pforte. Sanft schob er seinen Finger ein Stück weit in sie, nur um sie gleich darauf wieder zu verlassen. Carolin stöhnte auf. Josh wiederholte das Spiel noch zwei weitere Male. Jedes Mal wurde ihr Verlangen nach ihm größer, doch er erlaubte ihr stets nur einen kurzen Augenblick der Erfüllung.

Sie seufzte, spreizte die Beine, versuchte ihm verständlich zu machen, dass sie nicht länger warten konnte. Und tatsächlich griff er nach ihrem Höschen und riss es ihr herunter.

»Der süße Duft einer Lilie«, sagte er andächtig.

Sie roch nach einer Blume? Carolin fühlte sich geschmeichelt. Sein Atem kitzelte sie unablässig und, was noch schlimmer war, er verstärkte dieses Prickeln in ihrem Unterleib, das sie langsam wahnsinnig machte. Ganz von selbst spreizten sich ihre Beine noch etwas mehr, so dass sie schon fast Spagat machte.

Er lachte leise. »Nur Geduld.«

Aber wie sollte sie in dieser Situation Geduld aufbringen? Sie war am Verglühen. Ihr Verstand funktionierte nicht mehr, ihre Lust hatte triumphiert. Jetzt wollte sie Erlösung! Er sollte sie endlich nehmen. Sie lecken, liebkosen, in sie dringen, aber stattdessen strich er mit der Hand einfach nur über ihre Scham, in der es wild vibrierte. Bebte.

Geduld?

Es war unmöglich, Geduld zu haben. Nicht jetzt.

Ein Kuss landete auf ihrer intimsten Stelle. Irgendwie hatte er es geschafft, ihre Perle mit den Lippen aus dem engen Hautmäntelchen zu befreien. Und für diesen kurzen Moment, in dem sein Mund ihre Klitoris berührte, lief ihr ein Schauer über den Rücken, der sie erzittern ließ. Carolin hielt die Luft an. Ihr Herz schlug schneller, ihr Atmen passte sich dem Rhythmus an. Es war lange her, dass sie einem Mann erlaubt hatte, sie an intimen Stellen zu berühren. Sie hatte ganz vergessen, wie schön es sich anfühlte, jemand anderem nahe zu sein, seine Wärme und Nähe zu spüren.

Joshs Hände legten sich besitzergreifend auf ihre Oberschenkel. Seine Finger krallten sich in ihr Fleisch, doch der süße Schmerz erregte sie noch mehr. Ihr Blut geriet in Wallung. Nie hatte sich Carolin lebendiger gefühlt.

Endlich leckte er sie, jagte süße Erschütterungen durch ihren Unterleib. Sie war regelrecht elektrisiert.

Ein Finger platzierte sich vor ihrer Pforte. Instinktiv verkrampfte sie sich ein wenig, hoffte, dass er ihr endlich gab, wonach sie sich verzehrte. Josh schien das zu merken, leckte sie weiter, umkreiste ihre Feuchte zärtlich. Und je länger er sie ausharren ließ, desto stärker wurde ihr Verlangen. Sie wollte ihn in sich spüren, sie wollte, dass er aufs Ganze ging. Und das tat er. Erst vorsichtig, dann fordernder, bis sein Finger schließlich ganz in ihr verschwand. Sie hörte sich selbst keuchen und stöhnen, doch es klang nicht nach ihr, sondern nach einer gänzlich fremden Frau. Einer Frau, die alles andere als verklemmt war, die bereit war, ihre Gelüste zu entdecken und sich ihnen hinzugeben.

Ja, genau so wollte sie sein. Wie diese fremde Frau, die plötzlich in ihr steckte. Ganz von selbst bewegte sich ihr Becken mit, reckte sich ihm entgegen, so dass sie ihn immer schneller aufnehmen musste.

Der Druck seiner Lippen, die sich fest um ihre Klit

saugten, wurde stärker. Ihre Perle pulsierte, schwoll an, wurde prall und heiß. Carolin verlor vollkommen die Kontrolle. Aber genau das beförderte ihr eigentliches Ich zurück. Das Ich, das durch und durch ein Kopfmensch war.

Auch wenn sie es noch so gern wollte, sie konnte nicht aus ihrer Haut. Sie war nicht wie diese Frau, die kurz Besitz von ihr ergriffen hatte. Sie war kontrolliert und rational. Eigenschaften, die ihr ein Gefühl von Sicherheit verliehen. Und diese Sicherheit brauchte sie nun mehr denn je.

»Es ist alles gut«, versicherte Josh. Ob er ahnte, wie es in ihr aussah? Woher hätte er das wissen sollen? Und doch schien es, als kenne er ihr Problem.

»Lass dich fallen, ich bin hier und passe auf«, versicherte er ihr.

Dabei war es gerade das, was sie beunruhigte. Er behielt die Kontrolle ganz selbstverständlich, sie hingegen fühlte sich ihm und ihrem Körper ausgeliefert.

»Ich kann das nicht«, erklärte sie und wollte sich aufrappeln. Die Lust war verflogen. Fast als hätte sie nicht existiert.

Da legte sich plötzlich seine schwere Hand auf ihre Schulter und drückte sie sanft, aber doch bestimmt aufs Bett zurück. Seine Willensstärke erweckte abermals das sinnliche Prickeln zwischen ihren Beinen. Gefiel es ihr etwa, dass er plötzlich so fordernd wurde?

Das war doch völlig unlogisch!

»Ich erlaube nicht, dass du jetzt gehst«, sagte er bestimmt, und sein funkelnder Blick erregte sie nur noch mehr. Was war plötzlich los mit ihr?

»Nicht jetzt«, beharrte er, als wollte er ihr sagen, dass dieser Moment auch für ihn magisch war.

Sie nickte kaum merklich. Und ihr Herz entflammte nur noch mehr für ihn. Josh fuhr fort, wo er aufgehört hatte, leckte sie weiter und hielt sie zugleich fest, seine Hände wurden zu Fesseln.

Seine Zunge reizte ihre Klit in einem fort, leckte immer wieder über sie, bis sie abermals schön rund wurde und vibrierte.

Josh ließ nicht mit sich verhandeln. Carolin musste sich ihrer Lust ergeben und genoss allmählich das Zungenspiel und den warmen Hauch seiner Lippen sowie den Druck seiner Hand, die sie festhielt. Und dann brach völliger Kontrollverlust über sie herein. Carolin konnte diesen intensiven Gefühlen nichts entgegensetzen. Sie machten sie willenlos. Alles in ihr geriet in Aufruhr. Ihr Körper gehörte nicht mehr ihr selbst, sondern schien einzig Joshs Willen zu folgen. Er wollte, dass es ihr kam. In ihrer Feuchte pulsierte es so heftig, dass Carolin sogar schwindelte. Ihr Atem ging nur noch stoßweise. Sie spürte die elektrische Energie, die durch ihren Körper raste, von den Zehen- bis in ihre Haarspitzen. Alles strebte einem einzigen Punkt entgegen, der immer näher rückte, immer greifbarer wurde.

Das Gefühl war ihr fremd geworden. Und zugleich war sie sich sicher, es nie so intensiv und eindrucksvoll verspürt zu haben. Für einen schier endlosen Augenblick glaubte sie zu schweben. Dann brandeten die Wellen der Lust über sie hinweg, spülten sie auf den zuvor fast unerreichbaren Gipfel.

Sie schloss die Augen, spürte die Hitze seiner Lippen, die Hitze in ihrem Körper, bis etwas in ihr explodierte. Carolin bäumte sich auf, stöhnte, schrie, Schweiß rann ihr über die Stirn. Alles drehte sich um sie, ihr schwindelte. Wo war oben, wo unten? Sie konnte es für wenige Sekunden nicht genau sagen. Aber dann war plötzlich alles wieder normal. Zumindest äußerlich.

Josh musterte sie überrascht und amüsiert. Er lag immer noch zwischen ihren Beinen, lächelte sie an.

Carolin wusste nicht, was sie sagen sollte. Sie war nie zuvor so geliebt worden, dass sie das Gefühl ereilte, von Naturgewalten beherrscht zu werden. Sie konnte fürs Erste gar keinen klaren Gedanken fassen. Bis auf einen: Dieser Mann konnte ihr verdammt gefährlich werden. Das Risiko war unüberschaubar, weckte ihren Fluchtinstinkt, weil sie die Nähe plötzlich nicht mehr aushielt. Fürchtete sie sich vor dem Kuscheln nach dem Sex? Vielleicht mochte Josh das ja gar nicht. Dann wäre alles gut? Oder sehnte sie sich genau danach, konnte es aber aus irgendwelchen Gründen nicht vor sich selbst eingestehen?

Carolin war völlig durcheinander. Fest stand nur eins. Sie war viel komplizierter, als sie gedacht hatte.

»Ich … muss gehen«, sagte sie leise.

»Jetzt schon? Schade.« Er hielt sie nicht auf. Es überraschte sie. Zugleich war sie aber auch dankbar, dass er offenbar Verständnis hatte.

»Vielleicht sehen wir uns morgen?«, fragte er.

»Vielleicht.«

Schnell hatte sie sich angezogen und verließ eilig seine Kabine.

»Es ist mir wie immer eine Ehre, in die Kapitänskabine eingeladen zu werden«, sagte die bildhübsche Sängerin Brigit Susette La Norma und nahm auf der kleinen Couch Platz, die sich direkt unter dem Fenster befand, das von zwei Dekoankern eingerahmt wurde.

»Und für mich ist es eine Ehre, dass du mein Gast bist. Möchtest du etwas trinken?«, fragte Kapitän Dorian Zeissner und deutete zu der Minibar, die eine beeindruckende Auswahl an Spirituosen bereithielt.

»Gern.«

»Womit kann ich dich beglücken?«

»Such mir bitte etwas aus. Etwas, was prickelnd ist.« Sie schlug elegant ein Bein über das andere. Das Paillettenkleid glitzerte verführerisch, betonte die körperlichen Vorzüge der französischen Künstlerin.

Sie trafen sich heute nicht zum ersten Mal in seinem Privatreich. Es war auch kein Zufall, dass Brigit an Bord der *Sea Love* auftrat. Sie war nur aus einem Grund hier. Genauso wie er.

Er schenkte ihr einen Sherry ein und reichte ihr das rötlich schimmernde Getränk. »Dein Auftritt war wie immer phantastisch«, sagte er und lächelte sie an.

Die roten Haare fielen ihr über die Schultern, betonten ihr üppiges Dekolleté. Er liebte ihre Haare, die nur in bestimmtem Licht einen rötlichen Ton hatten, und er liebte ihre Brüste, die trotz ihrer Größe zu Brigits eher zierlichen Figur passten. Sie waren fest und jugendlich, obwohl die attraktive Sängerin etwa in seinem Alter war. Sie hatte sich dafür phantastisch gehalten, strahlte immer noch Jugendlichkeit und weibliche Verführung aus.

Sie nippte an ihrem Glas, lächelte ihn ebenfalls an. Dann stellte sie es auf den Tisch.

»Du siehst gut aus, hast dich kaum verändert.«

Es war ein Jahr her, seit Brigit zuletzt an Bord der *Sea Love* gewesen war. Aus beruflichen Gründen hatte sie eine längere Pause eingelegt, um nun wieder auf das Lustschiff zurückzukehren. Innerhalb dieses einen Jahres war viel geschehen in seinem Leben. Nichts, was jetzt erwähnenswert wäre, jedoch hatte er in dieser Zeit graue Schläfen und die eine oder andere Falte um die Augen mehr bekommen.

»Du schmeichelst mir.«

Sie lachte. Es war ein herrliches Lachen. Fröhlich. Ansteckend. Zugleich weiblich und auch ein klein wenig verrucht, weil Brigits Stimme rau und, wenn sie es wollte, sehr kräftig war.

»Ich meine es durchaus ernst. Und ich bin gern hier. Bei dir.« Sie legte die Hand auf sein Knie, streichelte es. Dabei trat in ihre Augen ein Glanz, der leise Zweifel in ihm weckte. Er würde sich nichts mehr wünschen, als dass sich die attraktive Französin wirklich so sehr zu ihm hingezogen fühlte wie er zu ihr. Aber das alles war nur ein Spiel für sie.

Ein erotisches, aufregendes Spiel, von dem auch er nicht genug bekam.

»Hilfst du mir mal?«, fragte sie mit einem unschuldigen Augenaufschlag und drehte ihm den Rücken zu. Mit dem Finger deutete sie über ihre Schulter zu dem Reißverschluss. »Es ist sehr warm hier drin.«

Er setzte sich zu ihr auf die Couch, zog den Reißverschluss herunter, entblößte ihren Rücken, dessen Haut ganz zart und wunderbar weich war. Sanft strich er ihr über die Schultern, und Brigit stöhnte leise auf.

»Wie habe ich das vermisst!«, flüsterte sie. Und wenn sie flüsterte, wurde ihr französischer Akzent stärker. Sie beherrschte ein nahezu perfektes Deutsch. Wer es nicht besser wusste, glaubte, sie wäre im deutschsprachigen Umfeld aufgewachsen.

Er mochte den Akzent. Er war sehr weiblich und verlockend. »Du hast mich vermisst?«, hakte er nach. Er wünschte, es wäre so. Denn er bekam einfach nicht genug von dieser wunderschönen Frau.

Zeissner hatte früher Familie gehabt, Kinder. Die waren längst außer Haus, und seine Exfrau hatte erneut geheiratet. Erst nach der Scheidung war er bereit gewesen, sich auf etwas Neues einzulassen. Dann war Brigit in sein Leben gekommen, und er hatte sich in sie verliebt.

Natürlich wusste sie das nicht, hielt ihre Affäre für ein belangloses Spiel, auch wenn sie sich alle Mühe gab, dies zu verbergen. Er fürchtete, sie würde ihn auslachen, wenn sie die Wahrheit erfuhr. Eine Frau wie sie konnte jeden Mann haben.

Er hauchte ihr einen Kuss auf den Nacken, spürte, wie sich ihre dunklen Härchen aufstellten und sich eine Gänsehaut auf ihrem Rücken bildete. Langsam zeichnete er diese Spur nach, und die Gänsehaut verstärkte sich, verwandelte sich in einen sicht- und spürbaren Schauer.

Brigit lachte abermals, wandte sich dann zu ihm um, und durch die Drehung glitt ihr zauberhaftes Kleid an ihr herab, offenbarte ihre Brüste. Er betrachtete ihre rosafarbenen Nippel, die steif geworden waren, sich ihm mit jedem Atemzug, den sie tat, mehr entgegenreckten.

Dorian spürte, wie es in seinen Lenden glühte. In der Nähe dieser Frau fühlte er sich jung und stark. Sie gab ihm Energie und Kraft. Ob sie sich dieser Magie bewusst war? Er blickte ihr in die Augen und war sich dessen nicht sicher. Fest stand in jedem Fall, dass sie von ihrer Anziehung wusste. Und dass er ihr nicht länger widerstehen würde können.

Plötzlich nahm sie sein Gesicht in beide Hände. »Natürlich habe ich das. Jeden Tag und jede Nacht sehnte ich mich nach dir«, raunte sie. Ihre Lippen öffneten sich, kamen näher und näher.

In ihm erwachte die Sehnsucht nach ihrem Kuss. Seine Kehle fühlte sich trocken an. In seinen Lenden pulsierte es stärker. Er reckte sich ihr entgegen, doch kurz bevor sich ihre Münder berühren konnten, hielt sie inne. Sie beherrschte das Spiel perfekt, wusste genau, wie sie Verlangen ins Unerträgliche steigern konnte.

Sie führte seinen Kopf sanft nach unten, hin zu ihren hinreißenden Brüsten. Langsam schlossen sich seine Lippen um ihre linke Brustwarze, saugten an ihr, zwickten in sie. Er hörte Brigit lustvoll stöhnen, spürte, wie ihr Nippel warm, sogar heiß in seinem Mund wurde und immer mehr anschwoll. Seine Zungenspitze tippte verspielt gegen ihre Knospe, die er sogleich freigab, um sie zu betrachten. Es wirkte, als würde sich diese Knospe öffnen, erblühen. Jetzt war sie nicht mehr zartrosa. Sie schimmerte in einem dunklen Rot, das dem Rot ihrer wundervollen Lippen glich.

Er hauchte einen Kuss auf den erregten Nippel und nahm nun ihre zweite Brustwarze in den Mund. Brigit schmeckte so herrlich süß und weiblich, außerdem ein wenig salzig. Machte er sie nervös? Es hatte ganz den Anschein. Womöglich sagte sie doch die Wahrheit, spielte keine Spiele mit ihm. Dorian wünschte sich nichts mehr, als dass ihre Worte wahr waren.

Auch die zweite Knospe erblühte in seinem Mund. Er spürte an seiner Zunge, wie sie sich öffnete, härter und unnachgiebiger wurde. Und als er sie freiließ, glühte auch sie in einem verführerischen Rot.

»Ich sage die Wahrheit«, betonte Brigit und ließ sich nach hinten auf die Couch sinken, zugleich öffnete sie ihre schlanken, schneeweißen Beine. Er liebte den Kontrast des satten Dunkelbrauns ihrer Haare, kombiniert mit dem roten Schimmer einzelner Strähnen, ihrer Lippen und nun auch ihrer Brustwarzen im Vergleich zu ihrer hellen Haut.

Doch noch etwas anderes schimmerte in diesem Moment rot. Er blickte zu ihren Schamlippen, die sich vor ihm entfalteten wie die Flügel eines Schmetterlings. Sie waren geschwollen, bebten vor Lust.

»Keine Unterwäsche?«, bemerkte er erstaunt, ohne den Blick von ihr zu nehmen.

»Ich wusste doch, dass du mich danach zu dir einladen würdest.« Bedeutete das, dass sie auch während ihres Auftritts keinen Slip getragen hatte? Die Vorstellung erregte ihn, und sein Glied vibrierte in freudiger Erwartung.

Sacht legte er seine Hand zwischen ihre Beine, staunte über die Hitze, die von ihr ausging, und wie feucht sie bereits geworden war. Jede Berührung erzeugte ein schmatzendes Geräusch. Fast schien es, als würde ihre Scham atmen, denn es pulsierte nun immer stärker und schneller in ihr.

Rasch zog er seine Hose aus, warf sie achtlos in eine Ecke und rieb sich an ihrer Scham. Brigit stöhnte auf, warf den Kopf in den Nacken und packte ihn an den Armen, zog ihn auf sich, so dass er ihren Körper eng an seinem spürte, ihre Hitze und ihre Lust. Dann öffnete sie die Augen, schaute ihn an, und er sah Lust in ihnen funkeln.

Er glitt in sie, vereinte sich mit ihr, stieß wieder und wieder in sie, spürte, wie ihr Körper ihn aufnahm, ihn festhielt. Die Erregung drohte ihn zu übermannen, aber Dorian wollte, dass es Brigit zuerst kam. Er leckte über ihre immer noch steifen Nippel, zwickte in sie, küsste ihren Hals. In dem Moment spürte er ein Vibrieren, das von ihrer Mitte ausging, ihren ganzen Körper erfasste und auf seinen überging.

Brigit keuchte und stöhnte. Ihre Finger krallten sich stärker in seine Arme, als wollte sie ihren Besitz markieren. Und Dorian wäre nur zu gern ihr Besitz gewesen!

Das Vibrieren verwandelte sich in ein Pulsieren, das schneller und schneller wurde. Dann spürte er, wie die Hitze um seinen Schwanz zunahm, wie ihre Lust auf ihn überging, ihn schüttelte, ihm den Atem raubte.

Auch Dorian stöhnte. Gemeinsam wurden sie immer weiter hinaufgetrieben, bis sie an den Punkt gelangten, an dem es nicht weiterging, an dem der aufgestaute Druck sich entladen wollte.

Brigit schrie lustvoll auf, sank dann entspannt zurück. Er zog sich gerade noch rechtzeitig aus ihr zurück und genoss einen fulminanten Höhepunkt, der ihn noch Sekunden danach gefangen hielt, weil das Nachglühen viel intensiver war, als er es gewöhnt war. Es mochte daran liegen, dass sein Herz für diese Frau schlug. Sie war es, die er besitzen wollte. Aber ob Brigit für etwas Festes bereit war, daran zweifelte er …

Gegen Morgen erreichte die *Sea Love* mit einer Durchschnittsgeschwindigkeit von zwanzig Knoten die Hafenstadt Southampton. Glühende Streifen durchzogen den bewölkten Himmel, der die Farbe eines sanften Magenta angenommen hatte. Die Menschen drängten sich an die Reling, um den Hafen des County Hampshire zu bewundern, von dem aus die Titanic im Jahr 1912 in See gestochen war. Bis zum Nachmittag blieb die *Sea Love* im Hafen, und so hatten die Passagiere die Gelegenheit, an Land zu gehen, Einkäufe zu machen oder sich die historische Stadt an der Südküste Englands anzuschauen. Josh tat nichts von all dem. Er blieb an Bord, dachte an das aufregende Erlebnis mit Carolin Winter zurück. Es hatte etwas in ihm ausgelöst, was er schon lange nicht mehr verspürt hatte. Sehnsucht. Begehren. Aber von einer anderen Qualität als bisher gekannt. Einer Qualität, die intensiver war, durchdringender, sein Inneres berührte.

Als die *Sea Love* nach mehreren Stunden dann den Anker wieder einholte, machte er sich auf den Weg in den Fitnessbereich, um sich ein wenig abzulenken. Sport war da die beste Medizin. Er probierte die Kraftgeräte aus, entschied sich dann aber für Ausdauertraining. Etwas für die Kondition zu tun war jetzt genau das Richtige. Er stellte das Laufband auf die höchste Stufe ein und lief los, immer im selben Rhythmus, an den er seinen Atem anpasste. Um diese Zeit war der Fitnessbereich recht leer, die meisten Gäste hatten sich wohl in die zahlreichen Bordrestaurants zurückgezogen, um das Abendessen einzunehmen. Ihm war das nur recht. Manchmal zog er die Einsamkeit dem Trubel vor. Es tat gut, mal ein wenig bei sich selbst zu sein. Dann jedoch bemerkte er den seltsamen Kerl, der an der Bar saß, sich einen Drink gönnte und dabei unverhohlen zu ihm herüberstarrte, ihn genau beobachtete.

Wäre Josh ein normaler Passagier gewesen, dann hätte er sich dabei vielleicht nichts gedacht. Aber Josh war eine Person des öffentlichen Lebens, wenngleich sein Gesicht zum Glück nicht allzu bekannt war. Zumindest nicht in europäischen Gefilden. Der Typ erinnerte ihn an einen alten Freund. Cody hatte dieselben strohblonden Haare und Pausbacken gehabt. Denselben verstohlenen Blick. Josh erinnerte sich an den Verrat seines besten Freundes, als wäre es gestern gewesen. Sie hatten es geliebt, gemeinsam mit seiner Jacht in See zu stechen, wilde Partys zu feiern, Saint Tropez unsicher zu machen.

Es war eine tolle Zeit gewesen. Jeden Abend hatten sie ein anderes Mädchen mit aufs Zimmer genommen. Josh hatte Cody vertraut, ihm Intimes erzählt. Und dann hatte das alles plötzlich in der Presse gestanden:

»Das Lotterleben des Erik Osburne« »Leidet Erik Osburne unter Sexsucht?« »Wer ist die Neue an Erik Osburnes Seite? Wird er auch ihr das Herz brechen?«

Sein ganzes Leben war plötzlich öffentlich geworden. Cody hatte ihre gemeinsamen Erlebnisse zu Geld gemacht, sich eine goldene Nase verdient, und ihm war schmerzlich klar geworden, dass Erik Osburne niemals echte Freunde haben würde. Niemanden, dem er vertrauen konnte.

Deswegen hatte er Josh Sullivan erschaffen. Sein Alter Ego, mit dem er ein halbwegs normales Leben führen konnte. Ein Leben, auf das er unter keinen Umständen verzichten wollte, das er sich niemals kaputtmachen lassen würde. Schon gar nicht von schmierigen Reportern, wie Cody einer war.

Sein blonder Klon an der Bar weckte Joshs Misstrauen. Und da er auch in den nächsten zwanzig Minuten nichts anderes tat, als Josh anzustarren, beschloss der, die Sache auf seine Weise zu regeln. Er stellte das Gerät aus, legte sich das Handtuch um die Schultern und lief zu der Sportbar hinüber.

»Hey«, grüßte der junge Mann und tat ganz freundlich.

»Hey«, erwiderte Josh, gab dem Barmann ein Zeichen, dass er auch eine Erfrischung wollte.

»Ganz schön ausgepowert, wie?«

Josh nickte nur, nahm einen Schluck, dann straffte er

die Schultern, baute sich zu voller Größe auf. »Hör mal, ich mag es nicht sonderlich, wenn man mich beobachtet«, erklärte er dem Blonden. Dafür hatte er Gründe, die er gewiss nicht einem Fremden erörtern würde.

»Tut mir leid«, entschuldigte sich dieser. »Ich hab das gar nicht bewusst gemacht, war in Gedanken.«

So hatte das aber nicht ausgesehen. »Dann lass das ab jetzt sein, wenn du keinen Ärger willst.« Für Josh stand mehr auf dem Spiel, als dieser blonde Schönling womöglich ahnte. Und sollte er wider Erwarten doch wissen, mit wem er es in Wirklichkeit zu tun hatte, so war er nun erst recht gewarnt, sich besser nicht mit Josh anzulegen. Denn das konnte böse enden.

Josh hatte in den Staaten schon oft mit Paparazzi zu tun gehabt. Ihn hätte es nicht gewundert, wenn einer dieser schmierigen Reporter ihm an Bord gefolgt war. Oder schlimmer noch, wenn er im Auftrag von Veronika agierte.

Zum Glück zeigte sich der Blonde kooperativ und ging. So war es ihm am liebsten. Josh trank in Ruhe seinen Saft aus, überlegte, was er mit dem restlichen Abend anfangen sollte. In dem Moment ging die Tür auf und Carolin Winter kam herein. Sofort war seine schlechte Laune verflogen.

»Das ist aber eine Überraschung, suchst du nach mir?«, fragte er.

Er sah die Überraschung in ihren Augen und fand ihren Gesichtsausdruck süß.

»Ich … ich wusste nicht, dass du hier bist, um ehrlich zu sein.«

»Dann ist es ein wundervoller Zufall.«

Sie lachte leise. »Scheint mir auch so.«

»Viele Zufälle. Man könnte fast von Schicksal sprechen.«

»Ich glaube nicht an Schicksal«, erwiderte sie. Damit hatte er irgendwie gerechnet.

»Ich normalerweise auch nicht. Aber diese Art von Zufällen häuft sich in letzter Zeit, so dass man doch ins Zweifeln kommt.«

Sie zuckte mit den Schultern, blickte schüchtern auf den Boden. Kein Wort über die gemeinsame Nacht. Er erhob sich von dem Hocker, in der Absicht, sie ein wenig aus der Reserve zu locken. »Und da du schon mal hier bist, lass uns doch gemeinsam trainieren. Das motiviert.«

In dem Moment hob sie den Kopf und lächelte ihn plötzlich so süß an, dass ihm die Knie weich wurden.

»Vielleicht ist das gar keine schlechte Idee. Ich hätte nichts dagegen, unseren kleinen Wettkampf von neulich zu wiederholen.«

Josh hob eine Braue.

»Im Schwimmbad? Das Wettspringen?«

Natürlich. Wie hätte er das vergessen können. Die Sache mit dem Cody-Klon beschäftigte ihn noch.

»Du hast recht, ich sollte dir zumindest eine Revanche zugestehen.«

»Das meine ich doch wohl.« Sie wirkte plötzlich richtig motiviert, gar nicht mehr schüchtern und erst recht nicht ablehnend. Und das gefiel ihm.

»Gib mir noch ein paar Minuten Verschnaufpause«, bat er sie und deutete dem Barmann an, ihm nachzuschenken.

»Kein Problem, ich wärme mich einfach schon einmal auf.« Sie lief zu den Trainingsrädern und setzte sich auf den Sattel, fing zu radeln an.

Ihm gefielen sportliche Frauen, und er konnte nicht aufhören, sie zu beobachten. Er sah, wie sich ein Schweißfleck auf ihrem T-Shirt bildete, der immer größer wurde und unter dem sich ihre wunderschönen Brüste mehr und mehr abzeichneten, sogar die Nippel sichtbar wurden. Josh merkte, dass er seinen Blick nicht von Carolin lassen konnte. Sie imponierte ihm, weil sie Kampfgeist hatte, die Herausforderung liebte, etwas für ihren Körper tat. Carolin war ihm viel ähnlicher, als er anfänglich gedacht hatte. Sie kamen vielleicht aus unterschiedlichen Welten, aber dennoch bestand da dieses Band zwischen ihnen, dieselbe Leidenschaft. Er konnte und wollte es nicht leugnen, diese Frau faszinierte ihn.

Und noch etwas fiel ihm auf. Er hatte wirklich viel zu viel Aufhebens um diese kleine Sache vorhin gemacht. Ähnlich wie der Blonde blickte auch er immer wieder, noch dazu meist unbewusst, zu der trainierenden Carolin. Das passierte ganz automatisch, ohne böse Absicht. Wahrscheinlich hatte er sich da in etwas hineingesteigert. Und schuld daran war Veronika. Niemand sonst.

Alles lief im Moment viel zu glatt, und das machte ihn misstrauisch. Veronika wollte ihn am Boden sehen. Aber es brachte nichts, wenn er sich deswegen selbst verrückt machte. Damit spielte er ihr nur in die Hände. Er würde einfach weiterhin vorsichtig sein, ein Auge auf seine Umgebung haben, und das sollte genügen.

Veronika wusste nicht, wo er sich derzeit aufhielt. Es war daher auch unwahrscheinlich, dass sie einen ihrer Leute an Bord der *Sea Love* geschleust hatte.

Zufrieden stellte er sein nun leeres Glas ab und ging zu Carolin hinüber. Die Herausforderung war akzeptiert. Aber sie sollte sich nicht einbilden, dass sie tatsächlich eine Chance gegen ihn hatte, auch wenn sie das wohl ernsthaft glaubte. Er musste schmunzeln.

Josh setzte sich auf das Trainingsrad neben Carolin und trat in die Pedale, und dies mit einer Leichtigkeit, die sie neidisch werden ließ. Beide Geräte waren auf den höchsten Schwierigkeitsgrad eingestellt, dafür hatte Carolin bereits gesorgt. Ihr selbst fiel es alles andere als leicht, ihr Tempo aufrechtzuerhalten.

»Und? Alles gut?«, fragte er mit einem amüsierten Grinsen. Seine Stirn glänzte ein wenig, doch es war kaum der Rede wert, während ihr der Schweiß über das Gesicht rann. Sie hätte nicht gedacht, dass ihre Konditionen so unterschiedlich waren. Schließlich trainierte Carolin regelmäßig, tat etwas für ihren Körper, weil sie jobbedingt immer fit sein musste. Auch als Frau. Oder besser gesagt, gerade als Frau. Anders war dieser Job nicht zu bewältigen.

Jetzt fing Josh auch noch an, fröhlich vor sich hin zu pfeifen. Machte er sich etwa lustig über sie?

»Alles gut«, gab sie mürrisch zurück und trat heftiger in die Pedale. Ihr Puls war schon viel zu hoch, aber das schreckte sie nicht davon ab, noch mehr zu geben.

»Du musst nicht übertreiben«, sagte er ganz lässig. »Ich verstehe es völlig, wenn dir das zu viel wird.«

Aufgeben? Wovon träumte Josh bitte nachts? Natürlich würde sie sich nicht geschlagen geben. Sie hatte doch bereits beim Turmspringen verloren. Dennoch geriet sie schon nach dreißig Minuten an ihre Grenzen. Die Puste ging ihr immer mehr aus, Schweiß lief über ihren Körper, während Josh noch immer sehr fit aussah. Es kostete ihn nicht die geringste Anstrengung. Wie machte er das nur?

Gequält schaute sie auf die Kilometerzahl. Josh hatte sie garantiert längst überholt. Und sie konnte einfach nicht mehr, obwohl sie diese Niederlage auf keinen Fall einstecken wollte. Aber ihr Körper wollte ihr einfach nicht länger gehorchen, gab der Belastung nach. Keuchend hielt sie inne.

»Nicht anhalten, das ist nicht gut für den Kreislauf«, erinnerte er sie. Natürlich hatte er recht, also trat sie abermals in die Pedale, diesmal jedoch langsamer mit abnehmendem Tempo, bis sich ihr Herzschlag so weit reguliert hatte, dass sie absteigen konnte.

»Na schön, du hast gewonnen«, sagte sie sportlich und legte sich ihr Handtuch um die Schultern.

»Du bist eine faire Verliererin«, erwiderte er anerkennend.

Carolin zuckte mit den Schultern. »Es wurmt mich immer, wenn ich verliere. Aber was soll man machen? Ich brauche jetzt erst mal eine heiße Dusche.« Sie freute sich richtig darauf.

»Die hast du dir verdient. Viel Vergnügen.«

»Danke, dir auch.«

»Ach, ohne Wettkampf macht Radfahren doch auch keinen Spaß.« Er drosselte die Geschwindigkeit. »Ich finde sicher eine andere Beschäftigung.«

»Davon bin ich überzeugt.« Carolin hob die Hand und verschwand in der angrenzenden Umkleidekabine, zog sich aus und ging unter die Dusche. Das herrlich heiße Wasser prasselte auf sie nieder, wusch den Schweiß von ihrer Haut. Bei der wohltuenden Wärme gelang es ihr, sich endlich zu entspannen, wieder herunterzukommen. Hatte es sie wirklich so sehr verärgert, dass er gewonnen hatte? Vielmehr war sie von seiner Leistungsfähigkeit beeindruckt. Josh war in jeder Hinsicht ein außergewöhnlicher Mann. Ein Mann, dem es gelingen konnte, ihren Schutzpanzer zu knacken. Ein paar Risse hatte er bereits abbekommen. Risse, die jetzt noch repariert werden konnten. Wenn sie es wollte. Die Frage war nur, ob sie nicht eher auf Lena hören und der Sache eine echte Chance geben sollte. Der Abend mit ihm war zauberhaft gewesen, und sie hatte es bereut, so schnell gegangen zu sein. Aber die Angst davor, noch einmal verletzt zu werden, war zu groß gewesen.

Carolin tat sich etwas Duschgel in die Hand, schäumte ihren Körper ein. Der Schaum wirkte kühlend, wohltuend. Sie schloss die Augen, ließ die Hände über ihre Brust gleiten und dann tiefer.

Das Wasser rauschte in ihren Ohren, dennoch meinte Carolin das Zufallen einer Tür gehört zu haben. Und als sie die Augen öffnete, stand plötzlich Josh vor ihr. Erschrocken wich sie zurück.

Sein Blick war ganz anders als sonst. Dunkler. Es

machte ihm nichts aus, nass zu werden. Nicht nur, weil er ohnehin nackt war, sondern weil er auch kein bisschen auf die heißen Tropfen reagierte, die auf ihn niederprasselten, über seinen muskulösen, wohl gebräunten Körper liefen.

Carolin stockte der Atem. Sie wusste nicht, was sie sagen oder tun sollte. Auch Josh sagte nichts. Er starrte sie einfach nur auf diese unheimliche und zugleich erregende Weise an. Mit einem Mal prickelte es heftig zwischen ihren Schenkeln. Sein Blick verriet längst, weshalb er hier war, was er von ihr wollte. Sie brauchte sich nur einen Ruck zu geben. Die Sehnsucht nach ihm war größer als ihre Angst vor Verletzung.

Ein Schritt genügte, und Carolin lag in seinen Armen. Seine sinnlichen Lippen glitten über die ihren, und er küsste sie leidenschaftlich, öffnete mit der Zunge ihren Mund, um sanft in diesen zu dringen. Seine starken Arme legten sich um ihren bebenden Körper. Auch sie spürte die Hitze der Wassermassen nicht mehr. Sie vergaß sogar gänzlich, dass sie unter der Dusche standen und dass jederzeit jemand hereinkommen und sie sehen konnte. Denn all das spielte nun keine Rolle mehr.

»Versprich, mir nicht wehzutun«, flüsterte sie, und das Herz schlug ihr bis zum Hals.

Josh zog sie nah an sich, küsste sie erneut. Carolin spürte die Wärme seiner nassen Haut und etwas, das zwischen seinen Beinen wuchs, sich an ihr rieb, Lust weckte.

Als sich ihre Lippen voneinander lösten, blickte er ihr tief in die Augen, und in deren unendliche Tiefe erkannte sie ein wildes Feuer, das flackerte und loderte.

Ohne ein Wort, ohne jede Vorwarnung drehte er sie herum, beugte ihren Oberkörper sacht herunter. Sie erschrak. Seine Hände legten sich beruhigend auf ihren Hintern, kneteten ihre Pobacken, wogen sie sanft. Und plötzlich spürte sie etwas an ihrer Pforte. Es war anders, als sie es erwartet hatte, aber umso schöner. Und es brauchte einen Moment, ehe sie begriff, was es war.

Josh hatte sich hingekniet und leckte nun über ihre Schamlippen. Zielsicher hatte er ihre Klitoris gefunden, jetzt reizte er sie mit der Zungenspitze so lange, bis sie glühte, heftig pulsierte.

Carolin lehnte sich leise stöhnend gegen die geflieste Wand. Das kühle Gefühl tat ihr gut. War ein sinnlicher Kontrast zu dem heißen Wasser und Joshs noch viel heißerem Atem, der über ihre Schamlippen strich. Eine ganze Weile leckte er sie, dann wurde ihr klar, dass er sie auf etwas vorbereitete. Ein Schauer jagte ihr über den Rücken. Josh erhob sich, stellte sich hinter sie, und sein hartes Glied drückte sich an ihre Scham. Willig streckte sie ihm ihren Po entgegen, da griff er mit beiden Händen nach ihrer Taille, hielt sie fest und stieß fordernd und doch sanft in sie. Carolin stöhnte auf. Und dann bewegte er sich in ihr, vor und zurück, schneller und schneller. Ein sinnlicher Rausch raubte ihr den Atem, ließ sie alles vergessen. Ihr Körper drohte unter seinen Stößen zu verglühen. Alles konzentrierte sich auf den Punkt in ihrer Mitte, der vor Verlangen vibrierte. Carolin rang nach Atem, keuchte leise, als sich Josh wieder aus ihr zurückzog, nur um abermals, diesmal jedoch kraftvoller, in sie zu dringen.

Carolin schloss die Augen, konzentrierte sich auf

den wunderbaren Moment, genoss das Gefühl, ihn tief in sich zu spüren, das immer schneller werdende Pulsieren, das sie schließlich erfasste und weit hinauftrieb, gleich einer Welle. Sie hielt die Spannung kaum aus, wimmerte, bis die Lust sie mit sich riss. Und sie glaubte zu schweben.

Josh zog sich rechtzeitig aus ihr zurück, auch ihm kam es. Er sah sie an, lächelte. Die Flammen in seinen Augen waren verschwunden, stattdessen zog sich ein ferner Glanz über sie, den sie zuvor nicht wahrgenommen hatte.

Er hauchte ihr einen Kuss auf die Stirn. »Das war ein guter Anfang«, raunte er.

Anfang? Carolin war nicht sicher, wie er das meinte. Doch bevor sie ihn fragen konnte, schob er sich an ihr vorbei aus der Kabine. Just in dem Moment betraten zwei Damen den Duschraum, und es blieb keine Zeit, noch einmal nachzuhaken. Aber ein Gefühl sagte ihr, dass er es positiv gemeint hatte. Der Anfang ihrer Beziehung? War es so gemeint gewesen? Carolin hoffte es. Zum ersten Mal seit langer Zeit war sie wieder bereit, ihr Herz einem Mann zu schenken …

»Meine Güte, wie siehst du denn aus?« Lena blieb der Mund offen stehen. Andrea öffnete die Augen, doch nur für einen kurzen Moment. Denn abermals schwankte alles um sie herum.

»Du bist schon wieder seekrank«, schlussfolgerte Lena.

Andrea seufzte. Es hatte ganz den Anschein. Dabei war es ihr gestern Abend noch gut gegangen. Es war eine tolle Show von Brigit Susette La Norma gewesen und eine hinreißende Nacht, die sie mit Dr. Meinhardt an Deck verbracht hatte. Ganz romantisch, unterm Sternenhimmel. Er hatte ihre Hand genommen, sie gehalten, sie zärtlich angesehen. Andrea hatte das Gefühl gehabt, sie würde ihm tatsächlich etwas bedeuten. Vielleicht war sogar das der Grund, weshalb der Abend auch mit einem Kuss zu Ende gegangen war, ehe sich ihre Wege wieder getrennt hatten.

Auch den Tag über war es ihr gut gegangen. Andererseits hatte sie diesen kaum auf See verbracht, da sie wie die meisten Passagiere an Land gegangen war. Nachdem sie an Bord zurückgekehrt war, hatte sie noch ein wenig geschlafen. Seit dem Aufwachen ging es ihr allerdings wieder schlecht.

»Hast du denn deine Tropfen genommen?«

Andrea überlegte kurz und nickte. »Gestern Abend habe ich sie eingenommen und heute Morgen und am Mittag auch. Ich habe mich ganz an die Anweisungen des Doktors gehalten.«

»Das darf doch nicht wahr sein«, jammerte Lena. »So hatte ich mir unseren Urlaub nicht vorgestellt.«

»Du kannst doch auch ohne mich etwas unternehmen«, brachte Andrea gequält hervor.

»So ein Unsinn. Ich hätte dann keine ruhige Minute. Außerdem, was wäre ich für eine Freundin, wenn ich mich auf dem Liebesdeck vergnügte, während du hier oben liegst und immer grüner im Gesicht wirst.«

»Ich bin schon wieder grün?«

»Ein wenig.«

Das konnte ja heiter werden. »Tut mir leid, Lena. Es war keine Absicht.«

»Aber das weiß ich doch, Schätzchen. Mach dir keine Gedanken. Ich bin nicht böse.« Sie streichelte Andreas Stirn.

»Du fühlst dich ein bisschen heiß an. Es ist wohl besser, wenn ich dich zur Krankenstation bringe.«

Andrea stimmte dem zu. Nicht, weil sie so große Sehnsucht nach Thomas Meinhardt verspürte – die hatte sie natürlich sowieso, sondern weil es ihr wirklich mehr als bescheiden ging. Doch kaum hatte sie sich aufgerichtet, erfasste sie erneut eine heftige Schwindelattacke, und sie ließ sich sofort zurück auf die Kissen sinken.

»Ich fürchte, ich kann nicht aufstehen.«

»Was?«

»Es wird nur umso schlimmer. Du musst den Doc rufen.«

»Wenn das ein Trick ist …«

»Das ist kein Trick! Mir geht es wirklich schlecht.«

Lena sah das offenbar ein, denn sie rief gleich bei der Station an. Wenige Augenblicke später klopfte es an der Tür, und Dr. Meinhardt trat ein. Als er Andrea sah, stürzte er gleich zu ihrem Bett, strich ihr über die Wange und lächelte sie zärtlich an.

»Frau Gruber hat ja bereits angedeutet, dass es schlimm ist. Was machst du nur für Sachen?« Duzte er sie etwa ganz öffentlich? Auch wenn es Andrea noch so schlecht ging, über dieses kleine Detail freute sie sich enorm.

»Ich weiß nicht, wie das passieren konnte. Ich dachte, ich wäre inzwischen seefest.«

»So etwas passiert öfter, als man denkt. Nur die Ruhe.« Er schob ihr ein paar schweißnasse Haarsträhnen aus dem Gesicht. Wie sehr sie seine Berührungen genoss! Sie wünschte, er hätte sie einfach weiter gestreichelt, sie beruhigt, aber Dr. Meinhardt öffnete stattdessen seinen Arztkoffer und holte eine kleine Flasche heraus. »Dies ist ein anderes Medikament. Du nimmst davon jeden Morgen und jeden Abend jeweils zehn Tropfen. Dir wird es schnell besser gehen.«

»Danke, Thomas.« Sie versuchte ein Lächeln, aber wahrscheinlich sah es schrecklich aus. Andrea spürte förmlich, wie sie immer grüner wurde.

»Es wird alles gut«, versprach der Arzt, drückte sacht ihre Hand und erhob sich wieder. »Ich komme später noch mal vorbei, um nach dir zu sehen.« Und im nächsten Augenblick war er auch schon wieder verschwunden. Ein Arzt hatte es immer eilig.

Lena organisierte einen Löffel und träufelte sogleich die ersten zehn Tropfen des Medikaments darauf. Dann schob sie ihn in Andreas Mund.

Andrea leistete keinen Widerstand, auch wenn das Zeug ekelhaft schmeckte. Thomas hatte nicht zu viel versprochen, schon nach wenigen Minuten spürte sie eine Besserung. Aber dennoch wollte sie nichts riskieren, denn in ihrem Magen rumorte es immer noch.

Lena setzte sich in den Sessel und blätterte in einem Magazin, das sie an Land gekauft hatte. Sie sprach fließend Englisch, und so hatte sie keine Probleme, die Artikel zu verstehen.

»Du kannst ruhig rausgehen und die *Sea Love* unsicher machen«, sagte Andrea und zwinkerte ihrer Freundin zu. Sie wusste, wie gern Lena etwas unternahm. Sie musste immer unter Menschen sein. Und Andrea wollte sie gewiss nicht hier festhalten und in die Kabine sperren.

»Ist das wirklich okay für dich?«

»Natürlich, sonst würde ich es ja nicht vorschlagen.«

Lena überlegte einen Moment und sprang dann gut gelaunt auf. »Na schön, dann gehe ich shoppen und etwas später schaue ich auf Deck Zero vorbei.«

»Shoppen?« Wie gern würde sie mitkommen. Aber es war wohl vernünftiger hierzubleiben, sich noch etwas auszuruhen. Das sah ihre Freundin genauso.

»Schlaf noch ein bisschen, dann bist du bald wieder fit. Außerdem kommt nachher noch mal dein Doktor, um nach dir zu sehen. Und es wäre schade, wenn du dann gar nicht da wärst, oder?«

Da hatte Lena natürlich recht. Kaum dass die Freundin die gemeinsame Kabine verlassen hatte, überfiel sie Müdigkeit. Es konnte an der nachlassenden Anspannung liegen oder eine Nebenwirkung ihrer neuen Tropfen sein. Andrea versuchte vergeblich die Augen offen zu halten. Doch schon nach wenigen Minuten schlief sie ein. Es war ein erholsamer, angenehm tiefer Schlaf. Ein Gefühl, als würde sie jenseits von Zeit und Raum dahinschweben. Das war nicht unangenehm, ganz im Gegenteil. Es war ein Zustand tiefster Entspannung, der jedoch durch ein plötzliches Klopfen an der Kabinentür jäh unterbrochen wurde. Schlaftrunken rollte sich Andrea zur Seite und murmelte ein »Wer ist denn da?« in ihr Kissen.

Ob die Person es überhaupt gehört hatte oder aufgrund eigener Initiative die Tür öffnete und eintrat, wusste Andrea nicht zu sagen. Sie war jedenfalls viel zu müde, um zu reagieren. Erst als sie jemand sanft umdrehte und sie in die strahlenden Augen von Thomas Meinhardt blickte, schoss das Adrenalin durch ihren Körper. »Thomas?« War er wirklich hier, oder war das nur wieder ein Traum?

»Ssshhht«, machte er. Den Kittel hatte er abgelegt, stattdessen trug er Shorts und ein T-Shirt. Auch das stand ihm vortrefflich. Er war ein Mann, der zweifelsohne alles tragen konnte.

»Entschuldige, ich wollte dich nicht erschrecken.«

»Was machst du denn hier?«

»Ich habe doch versprochen, dich später noch mal zu besuchen.« Er lächelte. Was für ein schönes Lächeln das war! Es brachte ihr Herz zum Schmelzen.

Er setzte sich auf ihr Bett und musterte sie eindringlich. »Du siehst schon deutlich besser aus. Nicht mehr so …«

»Grün?«, fragte sie leise und lachte.

Er schmunzelte. »Die Tropfen schlagen an. Das ist gut. Dennoch solltest du dich noch ein wenig zurückhalten, den Kreislauf ganz langsam wieder auf Vordermann bringen. Mit dem Joggen ist es für die nächsten Tage erst mal vorbei.«

Es gab schlimmere Nachrichten. Doch sollte sie sich tatsächlich in jeder Hinsicht zurückhalten?

Mit einem Mal erwachte noch etwas ganz anderes

in ihr. Beflügelt durch seine Anwesenheit, sein strahlendes Lächeln und diesen aufregenden Blick. Etwas, was auch mit körperlicher Ertüchtigung zu tun hatte. Ihr Bein berührte, natürlich rein zufällig, das seine, schmiegte sich an seinen Oberschenkel. »Soll ich wirklich auf jede Art von Sport verzichten?«

Thomas hob erstaunt eine Braue. Wusste er tatsächlich nicht, worauf sie anspielte?

»Besser wäre es schon«, sagte er unverblümt. »Eine Schonung von mindestens einer Woche sollte eingehalten werden. Die Tropfen regen zwar den Kreislauf an, aber muss man es ja nicht übertreiben.«

Andrea kicherte. Sie hätte nicht gedacht, dass Dr. Meinhardt derart auf der Leitung stehen würde, wenn sie eine, aus ihrer Sicht, doch recht eindeutige Anspielung machte. Er verlor sich in seinem medizinischen Fachjargon, erzählte von den Gefahren des Bluthochdrucks, eine der Nebenwirkungen der Tropfen, und wie man diese unter Kontrolle bekam. Fast hatte sie das Gefühl, er wollte sie damit ein wenig beeindrucken.

»Doktor«, sagte sie und räusperte sich. Erst da hielt er inne. »Ich frage noch mal, wirklich jede Art von Sport?« Ihr Bein rieb sich stärker an seinem. Da plötzlich weiteten sich seine Pupillen, und seine Wangen röteten sich merklich. Wie entzückend das bei einem Mann aussah!

»Nicht … jede Art …«, brachte er hervor.

Sie schob die Decke zur Seite und räkelte sich ein wenig. »Eine Massage würde mir jetzt richtig guttun«, sagte sie. »Oder ist auch etwas gegen Massagen einzuwenden, Herr Doktor?«

Andrea bemerkte vergnügt, dass er seinen Blick gar nicht von ihrem Bein lassen konnte.

»Wie? Was?«, fragte er gänzlich durcheinander.

Andrea legte sich auf den Bauch. Sie trug lediglich ein Nachthemd aus feinem, fast durchsichtigem Stoff. Sie hatte es extra für diese Reise erstanden, in der Absicht, es bei der richtigen Gelegenheit zum Einsatz zu bringen. Jetzt reckte sie dem Arzt den Po entgegen, seufzte verführerisch.

»Ich sagte, eine Massage wäre jetzt nicht schlecht. Dagegen ist doch nichts einzuwenden, aus medizinischer Sicht?«

Er beugte sich über sie, seine Hände berührten sanft ihre Schultern, kneteten diese ein wenig. Das war einfach himmlisch. Andrea fühlte sich wie auf Wolke sieben. Sie schloss die Augen, genoss den zunehmenden Druck, den er auf ihre Muskulatur ausübte.

»Keineswegs. Eine Massage wird dir guttun, Andrea.« Sie spürte seinen heißen Atem an ihrem Nacken, wo er sie leicht kitzelte. Dann plötzlich war da etwas Feuchtes, das ihren Hals hinabwanderte, bis hin zu ihren Schulterblättern. Es waren Küsse. Die zärtlichsten Küsse, die Andrea jemals erhalten hatte. Zugegebenermaßen waren das nicht allzu viele gewesen, dennoch spürte sie nun genau an der Stelle eine wohlige Gänsehaut, die sich rasch entlang ihrer Wirbelsäule ausbreitete.

Sanft streifte er ihr die Träger des Negligés herunter, schob es dann bis zu ihren Hüften. Immer wieder spürte Andrea seine süßen Lippen auf ihrer Haut, die sie auf unerträglich sanfte Weise verwöhnten.

Und dennoch kam ihr der Schiffsarzt ein wenig zurückhaltend, fast schüchtern vor. Lag es an ihr, weil sie eine Rubensfrau war? Doch wenn sie ihm nicht gefiel, er hätte sie doch gewiss nicht gestern zur Show mitgenommen und würde sich jetzt auch nicht um sie kümmern, sie verwöhnen.

Seine innigen Küsse machten sie ganz verrückt. Andrea hielt es nicht länger aus. Sie wollte den nächsten Schritt wagen, ihm helfen, die Nervosität abzulegen, und stellte sich auf alle viere. Doch der Doktor hielt überrascht inne, anstatt endlich beherzt zuzupacken. Sie spürte, wie sein Blick über ihren Körper wanderte und an ihrem üppigen Gesäß haften blieb. Es gab Männer, die ihren Hintern zu groß fanden, aber sie hatte auch davon gehört, dass für manchen Mann ein Po gar nicht groß genug sein konnte. Sie blickte sich neugierig zu ihm um, um seine Reaktion zu testen, als sich ihre Blicke trafen. Doch nur für den Moment, dann blickte er rasch zu ihren imposanten Brüsten, die in ihrer Fülle herabhingen, ein wenig schaukelten. Ein verklärter Glanz lag in seinen Augen, und ein zartes Lächeln umspielte seine Lippen. Ohne jeden Zweifel fand er Gefallen an dem, was er hier sah. Andrea konnte also sicher sein, dass ihre Erscheinung ihn nicht bremste. Ganz im Gegenteil. Sie hatte sogar das Gefühl, dass ihm ihre Figur gefiel.

»Massiere mich ruhig noch ein bisschen«, bat sie leise.

Er beugte sich über sie, und seine Hände legten sich vorsichtig von hinten um ihre Brüste, wogen sie. Sie waren deutlich zu groß, um in seine Handflächen zu passen. Andrea war schon immer ein wenig unsicher wegen ihres großen Busens gewesen. In der Schule hatte man sie deswegen gehänselt, zumal sie auch nicht gerade fest waren und sie stets einen BH hatte tragen müssen. Thomas Meinhardt gab ihr jedoch auf seine ganz eigene Weise zu verstehen, dass er das, was er vorfand, sehr zu schätzen wusste. Mit Daumen und Zeigefinger beider Hände fing er ihre Knospen ein, zwirbelte sie ein wenig, bis es heiß in Andreas Brustwarzen prickelte. Ein süßes Kribbeln rauschte durch ihren Körper, bis hin zu ihrer Mitte, wo es sich sammelte. Sie stöhnte leise auf. Der Doktor hatte wirklich äußerst sanfte Hände. Doch eine Massage war dies natürlich nicht mehr. Diesen Hinweis wollte sie ihm allerdings nicht geben, bevor er auf die Idee kam, seine Bemühungen einzustellen.

Andrea legte sich auf den Rücken und schloss die Augen, genoss, wie seine Hände tiefer wanderten. Ein Finger umkreiste ihren Bauchnabel. Es kitzelte ein wenig, und sie musste kichern, dann spürte sie seine Hände an ihrem Slip, und sofort pulsierte es heftig zwischen ihren Schenkeln. Sie hoffte inständig, dass Thomas noch weiter ging, dass wenigstens eine Hand in ihrem Höschen verschwand. Aber er blieb ganz Arzt, wollte ihr offenbar nicht zu viel Aufregung zumuten. Seine Hände wanderten wieder zu ihren schaukelnden Brüsten, die er abermals mit den Fingerspitzen liebkoste.

Andrea seufzte leise. Vielleicht hatte er recht. Vielleicht war es besser, vernünftig zu bleiben.

»Wir wollen heute nicht übertreiben«, flüsterte er ihr ins Ohr, als hätte er ihre Gedanken erraten.

Andrea schlug die Augen auf. »Also gut, aber eine

Bitte kannst du mir nicht abschlagen.« Sie spitzte die Lippen, und er lächelte, beugte sich über sie und verschloss ihren Mund mit dem seinen. Für einen kurzen Augenblick spürte sie seine Zunge an ihrer. Sie rieb sich an ihr, war fordernd. Er streichelte ihre Wange.

»Glaub mir, Andrea, wir haben noch viele wunderbare Gelegenheiten. Jetzt ruh dich erst mal aus. Ich schaue morgen wieder nach dir.«

Thomas erhob sich, ging durch die Kabine und hielt an der Tür noch einmal inne. »Ich habe diese … Untersuchung … sehr genossen.« Er zwinkerte ihr zu.

Das hatte sie auch! Es war die beste Untersuchung ihres Lebens gewesen. Sie lächelte. »Kommst du morgen wieder zu mir?«

»Versprochen.«

Na schön, solange konnte sie noch warten, Vorfreude war bekanntlich die schönste Freude. Thomas verabschiedete sich und ging, während Andrea anfing, die Sekunden bis zu ihrem Wiedersehen zu zählen.

Einen Tag später freute sich Carolin auf das Treffen mit Lena und Andrea im italienischen Restaurant *Violina*. Sie waren sich am Vormittag zufällig begegnet und hatten sich spontan für den Abend verabredet. Lena hatte es sich am Swimmingpool gemütlich gemacht gehabt, nachdem sie zuvor shoppen gewesen war. Und wie immer war sie von unzähligen Männern umgeben gewesen, die augenscheinliches Interesse an ihr bekundeten. So hatte Carolin Lena vor einigen Jahren kennengelernt, ebenfalls auf einer Kreuzfahrt. Lena war ein Magnet, der das starke Geschlecht magisch anzog. Die Männer spürten instinktiv, dass sie locker drauf war und zugleich einen reichen Erfahrungsschatz besaß, von dem auch sie zu profitieren hofften. An einer richtigen Beziehung war Lena jedoch nicht interessiert, das hatte sie schon damals betont, als sie sich zum ersten Mal begegnet waren. Genau genommen war es Carolin kaum anders gegangen, bis vor kurzem zumindest. Doch jetzt gab es einen Mann in ihrem Leben, der alles verändert hatte. Wie sich plötzlich eine Meinung ändern konnte. In Carolins Kopf herrschte großes Chaos. Sie war hin- und hergerissen zwischen ihrer Sehnsucht zu diesem aufregenden, außergewöhnlichen Mann und ihren alten Denkmustern, durch die sie sich lange Zeit abgeschottet, niemanden an sich herangelassen hatte. Jetzt saß sie in dem Restaurant und konnte an nichts anderes als an Josh Sullivan denken. Josh hatte das Gespenst ihres Exfreundes Daniel verscheucht.

»Guten Abend, werte Offizierin«, riss sie plötzlich eine vertraute Stimme aus ihren Gedanken.

Lena schob den Stuhl an ihrer Seite zurück und setzte sich zu ihr. Sie sah blendend aus. Ein knappes rotes Kleid schmiegte sich eng an ihren nahezu perfekt geformten Körper. Es betonte nicht nur ihre unerhört schlanke Taille, sondern aufgrund des tiefen Dekolletés hob es auch noch andere Attribute hervor.

»Wo ist denn Andrea?«, wunderte sich Carolin.

»Sie kommt gleich nach. Sie hatte einen kleinen Rückfall. Ihr war wieder schlecht.«

»Ach, herrje.« Das tat Carolin von Herzen leid. Zum

Glück war sie nie seekrank geworden. Es hätte sie zwar nicht von ihrer Berufswahl abgehalten, doch diese zumindest erschwert. Nicht auszudenken, wenn sie einen anderen Beruf erlernt hätte und somit niemals Josh Sullivan begegnet wäre.

Carolin erschrak über ihre eigenen Gedanken. Dachte sie eigentlich auch mal an etwas anderes, oder beherrschte Josh ihre Gefühlswelt inzwischen vollständig? Immer wieder drängte sich sein Name in den Vordergrund.

Lena winkte ab. »Andrea geht es schon wieder viel besser. Ihr Lieblingsarzt hat ihr ein paar Wundertropfen verschrieben.«

In dem Moment tauchte Andrea auch schon auf. Auch sie trug ein hinreißendes Kleid, das ihre Vorzüge hervorhob und die kleineren Makel kaschierte. Carolin kam sich in ihrer legeren Hose und der einfachen Bluse ein wenig unweiblich vor. Unwillkürlich fragte sie sich, weshalb Josh sie eigentlich umgarnte. Es gab viele wunderschöne Frauen an Bord der *Sea Love*. Frauen, die nur an Bord gegangen waren, um ihren Spaß zu haben. Frauen, die um so vieles weiblicher waren und sich entsprechend zu kleiden wussten. Frauen wie Lena und Andrea …

»Hallo, ihr Lieben. Tut mir leid, dass ich mich verspätet habe. Ich habe mich noch ein wenig ausgeruht.« Andrea setzte sich zu ihnen.

»Ich hoffe, es geht dir schon besser«, erkundigte sich Carolin besorgt.

»O ja, viel besser. Aufgrund der einzigartigen Betreuung hier an Bord.« Sie kicherte.

Ob dies eine Anspielung auf den Schiffsarzt war? Carolin wollte lieber nicht weiter nachhaken. Ganz im Gegensatz zu Lena.

»Dr. Meinhardt ist wirklich ein besonders fürsorglicher Arzt.«

»Das kann man wohl sagen. Er scheut auch nicht vor ›Hausbesuchen‹ zurück.« Erneut kicherte Andrea. »Zumindest bei mir nicht, er kam sowohl gestern als auch heute, um mich zu versorgen. Wenn ihr versteht.«

Carolin versuchte das Thema zu wechseln. Es war ihr unangenehm, Details über das Sexleben eines Kollegen zu erfahren. »Hat schon jemand einen Blick in die Karte geworfen?«, fragte sie ehrlich interessiert.

»Wollen wir wirklich hier essen?«, entgegnete Lena und schüttelte den Kopf.

»Was ist verkehrt am *Violina*? Mögt ihr kein italienisches Essen?«, wollte Carolin wissen.

»Verkehrt ist daran gar nichts. Es ist nur etwas … nun ja … langweilig. Ich bin doch nicht auf einem Lustschiff, um gediegen zu speisen.«

»Und was schlägst du also vor?«, wollte Andrea wissen.

»Wir sollten uns einen heißen Abend auf dem Liebesdeck gönnen.«

»Was?«, entwich es Carolin. Sie hatte ja nichts gegen einen netten Abend unter Mädels, auch wenn sie vor Sehnsucht nach Josh förmlich verging, aber sich nun mit völlig fremden Männern auszutoben war ganz und gar nicht ihr Ding. Zum Glück schien auch Andrea Vorbehalte zu haben.

»Ich weiß nicht recht«, sagte sie und machte ein unglückliches Gesicht.

Lena lachte. »Ich weiß, dass ihr zwei Schnecken euch schon längst jemanden ausgeguckt habt. Das ist auch gut so. Jede so, wie sie es mag. Ich wollte einfach nur ins Restaurant *L'amour*, das sich, wie ihr es sicher schon erraten habt, auf Deck Zero befindet.«

Also ging es nach wie vor nur um ein Abendessen? Dagegen war nichts einzuwenden. »Und was unterscheidet das *L'amour* vom *Violina*?«

Ein schmutziges Grinsen umspielte Lenas rot geschminkte Lippen. »Das Entertainment natürlich. Kommt mal mit. Ihr werdet staunen.«

Wenige Augenblicke später fanden sich die drei Freundinnen im *L'amour* wieder, das auf den ersten Blick nicht allzu ungemütlich wirkte. Nur die Dekorationen waren vielleicht ein wenig zu aufdringlich für Carolins Geschmack. Rote Seidendecken zierten die Tische. Perlenketten hingen am Eingang und klimperten, wann immer jemand das Restaurant betrat. Das Licht war gedimmt, es sollte wohl heimelig wirken.

»Und? Wie findet ihr es?«, fragte Lena neugierig.

Carolin blickte sich um. Es waren nicht viele Gäste zu sehen, eine Bedienung konnte sie auch nicht ausmachen. »Es ist weniger gut besucht als erwartet«, gab sie zu.

»Die meisten halten sich gerade in den Separees und Spielzimmern auf«, erklärte Lena mit einem Blick zur Uhr. Sie wusste ganz gewiss, wovon sie sprach.

Andrea studierte die Karte. »Das ist ja fast dasselbe Angebot wie oben.«

»Das Menü ist doch auch nicht der Grund, weshalb ich den Wechsel vorgeschlagen habe.«

»Und was ist dann der Grund?«, wollte Carolin wissen.

»Ich sagte doch bereits, das Entertainment.«

»Ich sehe kein Entertainment.«

»Wartet es mal ab.«

Carolin zuckte mit den Schultern und tat es Andrea gleich, indem sie ihre Aufmerksamkeit auf die Speisekarte lenkte. Wenigstens würde sie hier ebenfalls ihren Thunfischsalat bekommen.

»Was darf es sein?«, erklang plötzlich eine tiefe, erotische Männerstimme neben ihnen.

Carolin hob den Blick und erstarrte. Sie hatte mit allem Möglichen gerechnet, aber nicht damit … Der Kellner, ein gut aussehender Kerl mit breiten Schultern, einem ausgeprägten Sixpack und schwarzen langen Haaren stand in knappen Shorts vor ihnen. Mehr trug er nicht. Von einer Fliege um den Hals mal abgesehen. Sowie natürlich einen Notizblock mit Stift.

Lena schlug begeistert die Hände zusammen und stieß dem Kerl darauf sanft in die Seite. »Darf ich euch Greg vorstellen? Ist der nicht heiß?«

Greg lächelte verschmitzt, hauchte Lena einen Luftkuss zu. Die beiden kannten sich augenscheinlich näher.

»Hal…lo«, entwich es Andrea, und Carolin konnte sehen, wie sie rot wurde.

»Und das sind Andrea und Carolin, unsere Sicherheitsoffizierin an Bord.«

»Carolin kenne ich ja bereits. Freut mich sehr, Andrea«, sagte Greg mit einem strahlenden Lächeln.

Carolin konnte sich an Greg nicht erinnern, aber natürlich gehörte er als Kellner zum Personal an Bord. Sicherlich waren sie sich sogar schon begegnet, nur hatte er da mit Sicherheit etwas mehr angehabt. Dieses Sixpack lenkte auch ein wenig von seinem Gesicht ab.

»Was darf ich euch bringen?«

»Ich nehme den Ocean Blue und den Krabbensalat, bitte.«

»Ich … hätte gern den Orangensaft. Das war's«, sagte Andrea und wagte es nicht, Greg anzuschauen.

Carolin ging es kaum anders. »Gingerale und Thunfischsalat, bitte.«

»Kommt sofort.« Der Kellner verschwand, und Andrea und Carolin atmeten fast zeitgleich auf.

»Was seid ihr nur für Langweilerinnen!« Lena schien ernsthaft empört. »Reißt euch doch mal zusammen. Wir sind hier, um zu genießen. Weshalb die Augen vor der männlichen Schönheit verschließen? Also habt euch doch nicht so, freut euch, wenn mal so ein Prachtexemplar des Weges kommt.«

»Der bedient die Gäste halbnackt«, sagte Carolin.

»Das ist ja auch der Clou an der Sache. Mädels, macht euch mal locker.«

»Süß sah er ja schon aus«, gab Andrea zu.

»Laufen alle Kellner hier so rum?«

»Na klar, die Kellnerinnen übrigens auch. Aber ich hab mich ganz bewusst an Tisch acht gesetzt. Denn das ist Gregs Tisch.« Sie zwinkerte den anderen zu.

Der Abend verlief von da an ziemlich stockend. Weder Carolin noch Andrea gelang es, sich im *L'amour* zu entspannen, und die Sicherheitsoffizierin war heilfroh, als sich das Treffen endlich dem Ende neigte. Nicht dass Greg oder ein anderer Kellner irgendwie aufdringlich geworden wäre. Ganz im Gegenteil. Sie servierten in knappen Shorts und hielten sich ansonsten zurück. Es war vielmehr die verruchte Atmosphäre, die sowohl Andrea als auch Carolin verunsicherte. Zumal Carolin merkte, dass sie der Anblick des adretten Kellners nicht völlig kaltließ, was sie aber keinesfalls zugeben wollte.

Lena schüttelte abermals den Kopf. »Ich verstehe es wirklich nicht. Da steht vor euch Mädels so eine Sahneschnitte, und ihr schaut beschämt zu Boden. Was soll Greg denn von euch denken?«

»Ist mir eigentlich ziemlich egal, was er denkt«, meinte Carolin, was jedoch nur eine Schutzbehauptung war, legte einen Schein auf den Tisch und erhob sich. »War nett, mit euch zu plaudern, aber vielleicht gehen wir das nächste Mal in eine andere Lokalität, hm?«

»Ja, das wäre besser«, stimmte ihr Andrea sofort zu.

Lena verdrehte die Augen. »Na schön, beim nächsten Mal setzen wir uns ins Käsestübchen, wo die älteren Herrschaften Kuchen essen und Kaffee trinken.«

Carolin musste trotz aller Anspannung schmunzeln. Sie konnte sich Lena überall vorstellen, jedoch nicht bei einem Kaffeekränzchen. Selbst wenn sie irgendwann dieses Alter erreicht hatte, passte sie nicht dorthin. Dazu war sie viel zu flippig.

»Einen schönen Abend noch«, sagte sie und verließ das *L'amour* sowie das Liebesdeck, um noch einen kleinen Spaziergang an Bord zu machen, die Abendluft und den wunderbaren Sternenhimmel zu genießen.

Carolin mochte den Gedanken nicht, in den Augen

von Lena eine Spielverderberin zu sein. Aber kein anderer Mann neben Josh interessierte sie. Da mochte dieser Greg noch einen so beeindruckenden Körper haben, mehr als hinsehen kam nicht infrage. Dachte sie allerdings an Josh, sah das ganz anders aus. Plötzlich war da dieses Prickeln zwischen den Beinen, das immer stärker wurde, Sehnsucht in ihr weckte. Sehnsucht nach ihm. Sehnsucht, die nur er stillen konnte.

Sollte sie zu ihm gehen? Carolin zögerte. Irgendetwas hielt sie zurück. Scham? Aufregung? Unsicherheit? Vielleicht auch eine Mischung aus allem. Sie hatte es wirklich verlernt, mit Männern zu flirten, ihr Interesse an ihr zu wecken. Wie gut, dass Josh sie mochte, wie sie war. Ohne Schminke, ohne enge Kleidung. Einfach nur Carolin.

Sie hörte Schritte hinter sich, das Prickeln in ihrem Unterleib wurde stärker. Alles in ihr hoffte, dass die Person, die sich ihr näherte, Josh war, weil der Zufall sie immer wieder zueinander führte.

Doch eine fremde Stimme räusperte sich, enttäuscht drehte sie sich zu dem Mann um.

»Ich wollte Sie nicht stören«, sagte er und fotografierte weiter den prächtigen Sternenhimmel.

»Tun Sie gar nicht«, gab sie zu und beobachtete ihn neugierig. Der Fotoapparat sah professionell aus, das Objektiv wirkte im Verhältnis zum eigentlichen Gerät überdimensional. Wahrscheinlich handelte es sich um einen Profifotografen, der an Bord Bilder für ein Magazin schoss. So etwas kam öfter vor.

Jetzt richtete er seine Kamera auf die Wellen, die sich am Bug des Schiffes teilten und entlang des Rumpfes

Schaumkronen bildeten. Die Außenbeleuchtung des Luxusliners erhellte die Szenerie, zog einen Lichtkreis um das Schiff.

»Morgen soll der Himmel fast wolkenfrei sein«, sagte Carolin. »Da finden Sie sicherlich ein interessantes Motiv.«

Er hielt inne und nickte ihr zu. »Danke für den Tipp.«

Ihre Neugier war noch immer nicht gestillt. »Darf ich fragen, für wen die Fotos sind?«

»Für einen Reisekatalog.« Er schmunzelte. »Klingt nicht sehr aufregend, wie?«

Carolin zuckte mit den Schultern. Der Job hatte sicherlich seine Vorzüge. »Ich könnte mir vorstellen, dass Sie ein Bikinishooting am Pool sehr genießen würden. Und das wäre sicherlich auch alles andere als langweilig.«

Er lachte. »Da haben Sie recht. So ein Shooting steht mir tatsächlich noch bevor.«

»Na, da kann man ja nur viel Spaß wünschen.«

»Vielen Dank. Sie haben nicht zufällig Lust, daran teilzunehmen?«

»Ich im Bikini? Für einen Reisekatalog?« Sie legte den Kopf schief und schmunzelte. Das sollte wohl ein Witz sein.

»Sie können auch die Uniform anziehen, die Sie sonst immer tragen, wenn Ihnen das lieber ist.«

»Ich glaube nicht, dass mir das Spaß machen wird.«

»Schade. Aber denken Sie einfach noch mal drüber nach.«

»Mach ich«, versprach sie, aber sie hatte sich längst

entschieden. Sie war alles, nur kein Model. Aber vielleicht musste man auch gar nicht wie ein Model aussehen, wenn man für Reisefotos posierte.

»Machen Sie das schon lange?«, fragte er.

»Was meinen Sie?«

»Diesen Job. Sicherheitsoffizierin. Das ist doch ungewöhnlich für eine Frau, oder nicht?«

»Es ist nicht halb so aufregend, wie es sich anhört. Und um Ihre Frage zu beantworten. Ich bin seit fünfzehn Jahren dabei. Elf davon bei *Sea Tours*.«

»Ah, der Osburne-Konzern. Ich hoffe, die zahlen wenigstens gut.«

»Man kann davon leben.«

Sie lehnte sich an die Reling und schaute auf das dunkle Meer hinaus, vielleicht sollte sie sich doch auf die Suche nach Josh machen. Der Abend wäre sonst irgendwie nicht komplett.

Josh sehnte sich nach Carolin. Es war wirklich eigenartig. Seit langem hatte keine Frau mehr zärtliche Gefühle in ihm geweckt. Sexuell war das eine andere Sache. Seinen Trieb hatte er immer befriedigt, aber sein Herz zugleich verschlossen. Bei Carolin war alles anders. Sie wirkte unschuldig. Natürlich wusste sie nichts über ihn, weder kannte sie seinen Namen, noch wusste sie von seinem Vermögen, auf das es Veronika abgesehen hatte. Aber selbst wenn er ein armer Schlucker wäre, Carolin hätte ihn akzeptiert, wie er war. Sie achtete nicht auf all die Oberflächlichkeiten. Auch das imponierte ihm. Nachdenklich schlenderte er über Deck. Ob er sie suchen sollte? Was sie wohl darüber dachte, wenn er immer wieder ihre Nähe suchte? Das Schicksal konnte er als Begründung nicht zu oft bemühen. Fühlte sie sich bedrängt? Er wollte ihr die schönsten Gefühle bereiten, es aufregend und sinnlich für sie machen, ihr jeden Wunsch von den Augen ablesen. Aber ganz sicher wollte er sie nicht verschrecken, sondern belohnen, dafür, dass sie ihn annahm, wie er war. Er merkte, dass er wieder in alte Muster zurückfiel. Durch Cody hatte er früh erkannt, dass er sich der Gefühle seiner Mitmenschen nie wirklich sicher sein konnte. Also hatte er geglaubt, ihre Zuneigung erkaufen zu müssen, sie für Freundschaft zu belohnen. Mit teuren Geschenken, Aufmerksamkeiten, einer Reise.

Aber all das brauchte er gar nicht ins Spiel zu bringen, weil Carolin eben anders war. Er sah das Pärchen vorn an der Reling und lächelte in sich hinein. Die Frau erinnerte ihn an Carolin. Sie hatte etwa ihre Größe; auch die Haarfarbe, die im Licht des Mondes golden schimmerte, passte ziemlich genau.

Ein merkwürdiges Gefühl breitete sich in seiner Magengegend aus. Er ging näher heran. Das war Carolin! Aber mit wem redete sie da? Josh stockte der Atem, als er den Blonden aus dem Fitnessraum erkannte. Er erinnerte sich an dessen merkwürdige Blicke, die denen seines Freundes Cody glichen. Josh hatte sich von ihm beobachtet, sogar ein wenig bedroht gefühlt, weil er oft mit Journalisten zu tun hatte, die ihm folgten. Dann hatte er das als Einbildung abgetan, als Überfürsorge, weil er in seinem Leben oft vorsichtig hatte sein müssen. Ein Freund war nur so lange ein Freund, wie Josh ihm von Nutzen war. Jetzt, da er diesen Mann mit Carolin sah, erwachte sein Misstrauen erneut. Cody hatte ihn getäuscht wie kein anderer zuvor. Er hatte geglaubt, ihm vertrauen zu können. Dann hatte er Josh das Messer in den Rücken gestoßen und es auch noch herumgedreht. Es war erschreckend, wozu manche Menschen fähig waren. Umso mehr sorgte er sich um Carolin.

Die kam just in diesem Augenblick in seine Richtung und hob die Hand, als sie ihn bemerkte.

»War das ein Bekannter von dir?«, fragte er vorsichtig nach. Vielleicht kannten sie sich ja.

Sie blickte sich nach dem Blonden um, der aber war verschwunden. »Niemand Wichtiges. Irgendein Katalogfotograf.«

Fotograf? Da schrillten gleich alle Alarmglocken bei ihm. Cody war auch »Fotograf« gewesen. »Hat er dir seltsame Fragen gestellt?«

»Seltsame Fragen?« Sie schüttelte den Kopf. »Er war ganz nett. Wir haben ein bisschen geplaudert, über sein anstehendes Poolshooting, über meinen Job, den Osburne-Konzern.«

»Er wollte etwas über Erik Osburne wissen? Und was genau?« Das Adrenalin pumpte wild durch seinen Körper. Er hatte doch von Anfang an gewusst, dass dieser Kerl nicht ganz sauber war.

Carolin lachte. »Über Osburne selbst haben wir gar nicht gesprochen.«

»Nicht?«

»So interessant ist dieser Mann nicht, glaub mir.«

Das klang aber gar nicht nett. Fast so, als könnte sie Erik Osburne nicht sonderlich leiden.

»Wieso sollte er nicht interessant sein? Scheint doch ein recht cleverer Kerl zu sein. Hat immerhin Millionen verdient.«

»Der hat andere für sich arbeiten lassen und steckt die Kohle selbst ein. Man kennt das doch.«

»Das ist doch gar nicht wahr!«, empörte er sich, korrigierte sich dann aber schnell, um seine Tarnung nicht auffliegen zu lassen. »Ich meine, das können wir doch gar nicht beurteilen.«

»Ja, sicher. Aber ganz ehrlich, Geld allein macht nicht glücklich.«

Das stimmte zweifelsohne.

»Und diese neureichen Kerle wären nichts für mich. Ich bevorzuge bodenständige Männer, so wie dich.« Sie lächelte ihn an. Diese Aussage verursachte ihm Bauchschmerzen und versöhnte ihn zugleich.

Er legte ihr eine Hand unter das Kinn, war berauscht von den Gefühlen, die er für sie hegte. Carolin lächelte. Diese Geste löste Begehren, Lust, aber auch Zuneigung in ihm aus.

»Wieso gehen wir nicht in meine Kabine?«, schlug er vor und nahm ihre Hand. Zu seiner Freude nickte sie.

Wenige Augenblicke später standen sie vor seinem Bett. »Darf ich dir etwas anbieten?«, fragte er, während sie sich hinsetzte. Sie trug die Haare offen. Das gefiel ihm. Sie wirkte so viel weiblicher, anziehender, wenn ihr die blonden Locken über die Schultern fielen, gleich einem Wasserfall aus flüssigem Gold.

»Gern.«

Er ging zur Minibar und schenkte ihr ein Glas Wein ein.

»Du hast dir eine große Kabine gegönnt«, bemerkte Carolin und blickte zum Panoramafenster.

Er reichte ihr das Glas. »Alles hat seinen Preis.« Sie ahnte wohl, dass er kein normaler Gast war. Aber er wollte ihr die Hintergründe nicht verraten. Nicht nur, weil sein Misstrauen geweckt war, sondern auch deshalb, weil ihm jetzt der Sinn nach etwas ganz anderem stand. Er setzte sich neben sie, atmete ihren sinnlichen Duft ein, der sogleich etwas zwischen seinen Beinen erwachen ließ. Die Hose wurde ihm schnell zu eng. Allein ihr Geruch machte ihn so verrückt, dass er kaum an sich halten konnte.

Sie nippte an ihrem Glas, lächelte ihn an, stellte es dann zur Seite und schlug ein Bein über das andere. »Du hast also im Lotto gewonnen, hm?«

Er lachte, legte ihr eine Hand auf die Schulter. Weil sie nicht zurückwich, wurde er mutiger, zog ihren Träger herunter, näherte sich ihrem Hals, um ihn mit den Lippen zu liebkosen. Carolin stöhnte leise, ließ sich nach hinten auf sein Bett sinken. Er legte sich neben sie, und seine Lippen suchten ihre. Ihre Zunge drang vorsichtig in seinen Mund vor, fast zaghaft, als fürchtete sie, ihm wehzutun. Ihre Zurückhaltung gefiel ihm. Umso mehr Spielraum war für ihn übrig. Seine Hand legte sich auf ihr Dekolleté. Er spürte ihre festen Brüste, die sich ihm bei jedem Atemzug entgegenwölbten. Auch konnte er ihre steifen Nippel fühlen, die sich unter dem Stoff ihres Oberteils verführerisch abzeichneten.

»Du hast gar nicht im Lotto gewonnen, oder?«, hauchte sie, die Augen geschlossen, den süßen Mund leicht geöffnet.

Er schmunzelte. »Wir sind heute ziemlich neugierig.« Josh hatte nicht vor, irgendetwas Näheres über sich zu verraten, schon gar nicht über seine Einkünfte.

»Ich weiß eben gern, mit wem ich es zu tun habe«, sagte sie und öffnete die Augen. Sie leuchteten wie zwei funkelnde Edelsteine. Er liebte ihren Blick. Und noch viel mehr ihr Lächeln.

»Du hast es mit Josh Sullivan zu tun«, erklärte er.

Ihr Lächeln wurde breiter. »Ach was?«

»Ja, so ist das.« Er zwinkerte ihr zu und gab ihr dann einen sinnlichen Kuss. Sie schmeckte so wundervoll, weckte seinen Appetit nach mehr.

»Und woher kommt Josh Sullivan?«

»Aus den Staaten, aber das weißt du doch bereits.«

»Woher genau? Nein, lass mich raten. Kalifornien?«

»Kann schon sein.«

»Aber in Deutschland hast du auch eine Zeitlang gelebt, oder?«

»Ich habe dort studiert.«

»Was denn?«

Er verschloss ihren Mund erneut, erstickte somit ihre Fragen. Seine Hand wanderte tiefer, glitt über ihren Bauch und legte sich zwischen ihre Beine. Eine Jeans trennte ihn vom süßen Topf, an den er nur zu gern wollte. Aber er hatte schon früh gelernt, sich in Geduld zu üben. Denn die Belohnung war dann oft umso schöner. Er rieb an der Stelle zwischen ihren Schenkeln, bis Carolin leise aufstöhnte, ihre Beine leicht öffnete. So kam er dem Schatz näher und näher. Und Carolins Fragen schienen vergessen.

Sie zog die Jeans herunter, so dass er ihre wohlgeformten Oberschenkel und das Spitzenhöschen sehen konnte. Hatte sie es für ihn angezogen? Diese Art Unterwäsche passte nicht zu Carolin. Der Gedanke, sie könne sich für ihn schön gemacht haben, gefiel ihm. Seine Fingerspitzen glitten unter den feinen Stoff, erreichten ihre feuchten Schamlippen, die wild pulsierten. Er spürte ihre Erregung, die zunahm, immer stärker wurde. Ihr Körper verzehrte sich nach seinem, genau wie seiner nach ihrem.

Seine Zunge rieb sich an der ihren, und ihr betörender Geschmack erregte ihn umso mehr. Er öffnete seinen Gürtel und streifte die Hose ab. Dann packte er Carolin, zog sie nah an sich, bis sie auf ihm lag.

Sie lachte heiser. Ihre Haare umrahmten ihr Gesicht. Und sie sah in diesem Moment wunderschön aus. Andächtig betrachtete er ihre feinen Augenbrauen, die dichten Wimpern. Und diesen sinnlichen Mund, der noch immer leicht geöffnet war, wodurch ihre Unterlippe noch voller und anziehender wirkte.

Sein Glied schmiegte sich an ihr Höschen. Durch den Spitzenstoff spürte er die Hitze, die von ihrer Scham ausging. Das machte ihn ganz verrückt. Er wollte endlich in sie dringen, aber der Stoff war eine Barriere, und es blieb ihm nur, sich an ihr zu reiben.

»Willst du mir das Höschen nicht ausziehen?«, fragte Carolin, und ihre Stimme klang fremd und rau. Auch wirkte sie nicht mehr so zurückhaltend wie sonst. In ihren Augen sah er das Feuer der Leidenschaft. Seine

Hände griffen gierig nach dem Slip und zogen ihn so heftig herunter, dass er zerriss.

»Tut mir leid …«, entschuldigte er sich, aber sie legte ihm den Finger auf den Mund und setzte sich auf ihn …

Carolin spürte, wie er immer tiefer in sie drang. Ihre Hemmungen waren fort, weggeküsst. Was für ein wundervoller Rausch! Ihr Körper passte sich seinem Rhythmus an, bewegte sich in seinem Takt.

Noch vor wenigen Tagen wäre das hier für sie undenkbar gewesen. Doch Carolin war froh, auf Lena und ihre eigenen Gelüste gehört, sich selbst vertraut zu haben. Ihr Körper wusste sehr wohl, was sie brauchte, auch wenn sie es lange Zeit verleugnet hatte, es nicht wahrhaben wollte.

Die Wärme seines Körpers übertrug sich auf ihren. Sie bewegte sich schneller, baute zusehends mehr Druck auf. Druck, der herauswollte, aber nicht konnte.

Sie betrachtete seinen perfekten Körper, berührte mit den Händen seine harten Brustmuskeln, hielt sich an ihm fest, während die Wogen der Lust immer reißender über sie hinwegbrandeten. Es fühlte sich an, als wäre die *Sea Love* in einen Sturm geraten, doch keine Sirenen schrillten auf. An Bord schien alles ruhig. Nein, diese Wellen waren nur für sie und ihn spürbar. Sie rissen sie beide mit, zogen sie in einen Strudel, aus dem sie nicht mehr herauskonnten, nicht herauswollten. Brach eine Welle über sie herein, baute sich schon die nächste auf, um sie in unendliche Höhen zu treiben, wo etwas war, was sie erreichen wollte, erreichen musste, um Erlösung zu finden.

Winzige Spasmen ließen ihren Unterleib erzittern.

Ob Josh es ebenfalls spürte? Er war so tief in ihr, so dass er es einfach spüren musste. Näher konnten Mann und Frau einander nicht kommen.

Und dann geschah es. Obwohl alles in ihr darauf zugesteuert hatte, kam es für sie doch überraschend. Mit einem Mal drehte sich alles um sie, sie zitterte, keuchte, stöhnte. Es riss sie mit, erst hinauf und dann hinunter in unendliche Tiefen. Ein beschwingtes Gefühl, das sie nicht losließ, sie gefangen nahm. Sie hielt den Atem an, ergab sich diesen berauschenden Empfindungen, die auf sie einstürmten. Unwillkürlich biss sie sich auf die Unterlippe, bis der Moment vorbei war.

Auch Josh war gekommen. Sie merkte, wie sein Körper sich entspannte, seine Haut kühler wurde, sein Herz wieder langsamer schlug. Nur sein Atem ging immer noch schnell. Sie rollte sich von ihm runter, legte sich neben ihn. Er schloss die Arme um sie, hielt sie fest.

Zum ersten Mal seit langer Zeit machte es Carolin nichts aus, gehalten zu werden, sich zu öffnen, verletzlich zu sein. Sie schmiegte sich an ihn, schloss die Augen und genoss seine Nähe.

»Ich möchte, dass du heute Nacht bei mir bleibst«, flüsterte er.

Carolin sah ihn überrascht an. Meinte er das ernst? Es musste wohl so sein, weshalb sollte er ihr sonst dieses Angebot machen? Sollte sie es annehmen? Einfach hierbleiben, sich fallen lassen, glücklich sein. Sie lächelte und nickte.

Da zog er sie noch enger an sich und gab ihr einen Kuss. »Ich mag dich sehr«, gestand er.

Carolins Herz begann schneller zu schlagen. Seit

langem war sie endlich wieder glücklich, fühlte sich wohl. Wärme strömte durch ihren Körper. Sie war aufgekratzt und müde zugleich, und es fühlte sich an, als wäre sie nach einer langen Reise endlich zu Hause angekommen. Dennoch, oder gerade deswegen, fielen ihr die Augen zu, und als sie diese wieder aufschlug, war es längst helllichter Tag.

Wie spät war es? Wahrscheinlich viel zu spät! Sie musste los, sie hatte Dienst. Wie hatte sie nur verschlafen können! Sie war sonst Frühaufsteherin. Doch in Joshs Armen hatte es sich so wunderbar angefühlt, dass sie darüber die Zeit und ihre Pflichten vergessen hatte.

»Guten Morgen«, grüßte sie Josh, der gerade aus dem Bad kam, nur ein Handtuch um die Hüften trug und sich mit einem zweiten die Haare trocken rubbelte.

Sie starrte ihn mit offenem Mund an. Was für Bauchmuskeln! Da konnte der Nacktkellner Greg aus dem *L'amour* nur neidisch werden. Dieser Mann war ein fleischgewordener Traum. Sie schüttelte benommen den Kopf. Langsam kehrte die Erinnerung an den gestrigen Abend zurück. Sie waren ja gar nicht in ihrer Kabine, sondern in seiner!

Auch das noch! Sie musste schnell zu ihrer Kabine, sich umziehen. Sie schlug die Decke zurück und wollte los, doch Josh hielt sie am Arm fest. »Was ist los? Wohin so schnell?«

»Ich habe Dienst!« Sie befreite sich aus seinem Griff.

»Tut mir leid, das wusste ich nicht, hatte gehofft, wir könnten zusammen frühstücken?«

»Wir können uns in der Mittagspause treffen. Ist das ein Angebot?«

Er grinste. »Ein Angebot, das angenommen ist. Bis später, Süße.«

Süße? So hatte sie noch kein Mann genannt, doch es gefiel Carolin irgendwie. Mit einem Lächeln verließ sie seine Kabine, um schnell zu ihrer eigenen zu eilen. Im Nu hatte sie geduscht und sich die Uniform übergestreift. Zum Glück trat sie ihren Dienst lediglich eine halbe Stunde verspätet an, und in der Zeit hatte sich nichts ereignet, was ihre Aufmerksamkeit erfordert hätte. Carolin war ohnehin sehr unkonzentriert, denn sie musste immerzu an Josh denken. Wieder und wieder durchlebte sie den gestrigen Abend. Es war schön, morgens neben jemandem aufzuwachen, der einem wichtig war. Und schon jetzt vermisste sie ihn wieder. Seine Nähe, seine Küsse, die Komplimente, die er ihr machte. In seiner Gegenwart fühlte sie sich weiblich und begehrenswert. Das war eine neue Erfahrung für sie. Ihr Exfreund Daniel hatte sie immer niedergemacht, ständig an ihr etwas auszusetzen gehabt. Joshs Zuneigung heilte all diese Wunden nach und nach.

Josh wartete am Mittagsbüfett auf Carolin. Sein Herz begann schneller zu schlagen, als er sie in ihrer sexy Uniform erspähte. Eigentlich konnte er Frauen in Uniformen nichts abgewinnen. Aber Carolin bildete da eine Ausnahme. Wahrscheinlich kam es darauf an, wer die Uniform ausfüllte. Sie machte darin eine tadellose Figur.

»Wartest du schon lange auf mich?«, fragte sie besorgt.

Er schüttelte den Kopf. Auch wenn es nicht ganz stimmte, immerhin stand er schon seit einer halben Stunde hier, weil er es einfach nicht hatte erwarten können, sie endlich wiederzusehen.

»Das sieht gut aus«, bemerkte sie und deutete zu den reichlich gedeckten Büfetttischen, auf denen sich exotische Köstlichkeiten fanden: verschiedene Früchte, Meerestiere, Fleischbällchen, Kornbrötchen, Eier und vieles mehr.

»*Du* siehst gut aus«, betonte er. Ihre Wangen röteten sich, es sah zauberhaft aus. Ihre Haut wirkte herrlich frisch. Und ihre Augen funkelten stärker denn je. Er konnte sich in dieser unendlichen Tiefe verlieren. Ihre Lippen öffneten sich, bebten leicht, aber sie machte keine Anstalten, ihn zu küssen. Carolin war keine Frau, die impulsiv agierte. Sie war ein Kopfmensch, der sich stets unter Kontrolle hatte. Früher hatte er mit Kopfmenschen nicht viel anfangen können, vielleicht deshalb, weil er selbst einer war und einen Gegenpol gesucht hatte. Doch in Carolins Fall gefiel es ihm, dass sie sich ähnlich waren, Seelenverwandte. Das schaffte das Vertrauen, das er in seinen früheren Beziehungen immer vermisst hatte. Vor allem in seiner Ehe mit Veronika, die sein größter Fehler gewesen war. Ein Fehler, den er korrigieren musste, wollte er jemals wieder glücklich werden.

Er zog Carolin an sich, küsste sie. Ihr Widerstand schwand fast im selben Augenblick. Ihr Körper gab nach, wurde ganz weich, ihre Hände drückten nicht länger gegen seine Brust, sondern legten sich stattdessen auf seine Schultern.

Sie öffnete die Lippen, und seine Zunge erkundete ihren Mund. Sie schmeckte einfach köstlich. Er war wie berauscht von dieser Frau.

Aber dann blitzte plötzlich etwas vor seinen Augen auf, und er ließ Carolin abrupt los. Sie verlor fast das Gleichgewicht.

»Was ist denn los?«, fragte sie überrascht.

Jemand hatte ein Foto gemacht! Von ihrem Kuss! Wenn das durch die Presse ging oder Veronika in die Hände fiel, dann wäre das eine Katastrophe. Es wäre genau das, was Veronika brauchte, um ihm die Niederlage vor dem Scheidungsgericht beizufügen, die sie händeringend brauchte. Ein Beweis für seine Untreue.

Angespannt blickte er sich in dem Restaurant um, doch niemand hatte einen Fotoapparat in der Hand. Alle waren mit sich selbst beschäftigt, beachteten ihn nicht einmal. Und von dem Cody-Verschnitt fehlte zudem jede Spur. Hatte er sich das Blitzlicht lediglich eingebildet?

Er atmete tief durch, versuchte sich zu beruhigen, aber das war alles andere als einfach.

»Geht es dir nicht gut? Soll ich dich zu Dr. Meinhardt bringen?«, fragte Carolin. Seine Sorge spiegelte sich in ihrem Blick.

Josh schüttelte benommen den Kopf. »Mir geht es gut. Alles in Ordnung«, versicherte er ihr, doch sie schien ihm nicht zu glauben.

»Du hast doch was, lass mich dir helfen. Ich bin für die Sicherheit an Bord zuständig. Vergiss das nicht.«

»Ich weiß. Und es bedeutet mir viel, dass du mir helfen willst.« Ihre Nähe und Fürsorge besänftigten ihn. Wahrscheinlich hatte ihn nur die Sonne geblendet. Es war dennoch gut zu wissen, dass jemand für ihn da war, sich um ihn sorgte. Aber würde er tatsächlich ihre Hilfe in Anspruch nehmen, so war nicht sichergestellt, ob er vor ihr weiterhin inkognito bleiben konnte. Josh hatte nicht vergessen, wie Carolin auf Erik Osburne zu sprechen gewesen war.

Er zog es vor, sein Pseudonym nicht zu lüften, weil er den Trubel um seine Person nicht ertrug. Nur wenige waren eingeweiht, dass er überhaupt an Bord war, wie Kapitän Zeissner, der darüber Stillschweigen bewahren musste. Die meisten Leute kannten nur seinen Namen, nicht aber sein Gesicht, was es ihm sehr erleichterte, sich unerkannt zu bewegen. Doch es war niemals auszuschließen, dass nicht doch ein Reporter auf ihn aufmerksam wurde.

Langsam beruhigte er sich wieder. »Lass uns einfach reingehen und unser Mittagessen genießen.«

»Das ist eine gute Idee.« Sie lächelte ihm aufmunternd zu.

Der Nachthimmel wirkte wie eine Spiegelung des Ozeans. In der Ferne, wo das Meer in den Horizont überging, schienen sich beide Welten zu berühren, zu vermischen. Lena Gruber genoss den atemberaubenden Anblick in ihrem Liegestuhl auf dem Sonnendeck. Es war nachts kalt geworden, also hatte sie sich in eine Wolldecke gehüllt. Andrea schlief längst, sie aber war noch viel zu aufgedreht und wollte die Zeit ein wenig für sich selbst nutzen, zur Ruhe kommen.

Im Moment war sie die Einzige auf dem Sonnendeck, wenn man von dem jungen Mann absah, der an der Reling stand und unentwegt Fotos schoss. Auch ihm war wohl die sanfte Schönheit dieser unendlichen Weite nicht entgangen. Vielleicht war aber auch er der Grund, weshalb Lena bisher nicht in ihre Kabine zurückgekehrt war.

»Und? Haben Sie schon *das* Foto geschossen?«, fragte sie ihn, als er nahe genug bei ihr stand.

Erschrocken fuhr der junge Mann herum, blinzelte ihr entgegen. »Ich habe gar nicht gewusst, dass hier noch jemand ist.«

Lena lachte leise. »Sie waren offenbar sehr in Ihre Arbeit vertieft.«

Er nickte und setzte sich spontan zu ihr. »*Das* Foto ist wohl leider nicht dabei. Es gehört auch nicht zu meinem Auftrag, Sternenkonstellationen zu fotografieren.«

»Was ist dann Ihr Auftrag?«

»Reisefotos.« Er schmunzelte.

»Aha!«

»Die Sternenfotos sind ein Hobby von mir«, fügte er hinzu.

Der junge Mann gefiel ihr. Zugegeben, er war sicherlich fünfzehn Jahre jünger als sie. Aber in der Beziehung war Lena alles andere als konservativ. Sie merkte, wie ihr nun doch unter der Wolldecke zusehends heißer wurde. Sie schob diese beiseite, offenbarte dem jungen Mann ihre perfekte Figur, die in einem roten Bikini steckte. Und sein Blick wanderte sogleich anerkennend über ihre Kurven. Lena war stolz auf ihre Figur. Sie tat viel dafür. Manchmal viel zu viel.

»Ich … ähm … wow …«

»Ja?« Sie schmunzelte. Offenbar machte sie den Kerl nervös. Wie hieß er eigentlich? Genau genommen war das egal. Sie befanden sich auf dem Lustschiff. Hier war klar, was man voneinander wollte. Man brauchte nicht lange drum herumzureden.

»Sie … sind sehr hübsch«, brachte er endlich hervor.

»Vielen Dank.«

»Hätten Sie … nicht Lust …«

»Ja«, entwich es ihr sogleich. Natürlich hatte sie Lust. Hier und jetzt. Sie war zu jeder Schandtat bereit.

»… bei einem Poolshooting mitzumachen?«, beendete er den Satz, der so vielversprechend begonnen hatte. Lena wusste im ersten Moment nicht, wie sie auf dieses Angebot reagieren sollte.

»Sie haben die perfekte Figur dafür«, fuhr er fort.

»Das kommt ein wenig unerwartet, wenngleich es sehr verführerisch klingt.« Sie hatte schon lange nicht mehr als Model gearbeitet.

»Dann sagen Sie doch einfach ja. Ich würde mich sehr freuen.«

Lena musste nicht lange überlegen. Sie nickte.

»Wunderbar. Das freut mich wirklich sehr.« Er wollte sich wieder dem Sternenhimmel zuwenden, doch Lena bat ihn mit einer Geste, bei ihr zu bleiben.

»Und Sie hätten nicht zufällig Lust, mich einzucremen?«

»Die Sonne ist doch längst untergegangen«, wunderte er sich.

Lena lachte. »Natürlich, das weiß ich selbst. Aber ich habe mir am Tag einen Sonnenbrand geholt, der jetzt verarztet werden möchte. Sie wären mir eine große Hilfe.«

Sie klimperte mit den Wimpern, und ein Grinsen zeigte sich auf seinem Gesicht. Endlich schien er zu verstehen.

»Gern.«

Sie drehte sich auf den Bauch, und er hockte sich neben ihre Liege, tat sich die Lotion in beide Hände und massierte diese in ihre Schultern ein, fing an, sie sanft zu massieren. Er hatte wunderbar kräftige Hände. Nicht unbedingt die Hände eines Künstlers, wie sie es eigentlich erwartet hatte, doch der Druck, den er ausübte, zeigte ihr, dass er der Stärkere war. Und das war eine Eigenschaft bei einem Mann, die ganz nach Lenas Geschmack war.

»Das fühlt sich gut an«, stellte sie fest und stöhnte auf. Seine Hände glitten über ihren Rücken, ihre Wirbelsäule entlang, legten sich frech auf ihren Po, verteilten die Creme überall.

»Das kann ich nur bestätigen. Ihre Haut ist wundervoll weich.«

»Sind wir immer noch beim Sie?« Lena lachte leise.

Der junge Mann räusperte sich und verbesserte sich dann schnell. »Deine Haut ist wundervoll weich«, hauchte er. Sie hörte das gern. Je mehr Komplimente, desto besser.

Er wurde forscher, zog ihr plötzlich das Bikinihöschen herunter. Und da Lena kein Anzeichen machte, dass ihr das nicht gefiel, wurde er nur noch mutiger, hauchte Küsse auf ihre Pobacken, steckte seine Zunge in ihre Scham. Erst da merkte Lena, wie feucht sie schon geworden war.

Sie hörte ein Rascheln, bekam aus dem Augenwinkel mit, wie er sich seiner Jeans und Unterhose entledigte, und dann legte er sich auf sie, so dass sie die Hitze seines Körpers an ihrem und seine Manneskraft an ihrer Pforte spürte. Instinktiv spreizte sie die Beine etwas weiter, um es ihm zu erleichtern. Und schon drang er in sie, mit nur einem Stoß. Und dieser Stoß ließ ihren Körper erzittern.

Lena stöhnte lauter. Zum ersten Mal kam ihr der Gedanke, dass sie jemand beim Spiel beobachten konnte. Das Sonnendeck war schließlich für jedermann zugänglich, wenngleich es unwahrscheinlich war, dass jemand um diese Uhrzeit hierherkam. Doch wäre das für sie ein zusätzlicher Kick.

Er drang wieder und wieder in sie, schob sich ihr mit aller Kraft entgegen, nahm keine Rücksicht auf Befindlichkeiten. Lena mochte es, wenn ein Mann wusste, was er wollte. Und sie mochte es, hart rangenommen zu werden.

Das Zittern in ihrem Unterleib übertrug sich auf ihren restlichen Körper, ließ ihn vibrieren. Sie spürte seine Hitze, zugleich den kühlen Nachtwind, der sie streichelte. Heiß und kalt. Die Extreme reizten ihre empfindliche Haut, ließen sie regelrecht brennen.

Lena keuchte. Sie konnte ihn spüren, ganz nah. Er wuchs. Wurde immer gewaltiger, und da spürte sie auch schon das Beben in ihrem Inneren. Sie wusste nicht, ob es ihr eigener Körper war, der ihr diese Signale sandte, oder ob sie von ihm ausgingen. Das war aber nicht wichtig. Sie spürte ihren Orgasmus kommen und schrie auf. Ihre Finger krallten sich in die Liege, ihr Körper bebte. Der Höhepunkt raubte ihr fast die Sinne, und sie kam erst wieder zu sich, als auch der junge Mann gekommen war. Erschöpft sank sie in sich zusammen, drehte sich um und lächelte ihren Liebhaber an.

»Wir sehen uns dann beim Shooting«, sagte sie und wickelte sich wieder in ihre Decke ein.

»Ich freue mich schon«, gab er zu.

»Ich mich auch.« Lena zwinkerte ihm zu, dann machte sie sich auf den Weg in ihre Kabine.

Der Abend war also doch noch unerwartet interessant geworden.

Zwei wundervolle Tage lagen hinter ihr. Carolin genoss ihre Affäre mit Josh, die für sie allmählich viel mehr war als nur ein kleiner Flirt. Es schien, als wollte das Schicksal sie für all das entschädigen, was Daniel ihr angetan hatte. Mit heftig pochendem Herzen stand sie vor Joshs Kabinentür, klopfte an. Sie waren verabredet. Und als sie seine nahenden Schritte hörte, schlug ihr Herz gleich umso schneller. Die Tür öffnete sich, und Josh lächelte sie so zärtlich an, dass ihr die Knie ganz weich wurden.

»Guten Abend«, sagte sie leise.

»Guten Abend«, erwiderte er. Josh trug einen feinen Anzug. Die perfekte Garderobe für ein romantisches Abendessen im *Violina*.

»Wollen wir dann losgehen?«, fragte sie, weil er weder herauskam noch sie hineinbat.

Doch plötzlich zog er sie an sich, strich ihr eine Strähne aus dem Gesicht und öffnete die Lippen, als wollte er sie küssen, aber sie spürte lediglich seinen heißen Atem auf ihrem Mund. Seine Augen strahlten förmlich, und ihr wurde bei diesem Anblick ganz heiß. Carolin stellte sich auf die Zehenspitzen, um diese sinnlichen Lippen zu erreichen, und als sie diese endlich auf den ihren spürte, stand die Zeit für sie still. Sie schmeckte diesen wunderbaren Kuss, den herb sinnlichen Geschmack, der ihr auf der Zunge zerging. Unwillkürlich jagte ihr ein wohliger Schauer über den Rücken, und sie sog gierig den Moschusduft in sich auf, den er verströmte.

Der Kuss war viel zu kurz, hatte ihren Appetit geweckt, der sich schnell in Hunger verwandelte. Doch Josh schien an seinem Plan festzuhalten, führte sie nach draußen zu den Lifts und geleitete sie zum *Violina*, wo sie sich an einen kleinen Tisch im hinteren Bereich setzten. Der Kellner brachte ihnen die Karten und zündete die Kerze auf ihrem Tisch an. Josh bestellte sich das Risotto, sie nahm die Calamari. Außerdem orderte er noch einen edlen Weißwein, um mit ihr anzustoßen.

»Auf uns«, sagte er und hob sein Glas. Sie stieß mit ihm an und nahm dann einen kleinen Schluck.

Bald darauf wurde das Essen gebracht. Es schmeckte köstlich. Carolin ertappte sich jedoch immer wieder dabei, wie sie an nichts anderes denken konnte als an die Zeit nach dem Abendessen. Sie hoffte, dass sie noch mal in seine Kabine zurückkehrten, er sie abermals an sich zog, sie innig küsste und ihr dann schließlich die Kleider abstreifte. Oder sollte sie vielleicht die Initiative ergreifen? Vielleicht gefiel ihm das ja? Sie trank den Wein aus, Josh schenkte ihr nach.

Nachdem sie den Nachtisch gegessen hatten, schob Josh seinen Stuhl zurück und half ihr beim Aufstehen. Er war noch ein Mann der alten Schule, ein Gentleman durch und durch. Auch das gefiel ihr an ihm.

Er führte sie raus aufs Deck. Angenehm kühler Wind strich ihr durchs Haar, streichelte ihre erhitzten Wangen. »Und was fangen wir mit dem angebrochenen Abend an?«, fragte sie heiser.

Er blickte über die Reling, schien nachzudenken. »Uns stehen alle Wege offen.«

Das klang sehr verheißungsvoll. Aber eigentlich interessierte sie nur ein Weg. »Was hältst du davon, wenn wir uns noch einen Absacker bei dir genehmigen?«

»Eine gute Idee, daran habe ich auch gerade gedacht.«

Er nahm ihre Hand, führte sie zu seiner Kabine, wo er ihr abermals Wein einschenkte. Carolin setzte sich in den Sessel, nippte an ihrem Glas, schlug ungeduldig ein Bein über das andere. Wahrscheinlich musste sie tatsächlich den ersten Schritt tun. Bei dem Gedanken wurden ihre Hände ganz feucht.

Da ging er vor ihr auf ein Knie, zog ihr sanft den Schuh aus und massierte ihren Fuß. Wie gut das tat. Sie merkte erst jetzt, wie sehr ihre Füße schmerzten, weil sie den ganzen Tag auf den Beinen gewesen war.

Seine Hände wanderten höher, schlüpften in ihre

Hosenbeine, hinterließen Gänsehaut auf ihren Schenkeln. Josh lächelte sie verheißungsvoll an, beugte sich zu ihr vor und öffnete schließlich den Gürtel ihrer Hose. Leicht hob sie ihren Po an, half ihm dabei, die Hose abzustreifen. Seine Finger krallten sich sacht in ihre Oberschenkel, so als wollte er ihr zu verstehen geben, dass sie ihm gehörte. Und Carolin wollte nichts mehr, als die Seine zu sein.

Vorsichtig zog er ihr den Slip aus, und kühle Luft strich über ihre Scham.

»Es war ein wundervoller Abend. Ich danke dir dafür«, sagte er, und plötzlich drückte er etwas Hartes sacht an ihre Scham. Sie hob den Kopf, aber konnte nicht erkennen, was es war. Sie sah nur sein spitzbübisches Lächeln und dass die Schublade seines Nachtschränkchens offen stand, während er das Etwas zwischen ihre kleinen Schamlippen gleiten ließ, so dass ein Schmatzen zu hören war.

»Was ist das?«, fragte sie atemlos.

»Mein Dankeschön an dich.«

Er drückte ihr die Beine leicht auseinander und positionierte das Etwas direkt vor ihrer Pforte, drückte es leicht hinein. Es war kühl, wahrscheinlich handelte es sich um einen Dildo. Die Vorstellung, mit dem Luststab von ihm penetriert zu werden, steigerte ihre Erregung. Sie öffnete sich ihm bereitwillig, und langsam führte er den Stab ein, bis er fast vollständig in ihr verschwunden war. Dann drückte er einen Knopf, und der Dildo fing an zu vibrieren.

Carolin stöhnte erschrocken auf, doch es fühlte sich wunderbar an. Entspannend und aufregend zugleich.

Langsam bewegte er den Vibrator vor und zurück, weckte ihre Lust und ihr Verlangen nach ihm.

Doch es schien, als würde sie sich vorerst mit dem Dildo begnügen müssen. Es machte sie ganz verrückt, dieses Vibrieren, das nicht stark genug war, um sie zum Höhepunkt zu bringen, wohl aber ihren Appetit weckte. Gierig schob sie ihm ihr Becken entgegen, auffordernd, verlangend. Aber Josh blieb ganz ruhig, führte den Luststab immer wieder in sie ein. Der Druck in ihrem Unterleib nahm zu, sie sehnte sich nach Erlösung. Doch Josh bestimmte, wann sie diese fand. Er ignorierte das Zittern ihrer Beine, das Beben in ihrer Mitte. Was für eine süße Qual!

Carolin stöhnte. Erst leise, dann immer lauter. Sie versuchte die Kontrolle zurückzuerlangen, aber das war gänzlich unmöglich. Ihr Körper tat, was ihm beliebte, reagierte völlig anders, als sie es sich wünschte. Es war ein Gefühl des Ausgeliefertseins, weil plötzlich er die Kontrolle innehatte.

Aber Josh war an diesem Abend nicht grausam zu ihr. Seine Lippen umschlossen ihre Klitoris, saugten zärtlich an ihr, ließen sie wachsen. Und dann endlich zog er den Dildo heraus und schob seinen Schwanz in ihre feuchte Enge, so tief es ging, um sich dann langsam wieder aus ihr zurückzuziehen. Das Spiel wiederholte er wieder und wieder. Mit jedem Mal wurden seine Bewegungen schneller. Er schmiegte seinen Körper eng an ihren, verschmolz mit ihr. Jetzt spürte sie seinen heißen Leib, merkte, wie er sie voll und ganz ausfüllte, sie nahm, sich holte, was er brauchte, und ihr gab, wonach sie sich sehnte. Seine Hände griffen nach ihren, hielten sie über ihrem Kopf zusammen, und dann senkte er seine heißen Lippen auf ihre.

In dem Moment kam es ihr. Sie schrie auf, doch er erstickte ihren Lustschrei mit einem sinnlichen Kuss.

Nachdem Carolin wenig später gegangen war, machte es sich Josh auf seiner Couch gemütlich. Es war ein wundervoller Abend gewesen, den er in vollen Zügen genossen hatte. Leider hatte Carolin ihn viel zu früh verlassen, doch die Pflicht rief, sie hatte Nachtschicht. Er schloss die Augen, dachte an die magischen Momente zurück, die sie einander geschenkt hatten.

Vielleicht bildete er es sich nur ein, doch der Seegang war an diesem Abend stärker als sonst. Hoffentlich gerieten sie nicht in eine Unwetterfront. Er hatte volles Vertrauen in die Mannschaft und auch in das Schiff, das gewiss jedem Sturm standhielt. Schließlich kannte er die Ergebnisse sämtlicher Prüfverfahren, denen sich die *Sea Love* vor ihrer Jungfernfahrt hatte unterziehen müssen. Vor allem aber hatte er Vertrauen in diese smarte Sicherheitsoffizierin. Bei ihr war er in guten Händen.

Er lachte leise. Wie lange war es her, seit er sich das letzte Mal verliebt hatte? Es kam ihm wie eine Ewigkeit vor. Natürlich hatte er auch Veronika einst geliebt, doch seine Gefühle für sie waren nie so stark gewesen wie die, die er für Carolin hegte.

Wie würde sie reagieren, wenn sie erfuhr, dass Josh Sullivan gar nicht sein Name war. Dass er mit falschem Pass reiste, nur um etwas Privatsphäre zu haben. Sein Gesicht mochte vielleicht nicht bekannt sein, weil er nach der Sache mit Cody die Presse mied wie der Teufel das Weihwasser. Aber sein Name sagte so ziemlich jedem etwas, der in der Kreuzfahrtbranche tätig war. Wen wunderte es also, dass er überall Gespenster sah und Komplotte witterte. Zumal mit Veronika nicht zu spaßen war. Sie hatte schon oft bewiesen, dass sie eine gefährliche Gegnerin war. Wie hatte er sich nur jemals in diese Frau verlieben können? Sie war so gänzlich anders als Carolin.

Zugegeben, Veronika war eine leidenschaftliche Frau, die so weiblich war, dass sich ihr kein Mann entziehen konnte. Doch was auf den ersten Blick so verführerisch dahergekommen war, hatte sich in einen persönlichen Alptraum verwandelt. Veronika war manipulierend und zerstörerisch, außerdem verschwenderisch und bestimmend. Mit ihrer Schönheit hatte sie ihn eingelullt, ihn gefügig gemacht. Und nun, da ihre Ehe vor dem Aus stand, von Scheidung die Rede war, wollte sie ordentlich abkassieren. Trotz Ehevertrag.

Ein leises Rascheln drang an sein Ohr. Zuerst glaubte er, es käme aus einer der Leitungen im Bad. Aber dann identifizierte er es als das Rascheln von Papier. Kurz darauf hörte er Schritte, die sich von seiner Tür entfernten. Josh erhob sich, drückte die Klinke herunter und schaute in den Flur, doch der war menschenleer. Wahrscheinlich hatte er es sich nur eingebildet, dann jedoch fiel sein Blick auf einen Umschlag, der unter dem Türspalt durchgeschoben worden war.

Sofort breitete sich ein flaues Gefühl in seinem Magen aus. Jemand, der mit ihm Kontakt aufnehmen wollte, aber ehrliche Absichten hegte, würde wohl kaum auf solch geheimnisvolle Weise mit ihm in Verbindung treten. Er schloss die Tür, hob den Umschlag auf und öffnete ihn mit klopfendem Herzen. Für einen Augenblick schien die Welt um Josh zu erstarren. Im Umschlag steckten Fotos. Fotos, die ihn mit Carolin am Büfett zeigten. In eindeutiger Pose. Er hatte sich nichts eingebildet. Von Anfang an hatte ihn sein Instinkt nicht getrogen. Er holte den beiliegenden Brief aus dem Umschlag.

Wenn Sie nicht wollen, dass Ihre Frau diese Fotos jemals zu Gesicht bekommt, werden Sie tief in die Tasche greifen müssen.

Mehr stand nicht auf dem Zettel. Aber das genügte bereits. Wütend zerknitterte Josh den Brief. Solch ein Räuber-und-Gendarm-Spiel hatte ihm jetzt gerade noch gefehlt. Es war wohl offensichtlich, dieser blonde Schönling steckte hinter allem. Er stand mit Veronika irgendwie in Verbindung, arbeitete für sie, dachte aber nur daran, noch mehr abzukassieren, indem er Josh ausnahm. Doch er hatte sich verkalkuliert. Dies war ein schwerwiegender Fehler gewesen. Niemand legte sich mit Erik Osburne an.

Das Wetter zeigte sich an diesem Morgen von seiner besten Seite. Der azurblaue, nahezu wolkenfreie Himmel spiegelte sich in den sanften Wellen des Atlantischen Ozeans. Carolin Winter spazierte über das Deck, ihre Schicht war gerade zu Ende, als sie das Lachen und Kichern am Pool auf dem Sonnendeck hörte. Es machte sie neugierig, weil um diese Uhrzeit normalerweise kaum jemand wach war. Also wollte sie nach dem Rechten sehen. Ein Stativ war am Becken aufgebaut worden. Auf einem Tisch stand ein akkubetriebener Laptop, der mit der Kamera verbunden war. Am Pool räkelten sich Bikinischönheiten. Unter ihnen auch Lena, die zwar nicht mehr ganz die Jüngste war, mit ihrer Figur aber locker die jüngere Konkurrenz ausstach.

»Ihr seht toll aus, nur weiter so«, feuerte der Fotograf sie an.

Carolin stellte sich an die Seite und beobachtete das Shooting. Eins der Mädchen wurde angewiesen, in den Pool zu springen.

»Sei ganz natürlich. Spiel mit dem Ball, achte nicht auf die Kamera. Ja, genau so!«

Er schoss ein Bild nach dem anderen, begutachtete sie anschließend auf dem Monitor seines Laptops.

»Und, haben Sie schon ein paar gute Fotos gemacht?«, fragte Carolin und schaute ihm neugierig über die Schulter.

»Ah, Frau Winter. Das ist ja eine Überraschung. Haben Sie es sich anders überlegt? Möchten Sie nun doch beim Shooting mitmachen? In Ihrer Uniform wären Sie mein Star.«

Carolin lachte. »Ich bin wirklich nicht besonders fotogen. Aber ich schaue Ihnen gern zu, falls es erlaubt ist.«

»Aber sicher. Vielleicht bringen Sie mir sogar Glück.«

Er löschte ein paar Fotos und machte sich dann wieder an die Arbeit, die schönsten Momente festzuhalten. »Ja, genau so, du siehst phantastisch aus. Und ihr zwei da, cremt euch ruhig ein. Schaut nicht in die Kamera!«

Der Fotograf war mit Leib und Seele bei seiner Arbeit. Irgendwie gelang es ihm, alles aus den Mädchen herauszuholen und die Urlaubsstimmung perfekt einzufangen.

Lena zwinkerte ihr zu. Sie schien das Ganze zu genießen. Für Carolin war das nichts. Sie mochte sich auf Fotos nicht sonderlich leiden, auch wenn ihr klar war, dass man auf professionellen Aufnahmen gewiss anders rüberkam als auf Schnappschüssen.

»Komm bitte noch mal aus dem Wasser raus. Wir müssen dich anders in Szene setzen, so sieht man dich ja kaum«, sagte er zu dem Mädchen im Pool, ging mit diesem ein Stück weit von der Kamera weg und winkte dann Carolin zu sich herüber. »Würden Sie uns Ihre Uniformjacke ausleihen, Frau Winter?«

»Meine Jacke?«, fragte sie erstaunt.

»Wenn es Ihnen nichts ausmacht? Ich würde sie gern Kiki geben. Sie scheinen dieselbe Größe zu haben.«

Carolin lachte. »Natürlich, das ist kein Problem.« Sie zog die Jacke aus, reichte sie Kiki, die sogleich hineinschlüpfte.

»Lass sie offen, dann sehen wir noch etwas von deinem süßen Bikini.«

»Wo soll ich mich hinstellen? Zu den anderen Mädchen?«

»Ja, ich denke, da wirst du dich gut machen …«

Kiki drehte sich um, als die Models plötzlich loskreischten und Wasser über die Mädchen hinwegspritzte, sogar bis zu Carolin schwappte. Die jungen Frauen sprangen auf, rannten in alle Richtungen, um dem unangenehmen Nass zu entkommen.

»O mein Gott!«, schrie der Fotograf und eilte zum Pool. »Mein Laptop! Meine Kamera! Das darf doch nicht wahr sein!«

Carolin versuchte sich in dem Chaos einen Überblick zu verschaffen und erstarrte, als sie Josh Sullivan am Rand des Pools erblickte. Wo kam der so plötzlich her?

»Das tut mir wirklich leid. Das war nur ein Versehen«, beteuerte er.

»Haben Sie denn keine Augen im Kopf? Sehen Sie nur, was Sie angerichtet haben. Meine komplette Ausrüstung liegt im Pool. Das war doch Absicht! Sabotage!«

»Was unterstellen Sie mir? Ich bin ausgerutscht, und da ist es passiert.«

Während sich die Männer noch stritten, handelte Carolin schnell. Sie machte einen Hechtsprung ins Wasser, tauchte und beförderte sowohl die Kamera samt Stativ als auch den Laptop an die Oberfläche zurück.

Der Fotograf nahm ihr die Sachen ab. »Ich hoffe, das ist noch zu retten.«

Carolin hievte sich aus dem Wasser. »Ich kümmere mich um diese Angelegenheit«, versprach sie dem jungen Mann und packte Josh am Arm, zog ihn beiseite.

»Was ist denn in dich gefahren?«, fuhr sie ihn an, als sie außer Hörweite waren.

»Das war ein Versehen«, beharrte er. »Ich habe doch

keinen Grund, dem guten Mann zu schaden. Ich wollte nur einen Morgenspaziergang machen und bin dann ausgerutscht. Hier sind ja auch überall Pfützen um den Pool herum.«

Etwas lag in seinem Blick, was sie irritierte. War es Schuld? Fast erlag sie dem Eindruck, es wäre doch Absicht gewesen. Doch Josh hatte recht, es machte keinen Sinn, einen arglosen Katalogfotografen zu sabotieren. Die beiden Männer kannten sich ja nicht einmal.

»Hör zu, es tut mir leid. Bring doch bitte für mich in Erfahrung, ob der Kerl seine Daten noch hat retten können.«

Sie seufzte. Also schön, den Gefallen konnte sie ihm schließlich tun.

Josh wartete in seiner Kabine auf Carolin. Das schlechte Gewissen nagte an ihm, weil er sie angelogen hatte. Natürlich hatte er die Kamera und den Laptop absichtlich in den Pool befördert, um mögliche Beweismittel gegen ihn zu vernichten. Hätte er sie einweihen, ihr von seinem Verdacht gegen diesen Katalogfotografen erzählen sollen? Doch im Nachhinein wäre das vielleicht genau verkehrt gewesen, sie hatte doch recht seltsam reagiert, war sofort ins Wasser gesprungen, um die Daten zu retten. Fast so, als wären sie ihr wichtig.

Es klopfte an seiner Tür. »Herein«, rief er, und eine noch klitschnasse Carolin betrat seine Kabine.

»Ich habe mit dem Mann gesprochen. Die Geräte und alles, was darauf war, sind hinüber.«

Josh atmete auf. Das waren gute Nachrichten. »Tut mir leid«, sagte er dennoch.

»Ja, ja, schon gut.«

Ihre Laune schien nicht gerade die beste zu sein. Er erhob sich, griff sie sanft bei den Schultern. »Sei mir nicht böse. Ich werde den Mann entschädigen, versprochen.«

Sie nickte nur. Sanft streichelte er ihre Wange. »Du hast ein gutes Reaktionsvermögen bewiesen.«

»Leider hat es nichts genützt.«

Mit ihren nassen Haaren sah Carolin sehr sexy aus. »Brauchst du ein Handtuch? Du solltest dich abtrocknen, sonst erkältest du dich noch.«

Sie blickte an sich herunter. »Du hast sicher recht.«

Er gab ihr einen Kuss. »Natürlich habe ich das.« Er betrachtete ihre wohlgeformten Brüste, die sich unter dem nassen Shirt abzeichneten.

»Ich werde am besten gleich duschen gehen.«

»Na schön, und wenn du damit fertig bist, können wir vielleicht ein bisschen Zeit miteinander verbringen, deine Schicht ist ja nun vorbei.« Er zwinkerte ihr zu.

Sie lächelte. »Darum geht es dir also?«

Er war guter Laune, und Carolin sah im Augenblick hinreißend aus. Ja, es ging ihm darum. Genau darum.

»Ich fürchte, das wird nichts. Ich habe versprochen, die Daten zu retten.« Sie ging zur Tür.

»Was?«

Die Hand an der Klinke, drehte sie sich noch einmal zu ihm um. »Ich kann nichts versprechen, aber ich will sehen, was ich tun kann, um sie wiederherzustellen. Ich werde unseren IT-Experten zu Rate ziehen.«

»Du denkst, da lässt sich was machen?«

Sie zuckte mit den Schultern. »Man muss es zumindest versuchen. Ich melde mich später bei dir, ja?«

Nachdem sie gegangen war, ließ er sich fassungslos auf die Couch sinken. Weshalb war sie so hinterher, diese verdammten Fotos zu retten? Ihr seltsames Verhalten machte ihn allmählich stutzig. Und irgendwie schlich sich Cody in seinen Kopf, lachte ihn aus, weil er wieder einmal viel zu vertrauensselig war. Sein angeblicher Freund hatte ihn an der Nase herumgeführt, ihn lächerlich gemacht.

Wer sagte ihm, dass Carolin es nicht genauso tat, unter einer Decke mit diesem Schnösel steckte? Er schüttelte den Kopf. Carolin würde ihm das niemals antun. Sie wusste doch gar nicht, wer er in Wirklichkeit war.

Und wenn sie es doch wusste, meldete sich der Zweifler in ihm. Wenn sie nur vorgegeben hatte, ihn nicht zu erkennen? Wenn es zu ihrem Plan gehörte, ihn mit ihrer süßen unschuldigen Art zu verführen, damit dieses kompromittierende Foto zustande kam? Auch Cody hatte er zu Beginn für einen Freund gehalten, für jemanden, auf den er zählen, sich verlassen konnte. Umso schlimmer war sein Verrat gewesen. Die Narben trug er noch heute. Sie waren verblasst, aber nicht vollständig verheilt. Würden es wahrscheinlich nie, denn das Ganze war fast zwanzig Jahre her und berührte ihn noch immer. Damals war er jung und unerfahren gewesen, heute fühlte er sich manchmal wie ein verbitterter, alter Mann.

Noch ist nichts bewiesen, meldete sich derselbe Zweifler. Doch die Fakten waren da. Und Josh konnte eins und eins zusammenzählen. In Codys Fall waren die Anzeichen viel früher erkennbar gewesen, als er es hatte wahrhaben wollen. Immer war sein Fotoapparat dabei gewesen, egal wohin sie gegangen waren. Und Cody war bei weitem nicht der Einzige, der sich an ihm hatte bereichern wollen. Aufgrund seines Vermögens war er ein willkommenes Objekt!

Und noch etwas machte ihn stutzig. Carolin Winter arbeitete seit Jahren für *Sea Tours*. War es wirklich möglich, dass sie noch nie ein Foto von Erik Osburne, ihrem Chef, gesehen hatte? Privat stylte er sich natürlich gänzlich anders, und manche Menschen hatten kein gutes Gesichtergedächtnis. Außerdem war es möglich, dass sie sich schlicht nie für die oberste Osburne-Riege interessiert hatte. Ein wenig ging das ja auch aus ihren früheren Kommentaren hervor. Der Verdachtsmoment erhärtete sich dennoch, wenngleich sich der Fall Cody nicht eins zu eins auf den Fall Carolin übertragen ließ. Denn er empfand viel mehr für diese Frau, als ihm in diesem Augenblick lieb war. Konnte er Carolin also einfach entsagen? Darauf verzichten, sie wiederzusehen? Wegen eines kleinen Verdachts? Das würde er nicht über sich bringen. Sein Körper verzehrte sich nach ihrem. Das machte ihn wütend. Auf sich, auf sie, die Zweifel, die an ihm nagten.

Sein Blick fiel auf den Kalender an der Wand. Nur noch wenige Tage und sie würden auf der Lustinsel Passionata anlegen. Erik Osburne persönlich würde die Gäste empfangen. Und wenn er als Erik vor Carolin trat, würde er anhand ihrer Reaktion die Wahrheit erkennen. Er sollte sich besser zurückhalten, bis es so welt war. Aber er wusste schon jetzt, dass ihm das nicht gelingen würde.

Carolin hatte sich bereits ihr Nachthemd übergestreift, als es gegen 22 Uhr an ihrer Tür klopfte. »Wer ist da?«, fragte sie

»Josh«, entgegnete jene Stimme, die ihr stets eine wohlige Gänsehaut bereitete.

»Josh?«, wiederholte sie erfreut und ließ ihn sogleich herein. Als er dann in ihrer Kabine stand, war etwas anders, das merkte sie sofort. Er wirkte, auch wenn es unlogisch war, größer als sonst, die Schultern breiter, und seine Augen waren voller Verlangen.

Carolin schluckte, ihre Kehle war mit einem Mal ganz trocken. Sie wich vor ihm zurück, unsicher, ob sein Auftreten sie nur nervös machte oder auch erregte.

Josh schlug die Tür in einer lässigen Bewegung hinter sich zu und betrachtete sie begehrlich von oben bis unten.

Unwillkürlich fing es zwischen ihren Schenkeln heftig zu prickeln an. Carolins Kehle wurde noch trockener, sie konnte kaum schlucken.

Sie wusste nicht, was es genau war, was Josh verändert hatte. Doch es bewirkte, dass sie ihn nur noch anziehender fand. Er wirkte ungeheuer selbstsicher. Auch zuvor hatte er ein gewisses Selbstbewusstsein ausgestrahlt, aber nun umgab ihn ein Hauch von Gefahr.

Seine Hand legte sich unter ihr Kinn, hob es an, so

dass sie gezwungen war, ihm in die Augen zu blicken. Diese unendliche Tiefe, dieses Feuer. Es jagte ihr einen Schauder über den Rücken.

Ein Lächeln erschien auf seinen markanten Zügen. Es war nicht das charmante Josh-Lächeln. Es wirkte fast diabolisch und, so seltsam es auch war, noch anziehender.

»Was ist los mit dir? Du bist so anders«, sagte sie.

»Lass uns die Spielregeln ändern.«

»Spielregeln?« Sie war nicht sicher, ob sie ihn verstanden hatte. Aber da legten sich seine Hände auf ihre Schultern und drückten sie sacht, doch bestimmt, herunter. Carolin war zu perplex, um etwas zu sagen oder zu tun. Erst als sie auf ihren Knien landete, wurde ihr klar, in welcher Position sie sich befand. Direkt vor ihren Augen prangte die dicke Beule in Joshs Hose, in der es regelrecht pulsierte.

Carolin starrte die Ausbuchtung an, fasziniert und erregt zugleich. Noch nie hatte sie vor einem Mann gekniet. Unter anderen Umständen hätte sie es wohl als demütigend empfunden. Aber das war jetzt seltsamerweise nicht der Fall.

Was machte Josh nur mit ihr? Er brachte ihre Gefühlswelt völlig durcheinander.

»Du weißt doch, was jetzt zu tun ist, oder?«, fragte er amüsiert.

Ihre Finger zitterten, als sie sich am Reißverschluss seiner Hose zu schaffen machte. Sogleich sprang ihr seine Erektion entgegen. Josh hatte auf Unterwäsche verzichtet. Carolin erschrak ein wenig, weil sein Glied wie lebendig wirkte, sich ihr gierig entgegenstreckte.

Sie wich zurück, aber schon fasste Josh ihr in die Haare und zog sie wieder näher heran.

»Au«, zischte sie aufgeregt. Was sollte das werden? Stellte er sich das unter den neuen Spielregeln vor? Sie war nicht sicher, ob sie ihr gefielen.

»Nimm ihn in den Mund!«, forderte er mit Nachdruck.

Es war der Moment, in dem Carolin eigentlich hätte aufstehen und ihn zur Tür befördern sollen. Aber sie tat weder das eine noch das andere. Im Gegenteil. Dieser scharfe Ton beseitigte den letzten Zweifel, denn plötzlich prickelte es so heftig in ihrer Mitte, dass sie glaubte, den Verstand zu verlieren.

Wie war das möglich? Weshalb erregte sie seine raue Art so sehr? Sie erkannte sich selbst nicht wieder. Doch es war auch nicht die Zeit, über alles nachzudenken, es zu analysieren. Schon legten sich ihre bebenden Lippen um seine Eichel. Vorsichtig umschlossen sie diese, saugten sanft an ihr. Carolin spürte das Vibrieren in seinem Unterleib, bis hinein in seine Spitze. Sie bewegte sich auf und nieder, langsam, aber spürbar, und seine Eichel schien in ihrem Mund nur noch größer zu werden. Ihre Zunge umkreiste den Schwellkörper, fuhr seine Konturen nach. Ein Lusttropfen hinterließ einen angenehm salzigen Geschmack auf ihrer Zunge. Sie leckte wieder und wieder über das kleine Loch in seiner Eichel, um einen weiteren Tropfen der Vorfreude hervorzulocken.

»Nimm ihn tiefer auf!«, sagte Josh, und der Griff in ihre Haaren wurde fester. Er zog sie noch näher an sich. Sie öffnete den Mund, so weit sie konnte, ließ ihn ein, und er versenkte sich tief in ihr.

Carolin hatte ihrem Ex Daniel nie einen geblasen, sie hatte seine Spitze geküsst und liebkost, wie sie es auch bei Josh getan hatte. Aber nie hatte er ihr seinen Schwanz so tief in den Mund geschoben, dass sie fürchtete, ihn niemals ganz aufnehmen zu können. Doch genau als Josh diesen Punkt erreichte, an dem es anfing, sie deutlich nervöser zu machen, zog er sich wieder aus ihr zurück.

»Gut«, sagte er von oben herab. Seine seltsame Art verwirrte sie, doch ihre Scham schien von der Situation eine völlig eigene Auffassung zu haben, denn es löste ein sinnliches Prickeln aus. Erneut schob sich sein Penis in ihren Mund, und sie spürte wie er pumpte, immer größer wurde.

Jetzt bewegte er sich schneller, vor und zurück, dabei hielt er ihren Kopf fest, um zu verhindern, dass sie zurückwich. Doch das wollte sie gar nicht. Im Gegenteil, sie drängte sich ihm entgegen, denn es erregte sie zusehends mehr, ihn in ihrem Mund zu spüren, ihn immer tiefer aufzunehmen, ihre Grenzen auszutesten. Es war dieses Gefühl des Ausgeliefertseins, des Kontrollverlusts, das sie beschwingte.

Und gerade, da sie anfing, das Spiel in vollen Zügen zu genießen, sich fallen zu lassen, zu ergeben, überlegte es Josh sich anders. »Leg dich aufs Bett«, forderte er sie auf und half ihr hoch.

»Was hast du vor?« Sie war völlig verwirrt, ihr schwindelte sogar ein wenig.

»Das wird eine süße Überraschung für dich.«

Sie legte sich hin, und er musterte sie von oben bis unten.

»Ein schönes Nachthemd, es steht dir«, sagte er anerkennend, und sie freute sich über das Kompliment.

»Aber noch schöner siehst du aus, wenn du gar nichts anhast.«

Sie musste schmunzeln. Er hatte auch schon subtilere Dinge gesagt. Sie wollte sich das Nachthemd abstreifen, als er sie bat: »Lass mich das machen.«

Natürlich war sie einverstanden. Sie fand es viel verlockender, von einem Mann ausgezogen zu werden, seine Hände an ihrem Körper zu spüren. Er setzte sich zu ihr aufs Bett, seine Fingerspitzen glitten über ihre nackten Beine, verursachten eine Gänsehaut an allen Stellen, die er berührte. Und in ihrem Schoß war es so heiß, als hätte man ein Feuer in ihr entfacht.

Langsam arbeiteten sich seine Hände vor. Sie waren kräftig, übten ein wenig Druck aus, der sie stimulierte. Schließlich erreichten sie den Saum des Nachthemds. Würde er es ihr vom Leib reißen? Oder es sacht abstreifen, um ihren Körper zu erkunden.

Josh schien zu zögern, aber dann glitten seine Finger unter das Nachthemd, umkreisten die Innenseiten ihrer Oberschenkel.

Ein süßes Kribbeln rieselte durch ihren Unterleib, löste winzige süße Spasmen in ihr aus. Unwillkürlich fing sie an zu zittern, was Josh natürlich bemerkte. Er grinste unverhohlen. Die Reaktionen ihres Körpers schienen ihm zu gefallen, ihn anzuheizen. Langsam näherten sich seine Hände ihrer intimsten Stelle. Und als er ihre feinen Löckchen berührte, hielt er überrascht inne.

»Kein Höschen?«

»Vielleicht hatte ich vor, noch ein wenig mit mir selbst zu spielen?«

Er lachte leise. »Ganz schön frech, die Sicherheitsoffizierin.«

»Wenn du das bereits frech findest, was sagst du dann erst hierzu?« Sie spreizte die Beine, lud ihn ein, in der Hoffnung, er würde endlich damit beginnen, ihre Scham zu liebkosen.

»Nicht so schnell«, hauchte er, und seine Hände fuhren zu ihrem Bauchnabel, umkreisten ihn. »Ganz schön harte Bauchmuskeln«, bemerkte er.

»Ich mache viel Sport, wie du weißt.«

»Dennoch beeindruckend.« Er zwinkerte. Dann schob er das Nachthemd höher, entblößte ihren Bauch. Er hauchte Küsse rings um ihren Nabel, und sie spürte die angenehme Kühle seiner feuchten Lippen. Und sie spürte auch, dass ihr Körper regelrecht glühte.

Sie hoffte nur, er würde sich bald ihrem Schoß widmen, denn dort ersehnte sie seine Hände am meisten. Josh ließ sich aber Zeit, ausführlich verwöhnte er ihren Bauchnabel, küsste und streichelte ihn, bis seine Hände schließlich weiter auf Reisen gingen. In die entgegengesetzte Richtung. Sie glitten weiter nach oben, schoben das Nachthemd weiter hoch, so dass ihre Brüste nun frei lagen. Mit derselben Intensität wie zuvor ihrem Bauch widmete er sich nun ihren Nippeln. Zuerst streichelte er die rechte Knospe, reizte sie, indem er sie mit der Fingerkuppe immer wieder antippte. Jedes Mal, wenn er das tat, gab die Brustwarze ein wenig nach, wurde dann jedoch härter und steifer, richtete sich auf. Er nahm sie zwischen Daumen und

Zeigefinger, zwirbelte sie, bis ein süßer Schmerz sie noch mehr erregte.

Schließlich beugte er sich über den glühenden Nippel, nahm ihn in den Mund, um ihn mit der Zunge zu kühlen.

Was für eine Wohltat das war! Carolin stöhnte leise.

»Geduld, meine schöne Carolin«, flüsterte er, nachdem er ihre Brustwarze wieder freigegeben hatte, um sich der zweiten zu widmen. Auch diese reizte er, bis sie steif war, um sie danach mit den Lippen zu liebkosen.

Dann nahm er beide Brüste in die Hände, wog und massierte sie und bedeckte sie mit gierigen Küssen. Carolin genoss das Spiel in vollen Zügen, aber sie wünschte immer noch, er würde sich der Stelle zwischen ihren Beinen widmen, denn dort pulsierte es ohne Unterlass.

Stattdessen zog er das Nachthemd noch weiter hoch. Sie wollte ihm helfen, es abzustreifen, doch er bedeckte ihr Gesicht, ihre Augen damit, so dass sie nichts mehr sehen konnte.

»Was soll das?«, fragte sie irritiert.

»Mit verbundenen Augen fühlen sich zärtliche Berührungen viel intensiver an.« Sie konnte das Grinsen in seiner Stimme hören. Das war ihr nicht geheuer.

Carolin versuchte das Nachthemd abzustreifen, aber er hielt ihre Hand fest. »Probier es aus. Ich verspreche dir, es wird dir gefallen. Vertrau mir.« Das waren die magischen Worte, denen sie nichts zu entgegnen wusste, weil sie ihm vertraute und ihm dies beweisen wollte. Langsam ließ er ihr Handgelenk wieder los, und sie unterließ jeden Widerstand, harrte aus.

Joshs Lippen wanderten über ihren Körper. Sie waren feucht, viel feuchter als zuvor, und so heiß, dass sie eine glühende Spur auf ihrer Haut hinterließen. Josh hatte recht. Ihre Sinne wurden schärfer, nahmen mehr wahr. Die Erfahrung war neu und aufregend, versetzte sie in einen Rauschzustand.

Nun war Carolin bereit, zu empfangen, was er ihr schenkte. Endlich spürte sie, wie er sich zwischen ihre Schenkel setzte. Seine Hand legte sich besitzergreifend auf ihre Scham, kraulte ihre feinen Löckchen. Allein diese Berührung brachte sie fast zum Explodieren, und Carolin stöhnte vor Lust auf.

In dem Moment riss er ihre Beine hoch, legte sie sich auf die Schultern, wodurch ihre Balance verlagert wurde, ihr Hinterkopf sich tiefer ins Kissen drückte, das Nachthemd verrutschte. Mit einem Auge konnte sie ihn nun sehen, in all seiner Pracht. Sein Körper glänzte vom Schweiß, der über seine braun gebrannten Muskeln perlte.

Und dann spürte sie seinen harten Schwanz an ihrer Pforte, der um Einlass bat, aber sofort in sie drang, mit nur einem Stoß. Carolin schrie vor Lust laut auf, ihr Körper zitterte vor Erregung und Wohlgefühl. Ihr war klar, bis hierhin war es nur ein Vorspiel gewesen. Tiefer drang er in sie, Zentimeter für Zentimeter füllte er sie aus, ließ sie beben. Es kam einer Erlösung gleich.

Ihre Körper vereint, spürte sie, was er spürte, jedes Zittern, jedes Pulsieren, als wäre seine Lust die ihre und umgekehrt. Er stieß in sie, und sie nahm ihn dankbar auf, bis sich alles in ihr zusammenzog, ihre

Muskeln sich anspannten. Sie spürte die Anstrengung ihres Körpers, fühlte, wie er alles gab. Und dann endlich erklomm sie den Gipfel der Lust.

Und für einen Augenblick war es, als würde sie Sterne tanzen sehen. Ihr schwindelte, zugleich glaubte sie zu schweben, all ihre Sinne zu verlieren. Es prickelte wundervoll, in ihren Zehenspitzen, in ihren Armen und Beinen, ihr ganzer Körper war zu einem Vulkan geworden. Reinste Ekstase.

Carolin vergaß alles um sich herum. Sie bekam mit, wie er ebenfalls kam. Und dann war da nur noch diese angenehme Süße, die wie Honig durch ihren Körper strömte. Ein wundervoller Augenblick. Und bei ihr war genau der Mann, mit dem sie dies teilen wollte.

Sie zog das Nachthemd herunter, schloss die Augen und gab sich ganz dem süßen Nachglühen hin. In dem Moment erwuchs eine neue Sehnsucht in ihr. Nach seiner Nähe. Doch nicht, um sich abermals zu lieben, sondern um zu halten und gehalten zu werden. Diesen intensiven Moment noch gefühlvoller zu machen. Sie streckte die Arme nach ihm aus, lud ihn ein, aber er sah sie nicht einmal an.

»Ich muss gehen«, sagte er zu ihrem Entsetzen. Carolin war schockiert. Hatte sie sich verhört? Wieso wollte er sie denn ausgerechnet jetzt verlassen? Jetzt, da sie sich stärker nach ihm sehnte als jemals zuvor.

Josh erhob sich, erklärte nichts, zog sich an und ging tatsächlich, ließ sie einfach so zurück. Und da wurde dieser wunderbare Moment mit einem Mal grausam und kalt. So kalt, dass sie schnell die Decke hochzog, weil sie zu frieren begann.

Konnte es sein, dass Josh gar nicht das Gleiche für sie empfand wie sie für ihn? Dieser Gedanke erschreckte sie.

»Mach es dir gemütlich, Dorian«, bat Brigit Susette La Norma am Abend des darauffolgenden Tages und deutete zu der kleinen Couch in ihrer Kabine. Als Star der *Sea Love*-Show hatte sie natürlich Anspruch auf eine besonders luxuriöse Unterbringung.

Dorian Zeissner lächelte verlegen und folgte der Aufforderung. Er war von ihrer Einladung überrascht gewesen. Es hatte geklungen, als wolle sie etwas Ernstes mit ihm besprechen. Etwas, was vielleicht mit ihnen zu tun hatte. Dass sie ihn im Bademantel empfangen würde, hatte er allerdings nicht erwartet.

»Darf ich dir etwas anbieten?«, fragte sie und stand schon an der Minibar.

»Nein, danke. Heute Abend nichts für mich.«

Sie zuckte mit den Schultern, goss sich ein Glas Cognac ein, das sie sogleich in einem Zug leer trank.

»Du wolltest mich sehen?« Sein Herz begann schneller zu schlagen. Diese Frau war einfach atemberaubend, egal was sie tat, was sie sagte oder nicht sagte, Dorian war hingerissen von ihr. Er hätte alles für sie getan. Jederzeit. Überall.

»*Naturellement.*« Sie lächelte zauberhaft, stellte das Glas ab und kam auf ihn zugetänzelt. »Du warst heute Abend gar nicht in meiner Vorstellung.« Sie wedelte tadelnd mit dem Finger.

Darum ging es ihr also? Er lachte leise. »Ich wäre gern dort gewesen, aber ich bin der Kapitän der *Sea Love*. Ab und an muss ich mich auch um die Crew und das Schiff kümmern.«

Sie setzte sich neben ihn, streichelte seine Wange und strich ihm dabei eine Haarsträhne aus dem Gesicht. Sie schien allein darauf konzentriert und hörte ihm gar nicht richtig zu.

»Ich war sehr enttäuscht, als dein Platz in der ersten Reihe leer blieb. Und ich dachte, du würdest meine Auftritte mögen.«

»Das tue ich auch, Brigit, das kannst du mir glauben.« Ihr Zeigefinger glitt tiefer hinab, strich über seine Kehle, und er glaubte sogar ihren Fingernagel leicht an dieser zu spüren. Sacht drückte sich die Spitze in seine Haut.

»Ist dem so, *n'est ce pas*?«

»Lass es mich beweisen«, schlug er vor, denn ihr sinnlicher und zugleich finsterer Blick erregte etwas in seiner Hose, das nun mit aller Macht herauswollte, ohne Unterlass gegen den Stoff seiner Uniformhose drückte.

»Beweisen? Ich bin ganz Ohr.« Er liebte ihren französischen Akzent, er klang sexy und leidenschaftlich.

»Nun … ich bin dein größter Fan, wie du weißt. Und wie gesagt, ich würde alles für dich tun.«

»Wirklich alles?«

Er nickte ernst. Sein Herz gehörte ihr. Schon immer. Von dem Moment an, an dem sie sich zum ersten Mal sahen, war es um den sonst so rationalen Kapitän geschehen gewesen. Brigit war eine jener wenigen Frauen, die Feuer im Blut hatten, die Erotik versprühten, selbst wenn sie nur ein paar belanglose Worte ins Mikrophon hauchten. Sie war alles, was er sich jemals erträumt, erhofft hatte. Auch wenn er wusste, dass dies alles für sie nur ein Spiel war, eine heiße Affäre, so träumte er doch davon, dass es eines Tages mehr für sie beide sein würde.

»Alles«, bestätigte er und sank von der Couch auf ein Knie. Er legte ihr die Hände auf die Oberschenkel, die so herrlich weich und warm waren.

Sie öffnete ihren Bademantel und entblößte ihre feuerrote Spitzenunterwäsche. »Vielleicht kannst du es wiedergutmachen«, sagte sie, und ihre Hand glitt in ihr Höschen, kraulte vor seinen Augen ihre Scham.

In ihm wuchs das Verlangen, sie ebenfalls an der Stelle zu berühren. Sie holte ihre Hand wieder hervor, zeigte ihm ihren Zeigefinger. Er roch ihren weiblichen Duft, der die Luft um sie herum erfüllte. Die Hose wurde ihm immer enger.

»Küss ihn«, raunte sie ihm zu und führte ihren Finger zu seinen Lippen.

Unwillkürlich fingen diese an zu zittern. Diese Aufforderung löste eine Woge der Erregung in ihm aus, die es ihm unmöglich machte, ihr diesen Wunsch abzuschlagen. Er spitzte die Lippen, hauchte einen Kuss auf ihre Fingerkuppe. Ein süßlicher Geschmack breitete sich auf seiner Zunge aus. Er wollte mehr davon. Viel mehr.

Brigit lächelte ihn zufrieden an. Sie sah so wunderschön aus, wenn sie lächelte. Einem Engel gleich. Doch diese Frau konnte unsagbar grausam sein. Es waren diese Gegensätze, die sie in sich vereinte und die ihn reizten. Mit ihr wurde es niemals langweilig. Sie steckte voller Überraschungen.

Langsam löste sie den Gürtel ihres Bademantels. Der flauschige Stoff glitt an ihrem makellosen Körper herunter, blieb zu ihren Füßen über den rot lackierten Zehennägeln liegen. Den Gürtel aber hatte sie immer noch in der Hand.

»Heb die Arme hoch!«, verlangte sie mit ihrer rauchigen Stimme. Erneut löste ihr hinreißender Akzent ein heftiges Prickeln in seinen Lenden aus. Und Dorian gehorchte. Er war normalerweise ein Mann, der, egal wo er auftauchte, das Sagen hatte. Natürlich vor allem auf der *Sea Love*, in seinem Job. Und auch privat konnte er sehr dominant sein. Doch hier und jetzt war er es nicht, wollte es nicht sein. Er wollte alles für Brigit tun, ihr dienen, sie küssen, zum Höhepunkt bringen.

Ohne Widerrede hob er die Arme, führte sie über seinem Kopf zusammen, und Brigit legte den samtigen Gürtel um seine Handgelenke, zog ihn fest und fesselte ihn.

»Das ist hübsch«, hauchte sie, und er meinte, Erregung in ihrer Stimme zu hören. »Du darfst sie wieder runternehmen, *mon capitaine*!«

Er tat, wie ihm befohlen. Natürlich hätte er sich leicht aus dieser nur symbolischen Fesselung befreien können, doch das wollte er gar nicht. Es gab ihm einen Kick, ihr die Macht, das Sagen, zu überlassen. Sein Job war stressig genug, und es tat gut, sich einmal fallen zu lassen. Noch dazu liebte er Brigit wirklich. Er war bereit, ihr jeden Wunsch von den Augen abzulesen, auch wenn ihm klar war, dass sie seine Gefühle nicht erwiderte. Oder tat sie das vielleicht doch und zeigte es ihm nur nicht?

Er hatte gar nicht bemerkt, wann sie ihr Unterhöschen ausgezogen hatte. Es lag jetzt jedenfalls auf dem Boden neben dem Bademantel, und sie stand nackt vor ihm. Erneut pulsierte es wie wild in seinem Inneren. Die gute Hose seiner Ausgehuniform würde noch im Schritt zerreißen. Und wie sollte er das Malheur dem Schneider erklären?

Sie grinste, blickte zwischen seine Beine, da sie die Beule längst bemerkt hatte. »Gehst du manchmal aufs Liebesdeck?«, fragte sie mit neugierig funkelnden Augen.

»Wieso willst du das wissen?«, wunderte er sich.

»Darf eine Frau nicht neugierig sein?« Sie zuckte unschuldig mit den Schultern.

Das Liebesdeck hatte ihn nie interessiert. Es war Teil der *Sea Love*, aber er war nie dorthin gegangen, um seine Gelüste zu befriedigen. War Brigit vielleicht eifersüchtig, wollte herausfinden, ob es Konkurrenz gab? Er schmunzelte. Das wäre mehr als süß.

»Nein«, gab er ehrlich zu.

Ein Lächeln erschien auf ihren vollen Lippen. »Dann hast du dir deine Belohnung redlich verdient, *mon ami.*«

Sie half ihm dabei, sich auf die Couch zu setzen, achtete darauf, dass die Fessel sich nicht löste. Sie strich mit der Hand über die Beule in seiner Hose, in der es wie wild pumpte. Der Stoff spannte so sehr, dass es schmerzhaft wurde. Und ihm dämmerte, dies war Belohnung und Bestrafung zugleich.

Wieder und wieder fuhren ihre zarten Finger über die pulsierende Ausbuchtung. Dann endlich öffnete sie zu seiner Erleichterung den Reißverschluss, und sein Schwanz schoss hervor, vibrierte und bebte. Dicke Adern zeichneten sich auf seiner Vorhaut ab, die Brigit nun langsam vor- und zurückschob. Ein herrliches Gefühl!

Er warf einen Blick zwischen ihre Beine und bemerkte, dass ihre Schamlippen rot schimmerten und nass waren. Sie waren außerdem stark geschwollen. Das Spiel musste Brigit sehr erregen, was wiederum ihm Lust bereitete.

Dann verschwand der Finger ihrer anderen Hand in ihrer feuchten Enge. Sie schloss die Augen, während sie sich selbst und ihn weiter streichelte.

Ihr Mund war geöffnet, wodurch ihre Lippen nur noch voller, noch verführerischer wirkten. Er hörte sie stöhnen. Erst leise, dann immer lauter. Und plötzlich bewegte sie ihr Becken im Rhythmus ihrer Handbewegung mit. Ihr Stöhnen wurde lauter.

Es gefiel ihm, wenn die Lust in ihr erwachte. Sie wurde dann unberechenbar, überraschte ihn mit verrückten Dingen oder explodierender Leidenschaft. So war es auch diesmal. Plötzlich ließ sie seinen Penis los, zog den Finger aus ihrer Feuchte und richtete sich vor ihm auf. Ihr Anblick war atemberaubend, ihre Brüste wirkten aus dieser Perspektive riesig. Doch er hatte kaum Zeit, den Anblick zu genießen, denn Brigit sank auf seinen Schoß, rieb sich an seiner Erektion. Das war so verdammt geil, dass er lustvoll aufkeuchte. Vor Verlangen, vor unerfüllter Lust. Seine Lenden brannten. Er spürte sie so nah, lediglich wenige Zentimeter trennten ihn von ihrer Pforte.

Ihre wundervollen Brüste wippten vor seinem Gesicht hin und her, er küsste sie, leckte an ihren Nippeln. Er wünschte, er hätte sie berühren dürfen, aber die Fessel ließ es nicht zu. Sie lächelte ihn an, fast so, als wisse sie ganz genau, was in ihm vorging. Wie hätte sie das auch nicht erahnen sollen. Sein Schwanz pulsierte ohne Unterlass, verlangte, in sie einzudringen. Brigit zeigte sich gnädig, nahm ihn auf, und er spürte, wie er in ihr versank, ihre Wärme und Feuchte ihn umhüllte. Und obwohl er ein Mann mit Erfahrung war, musste er sich sehr beherrschen, um nicht sofort in ihr zu explodieren.

Ihre Nägel krallten sich in seine Schultern, fast als wollte sie ihm das Startsignal geben. Er begann sich in ihr zu bewegen, steigerte den Rhythmus. Die Hitze nahm zu, sie roch nun noch viel intensiver. Nach Schweiß, nach Frau, nach Erregung. Lust. Wieder und wieder stieß er in sie, und ihr Körper drängte sich dem seinen entgegen. Sie zitterte. Binnen weniger Augenblicke zog sich alles in ihr zusammen, bereitete sich auf die ersehnte Erlösung vor. Ein letztes Mal drang er tief in sie. In dem Moment schrie sie plötzlich auf. Wogen der Lust brandeten durch ihren Unterleib. Sie übertrugen sich auch auf seinen Körper, der vor Lust fast explodierte. Brigit sank auf ihm nieder, immer noch zitternd. Ihr heißer Körper an seinem. Ihre Nähe war wundervoll. Er wünschte, er hätte sie jetzt umarmen, halten können. Aber die Fesseln hinderten ihn daran.

»Das war sehr schön«, flüsterte sie und küsste ihn plötzlich. Ihre Zunge verschwand in seinem Mund, vollführte einen Tanz mit der seinen. Das war der Tropfen, der das Fass zum Überlaufen brachte. Er pumpte in sie, gab alles, was er zu geben hatte. Er erschrak, über sich selbst, die Situation und darüber, dass sich ihr Kuss mit einem Mal so anders anfühlte. Er schmeckte ehrlich. Oder bildete er sich das nur ein?

Brigit ließ von ihm ab und erhob sich. Sie lachte leise, schüttelte den Kopf, als sie den Fleck auf seiner Uniformhose bemerkte.

»Wie willst du nachher zu deiner Kabine kommen, ohne dass jemand das sieht?«, neckte sie ihn.

Er befreite sich aus seiner Fesselung, stand ebenfalls auf und riss sie in seine Arme, weil er es nicht länger aushielt, nicht länger warten konnte und wollte. »Vielleicht bleibe ich heute Nacht einfach hier?«

Sie spielte an seinen Schulterstücken, zupfte sie zurecht. »Das klingt romantisch.«

»Ich kann sehr romantisch sein«, versicherte er.

Sie lachte erneut. Er hoffte, sie würde ja sagen, ihm erlauben, das Bett mit ihr zu teilen. Nichts wünschte er sich sehnlicher.

»Also schön, *mon capitaine*. Aber vorher lass uns duschen.«

Das klang nach einem sehr guten Vorschlag. Dorian nickte ihr zu, und sie löste sich aus seiner Umarmung.

Er folgte ihr mit klopfendem Herzen ins Bad.

Josh ging ihr aus dem Weg. Zwei Tage lang hatte sie ihn nicht mehr gesehen. Begehrte er sie nicht mehr? Erst machte er sie an, dann ließ er sie am ausgestreckten Arm verhungern? Das passte doch gar nicht zu ihm. So hatte sie ihn nicht eingeschätzt.

Carolin lag im Bett, doch an Schlaf war nicht zu denken. Sie drehte sich von einer Seite zur anderen, schloss kurz die Augen, denn die Gedanken an ihren letzten Abend ließen sie nicht los. Weshalb war Josh so schnell gegangen? War er nur auf Sex mit ihr aus gewesen? Aber selbst dann gab es keinen Grund, sich derart abweisend zu zeigen. Im Gegenteil. Sie wollte mehr. Lag es an ihr? Das erschien ihr der wahrscheinlichste Grund. Hatte sie sich anders verhalten als sonst? Sie war immer noch leicht gehemmt, vielleicht hatte er das bemerkt. Oder er hatte gehofft, dass sie ihre Hemmungen schneller ablegen würde. Möglicherweise war er anderes gewohnt und fand sie zusehends langweiliger? Dabei hatte sie all ihren Mut zusammengenommen, um ihm zu gefallen.

Carolin seufzte. Es war ihr klar, dass Josh jede Frau haben konnte. Sein blendendes Aussehen machte nicht nur sie schwach. Wo immer er an Bord auftauchte, blickten sich die weiblichen Passagiere nach ihm um. Und wenn er während ihres Dienstes auf Deck Zero eine andere Frau kennengelernt hatte, die er nicht hatte abweisen können? Die Vorstellung erschreckte sie, und sie spürte nur umso mehr, wie sehr sie ihn begehrte.

Was konnte sie nur tun, um seine Aufmerksamkeit zurückzugewinnen? Sie schüttelte den Kopf. Was waren das nur für Gedanken? Es ging doch nicht nur darum, ihm zu gefallen, ihm Lust zu bereiten, sondern auch um ihre eigenen Bedürfnisse. Vielleicht gab es ja einen Weg, beides zu kombinieren?

Gleich am nächsten Morgen begab sie sich zum Frühstücksbüfett im *Violina*, in der Hoffnung, Josh dort anzutreffen. Er mochte dieses Restaurant. Wenn er also frühstücken ging, dann gewiss hier.

Sie bemerkte all die Paare. Männer und Frauen, die getrennt an Bord gekommen waren, jetzt aber gemeinsam frühstückten. Das Lustschiff hatte offenbar schon nach kurzer Zeit seinen Zauber bewirkt. Eine Frau steckte ihrem Geliebten einen Löffel Pudding in den Mund, den dieser genüsslich abschleckte. Anschließend küssten sie sich innig. Der Anblick hinterließ ein Brennen in Carolins Brust.

Josh war nicht hier. Und auch in keinem der anderen Restaurants, die sie daraufhin aufsuchte. Vielleicht war er in seiner Kabine geblieben?

Carolin kam eine verführerische Idee, der sie nicht widerstehen konnte. Sie schnappte sich eins der Tabletts und bestückte es mit einer reichlichen Auswahl süßer und exotischer Köstlichkeiten. Damit ging sie zu seiner Kabine, in der Hoffnung, ihn dort anzutreffen. Sie klopfte an, doch er öffnete nicht. Aber sie hörte Geräusche hinter der Tür. Er war also da, wollte sie nicht sehen. So leicht wollte sie es ihm nicht machen. Zum Glück besaß sie einen Generalschlüssel in Form einer Karte, die sie einfach an seiner Tür durchzog. Die ging mit einem Klack auf, und Carolin trat mit dem Tablett ein.

Josh schreckte aus seinem Bett hoch. Er war nackt, zum Glück allein und starrte sie verwirrt an.

»Was soll das denn?«

»Sieht man das nicht? Ich bringe dir Frühstück ans Bett.«

Sie schlug die Tür mit dem Hacken zu und stellte das Tablett auf sein Bett.

Josh warf die Decke zurück, dann fiel ihm wohl auf, dass er auch keine Unterhose trug, und zog die Bettdecke schnell wieder über sein imposantes Geschlechtsteil.

»Schon mal was von Privatsphäre gehört?«

Er hatte immer noch schlechte Laune. Carolin würde schwerere Geschütze auffahren müssen, um seinen Eispanzer zu durchbrechen.

»Jetzt sei nicht so, ich habe mir Mühe gegeben.«

Er musterte die verschiedenen Aufschnitte, die Brote und die Käsesorten sowie das Rührei mit Speck. Es duftete köstlich, das konnte auch ihm nicht entgangen sein. Da kam ihr eine Idee, wie sie ihm die schlechte Laune austreiben konnte. Sie knöpfte langsam ihre Uniformjacke auf.

»Und was soll das werden?«

»Wonach sieht es denn aus?«, fragte sie zurück und zwinkerte ihm zu. Sie streifte die Jacke lässig ab, legte sie über einen Stuhl und fingerte an ihrem Gürtel herum.

»Lass das«, sagte er plötzlich schroff und schob das Tablett zur Seite, um aufstehen zu können.

»Was soll ich lassen?« Sie pfiff unschuldig vor sich hin und zog nun Schuhe und Hose aus.

»Vielleicht habe ich jetzt keine Lust auf … das hier.«

»Sieht für mich aber ganz anders aus.« Sie lachte leise und deutete auf die Morgenlatte, die unübersehbar war.

»Verflixt!«, keuchte er und hielt sich rasch eine

Hand vor sein Geschlecht. »Das ist bei Männern eben so, das hat nichts zu bedeuten.«

»Ach nein?« Sie ging auf ihn zu, versuchte ihn zu küssen, doch er wich ihren Lippen aus, was sie ziemlich entmutigte. Sie wollte dennoch nicht aufgeben, tänzelte um ihn herum, legte sich nackt auf sein Bett und platzierte ein paar Weintrauben und ein halbes Brötchen auf ihrem Bauch. So etwas Ähnliches hatte sie schon einmal spätabends in einem Erotikfilm gesehen. Es hatte ihr gefallen, und jetzt schien ihr der perfekte Moment, es einmal selbst auszuprobieren.

»Es ist angerichtet«, verkündete sie verheißungsvoll und leckte sich über die Lippen, kostete eine der Weintrauben.

Josh schüttelte den Kopf, kam näher und setzte sich zu ihr. »Du bist verrückt, weißt du das?« Sein Gesicht hellte sich ein wenig auf, er wirkte offener, freundlicher. Er schnappte sich eine Weintraube, die von ihrem Bauch zu rollen drohte, steckte sie sich genüsslich in den Mund.

»Du solltest erst mal abwarten, was ich mir noch Verrücktes einfallen lasse«, sagte sie mit wachsendem Selbstbewusstsein.

Er hob eine Braue. Eine solche Äußerung hatte er gewiss nicht von ihr erwartet. Er glaubte immer, sie sei das brave, einfache Mädchen, das stets korrekt war, nie einen Fehler machte und sich schon gar nicht seiner Leidenschaft hingab. Und wenn sie ehrlich zu sich selbst war, entsprach das auch ihrem Selbstbild. Die Carolin, die nun in seinem Bett lag, war eine andere. Sie war verzweifelt, weil sie ihn liebte, aber das Gefühl hatte, dass er sich von ihr entfernte. Sie musste um ihn kämpfen. Alle Hemmungen hinter sich lassen.

»Und was wäre das?«

»Zuerst sollst du dein Frühstück genießen.«

»Das tue ich«, gab er zu und aß noch eine weitere Weintraube. Dann jedoch schien sein Appetit auf etwas ganz anderes zu erwachen, denn er legte das Brötchen und die restlichen Trauben zurück auf das Tablett und fuhr ihr stattdessen mit dem Finger über den Bauch.

»Ich bin gesättigt, was kommt als Nächstes?«

»Der Nachtisch natürlich, was dachtest du denn?« Sie grinste ihn verstohlen an, öffnete dann die Beine, um ihn einzuladen.

Josh verstand die Aufforderung, aber etwas hielt ihn noch zurück, wenngleich sich alles in ihm nach diesem süßen Honigtopf sehnte. Er wollte von ihm kosten, er wollte in ihr sein, sich selbst tief in Carolin spüren. Aber da waren immer noch die Zweifel. Sie waren der Grund, warum er ihr aus dem Weg ging, sie auch heute am liebsten gar nicht sehen wollte.

Eigentlich war er ein Mann, der schnell seine Entscheidungen traf. Sie basierten stets auf rationalen Überlegungen. Aber hier kam er nicht weiter.

»Gibt es etwas Neues in Bezug auf die Festplatte von diesem Fotografen?«

»Wie kommst du denn ausgerechnet jetzt darauf?« Carolin lachte.

»Fiel mir gerade ein.«

»Leider ist da nichts zu machen. O-Ton unseres IT-Experten.«

Er atmete auf, wenigstens etwas.

»Nur zu, trau dich«, hauchte sie und lenkte seine Aufmerksamkeit wieder auf ihren Körper.

Er blickte ihr ins Gesicht. Sie war wunderschön, ahnte das aber nicht einmal oder war einfach eine hervorragende Schauspielerin. Er wusste nicht, woran er bei ihr war. Ihm war klar, sie versuchte ihn zu verführen und hatte Erfolg damit. Die Morgenlatte war vor allem deshalb so groß, weil Carolin so verdammt sexy aussah. Mit und ohne Uniform.

Sie nun hier zu haben, in seinem Bett, nackt, brachte seine Gefühlswelt gänzlich durcheinander. Wie sollte er da standhaft bleiben? Wollte er das überhaupt? Seine Lippen berührten ihren Bauch. Die Haut gab sanft unter dem leichten Druck, den er auf sie ausübte, nach. Ihr weiblicher Duft stieg ihm in die Nase. Zuerst glaubte er, ihre Haut würde so wunderbar verführerisch riechen, aber dann bemerkte er, dass die Quelle dieses betörenden Dufts eine andere war. Falls es ihr Plan war, ihn gefügig zu machen, so hatte sie Erfolg. Er spürte, wie abermals zärtliche Gefühle für sie in ihm erwachten, wie er leichtsinnig wurde, kurz davorstand, die Zweifel zu verbannen.

Er musste die Notbremse ziehen.

»Ich will, dass du gehst«, sagte er plötzlich.

»Was?« Carolin hob den Kopf, sah ihn an, als wäre er nun völlig verrückt geworden.

Er kletterte aus dem Bett, hob ihre Sachen vom Boden auf und warf sie ihr zu, damit sie ihren verführerischen Körper bedeckten und er nicht länger dieser süßen Versuchung ausgesetzt war.

»Ich … verstehe nicht. Was ist denn auf einmal in dich gefahren?«

»Hast du nicht gehört, was ich gesagt habe? Du sollst verschwinden!« Er hatte keine Lust auf Diskussionen, wollte sich nicht nochmals einlullen lassen. Darauf legte sie es doch ganz bewusst an. Und das war erst recht ein Grund, an ihrer Aufrichtigkeit zu zweifeln.

»Jetzt mach schon!«, forderte er ungeduldig.

»Erwartest du etwa noch jemand anderen?«

Er lachte auf. Was für eine alberne Frage! Natürlich nicht. Er hatte sich in sie verliebt, wollte keine andere Frau. Aber Carolin konnte er ebenfalls nicht haben, weil er nicht wusste, ob sie auf seiner Seite stand, ob er ihr vertrauen konnte. Vielleicht sollte er den Erpresserbrief einfach ansprechen? Das würde Klarheit bringen. Aber ein wenig fürchtete er sich auch davor, mit seiner schlimmen Ahnung recht zu haben. Es würde ihn in ein tiefes Loch stürzen.

»Na schön …« Sie zog sich die Uniformhose über, sah ihn dabei nicht an. »Ich verstehe dich nicht mehr«, sagte sie.

»Das hast du auch nie.« Er sah Schmerz in ihren Augen. Es zerriss ihm fast das Herz, und er wollte seine Worte zurücknehmen. Doch er brachte es nicht über sich.

Carolin verließ wortlos seine Kabine.

»Er ist einfach toll«, schwärmte Andrea beim Frühstück und kostete vom Rührei. »Mit ihm fühle ich mich …

selbstbewusst. Die letzten Tage waren so romantisch. Das ist mein bester Urlaub.«

»Freut mich, Süße. Aber lass es langsam angehen.«

Andrea, die gerade die Gabel zum Mund führen wollte, ließ diese nun sinken. »Langsam? Weshalb langsam? Wieso sagst du so was?«

Lena seufzte, fuhr sich mit der Hand über die Stirn.

»Ist etwas passiert?«, hakte Andrea besorgt nach. Irgendetwas verschwieg sie ihr doch.

»Na ja, ich denke nur, du solltest nicht vergessen, wo wir uns befinden. Auf der *Sea Love*. Hier geht es weniger um romantische Gefühle als um Spaß an der Freude und am Leben.«

»Das klingt wie auswendig gelernt oder wie aus einem Werbeprospekt. Außerdem warst du es, die mir Mut gemacht hat, hier mein Glück zu suchen.« Andrea wurde das Gefühl nicht los, dass Lena etwas wusste. Etwas, was mit Dr. Thomas Meinhardt zusammenhing. Ging es ihr darum, dass sich ihre Wege nach der Kreuzfahrt unwillkürlich trennten? Andrea würde in ihr altes Leben zurückkehren, Dr. Meinhardt weiter zur See fahren. Aber dafür gab es doch gewiss eine Lösung.

»Ich habe mir schon Gedanken gemacht. Ich könnte zum Beispiel als Kellnerin an Bord anfangen.«

»Darum geht es doch gar nicht. Ich will dich einfach nur davor bewahren, verletzt zu werden.«

»Wieso sollte ich denn verletzt werden?« Ein ungutes Gefühl breitete sich in ihrer Magengegend aus. Sie sah Lena an der Nasenspitze an, dass sie etwas vor ihr verbarg. »Jetzt raus mit der Sprache«, forderte Andrea sie auf und legte die Gabel beiseite.

»Na schön. Du willst es ja nicht anders. Ich würde mich nicht so sehr auf den Doc versteifen.«

»Wir mögen uns. Sehr sogar. Es ist toll mit ihm. Er hat Verständnis, ist fürsorglich, und sexuell sind wir auf einer Wellenlänge.« Sie spürte, wie ihre Wangen zu glühen begannen. Es war immer noch nicht einfach für sie, offen über solch intime Dinge zu sprechen.

»Der Doc ist auch nur ein Mann. Und an Bord gibt es viele Versuchungen.«

»Das stimmt, aber er ist nicht so einer. Er ist … auf der Suche nach was Festem.«

Lena verschluckte sich an ihrem Kaffee. Und das ungute Gefühl in Andreas Bauch verstärkte sich. »Du hast ihn mit einer anderen gesehen, oder?«

Lena wischte sich den Mund mit der Serviette ab und tupfte sie dann auf die Kaffeeflecken auf ihrer Caprihose.

»Nun sag es mir schon. Ich will es wissen.«

»Also gut, ja, ich habe ihn am Pool gesehen. Er hat eine andere geküsst. Zufrieden? Ich habe mir das nicht in aller Ausführlichkeit angeschaut, aber ich denke, du weißt, was für Dinge auf dem Lustschiff passieren.«

Andrea spürte, wie ihr sämtliche Farbe aus dem Gesicht wich. »Bist du dir sicher … ich meine, sicher, dass er es war?«

»Ich werde doch wohl noch Thomas Meinhardt erkennen. Es gibt keinen Zweifel. Leider.«

Also war alles gelogen gewesen. Seine ernsten Absichten, sein Interesse an ihr. Das tat verdammt weh. Sie fühlte sich unsagbar dumm, dass sie auf diese Scharade hereingefallen war. Wie vielen Frauen hatte er genau die gleiche Geschichte erzählt? Sie wäre die Einzige für ihn, er hätte Probleme damit, andere Frauen anzusprechen, aber bei ihr war das natürlich völlig anders.

»Ich bin so dumm«, sagte Andrea mit Verachtung in der Stimme. Doch seltsamerweise galt ihre Verachtung nicht ihm, sondern sich selbst.

Lena legte ihre Hand auf ihre. »Das bist du nicht.«

»Natürlich! Wie konnte ich nur auf diese alberne Geschichte reinfallen. Der hat mir im Himmel ist Jahrmarkt erzählt, und ich hab ihm aus der Hand gefressen. Wahrscheinlich lacht er jetzt über mich.«

»Das glaube ich wirklich nicht. Er findet dich anziehend.«

»Ja, sicher. Deswegen macht er auch mit einer anderen rum.«

»Wie gesagt, ich habe mir das nicht zu Ende angeschaut. Aber ich weiß, dass er dich mag. Das habe ich in seinen Augen gesehen. Nimm es einfach als Urlaubsflirt. Eine schöne Erinnerung mit aufregenden Details.«

Es wäre wohl klug gewesen, Lenas Rat zu folgen. Aber Andrea konnte das nicht. Sie war viel zu verletzt. »Das geht nicht so einfach, Lena.«

»Und wieso nicht?«

Andrea atmete tief durch. »Weil ich mich in den Mistkerl verliebt habe.«

»Oh!«, gab Lena zurück. Mehr nicht. Aber was hätte die Freundin dazu auch sagen sollen? Andrea kam sich nur umso dümmer vor. Sie war auf den Schiffscasanova hereingefallen und hatte sich obendrein auch noch in ihn verliebt. Ein Teil von ihr hoffte sogar immer noch, dass Lena sich irrte, dass es für alles eine einfache Erklärung gab.

»Du musst ihn testen«, schlug Lena plötzlich vor.

»Testen?«

»Ganz genau. Das ist das Einzige, was dir Klarheit bringt. Klarheit darüber, ob er dich will oder nicht. Ob du nur ein Zeitvertreib für ihn bist oder ob er doch ernste Gefühle für dich hegt.«

»Und wie soll ich das deiner Meinung nach anstellen?«

»Da habe ich schon eine Idee. Warte noch einen Tag ab, dann legt die *Sea Love* an, und wir gehen an Land.«

Andrea hatte es im Reiseprospekt gelesen. Bevor die *Sea Love* im Hafen von New York einfuhr, machte sie noch einen Halt auf einer kleinen Insel nahe der amerikanischen Ostküste, die als verheißungsvoller Ort der Lust und Leidenschaft angepriesen worden war. Die Insel Passionata.

»Passionata ist der perfekte Ort für einen Test.«

»Kann sein.«

»Ist so. Vertrau mir.«

Andrea war nicht sicher, wie dieser Test aussehen sollte. Aber sie war bereit, der Sache eine Chance zu geben.

Carolin beobachtete die Möwen, die sich auf die Reling an Heck und Bug setzten und auf etwas Essbares lauerten, das die Menschen fallen ließen. Ihr Auftauchen kündete von Land. Die Passagiere waren an Deck gekommen, um den kleinen Leuchtturm zu bewundern, der in der Ferne blinkte.

»Land in Sicht!«, schrie auch schon ein Gast und scheuchte die Seeschwalben auf. Die *Sea Love* drosselte die Geschwindigkeit, warf den Anker aus, da sie sonst Gefahr lief, aufzulaufen und den Rumpf zu beschädigen. Die Stewards geleiteten die Passagiere zu den Motorbooten.

»Das wird ein heißer Landaufenthalt«, flüsterte Leonard Carolin zu und grinste von einem Ohr zum anderen, während die ersten Motorboote ins Wasser gelassen wurden. Wahrscheinlich hatte er inzwischen schon mit einigen weiblichen Passagieren angebändelt, seine Avancen Carolin gegenüber deshalb zurückgeschraubt. Aber nun stand er wieder neben ihr, wie zu Beginn ihrer Fahrt.

»Erik Osburne ist für seine rauschenden Feste bekannt«, fuhr er fort. »Man könnte sie auch Orgien nennen.«

»Klingt ja toll.« Sie hatte keine Lust auf Feste und erst recht nicht auf Orgien. Sie wollte sich am liebsten irgendwo verkriechen, aber das ging nicht, sie hatte ihren Job zu erledigen. Was Erik Osburne und seine legendären Feste anging, davon hatte sie schon mal gehört. Sie hatte nichts gegen Orgien, jeder nach seinem Geschmack. Aber sie konnte diesen Kerl nicht ausstehen, wenngleich sie ihn nicht näher kannte. Aber sie konnte nichts für ihre Antipathie.

»Ich dachte mir, dass dir das gefällt, Carolin. Vielleicht findest du ja auf dem Fest auch ein bisschen Zeit für einen netten Kollegen?«

»Ganz sicher nicht.« Sie ließ ihn stehen und sorgte dafür, dass jeder Passagier einen Platz im Motorboot fand und die Sicherheitsvorschriften beim Tendern eingehalten wurden. Diejenigen, die spezielle Tendertickets erworben hatten, wurden vorrangig behandelt.

Die vollbesetzten Boote steuerten auf Passionata zu. Nachdem die Gäste an Land gegangen waren, kamen die Boote zurück, um die nächsten abzuholen. Erst als alle Passagiere von Bord waren, ging auch die Crew an Land. Am Strand befanden sich unzählige Bungalows und Hütten, in denen ein Großteil der Gäste untergebracht wurde. Im Zentrum der Insel stand eine hochherrschaftliche Villa im Stil der Südstaaten-Plantagenhäuser, die ebenfalls mit Gästezimmern aufwartete.

Elf Tage waren sie auf See gewesen, und in dieser kurzen Zeit hatte Carolin alle Höhen und Tiefen erlebt, die man nur durchleben konnte. Sie hatte sich verliebt, nach so langer Zeit, und war dann brutal abgewiesen worden. Es schmerzte ungemein. Aber was sollte sie tun? Sie musste ihren Job erledigen, durfte sich von ihren Gefühlen nicht ablenken lassen.

Die Crew war im Westflügel der Villa untergebracht.

»Der Typ hat Geld wie Heu«, kommentierte Leonard das Offensichtliche, als er an ihr vorbei zu seinem Zimmer ging. Täuschte sie sich, oder hörte sie da einen gewissen Neid aus ihm sprechen. Carolin konnte das nicht verstehen. Geld erleichterte das Leben, ganz gewiss. Machte es aber auch glücklich?

»Sie haben das Zimmer gleich hier vorn«, sagte eine Mitarbeiterin von Osburne zu Carolin und deutete in die entsprechende Richtung.

»Danke«, entgegnete Carolin wortkarg und brachte ihr spärliches Gepäck ins Zimmer. Sie hatte nur das Nötigste mitgenommen, schließlich sollte es schon morgen weitergehen. Und dann war die Reise vorbei. Die Passagiere blieben in New York, um dort ihren restlichen Urlaub zu verbringen und anschließend in die Heimat zurückzufliegen. Der Abschied von Josh stand unweigerlich bevor. Sie hoffte sehr, dass sie noch einmal die Gelegenheit haben würden, miteinander zu sprechen. Aber wollte sie das wirklich? Nachdem er sie quasi aus seiner Kabine geworfen hatte?

Sie stellte ihre Tasche ab und legte sich dann auf das Bett, das sich warm und weich anfühlte. Der einzige Trost in dieser furchtbaren Villa, diesem Protzbau, an dem sich doch kein normaler Mensch wohlfühlen konnte. Wahrscheinlich stand sie mit ihrer Meinung allein da. Ihre Passagiere schienen sich sehr wohlzufühlen. Carolin schloss die Augen. Ihre Gedanken kreisten wieder und wieder um Josh. Kurz darauf schlief sie ein.

Dorian Zeissner blickte aus dem Fenster seines Gästezimmers. Der Mond stand bereits am Himmel, doch allzu viele Sterne konnte er nicht sehen. Sie wurden vom Kiefernwald verdeckt und von den unzähligen Lampions überstrahlt, welche die Insel säumten. Von überall her erklang Musik. Es war nicht das erste Mal, dass er auf Passionata feierte. Im Gegenteil. Er hatte die schönsten und aufregendsten Nächte seines Lebens hier verbracht. An diesem geheimnisvollen Ort der Lust und Sünde.

Das Klopfen an der Tür riss ihn aus seinen Gedanken. »Wer ist da?«, fragte er.

»Ich bin's, Brigit. Darf ich hereinkommen?«

»Brigit? Natürlich!« Sein Herz begann schneller zu schlagen. Und als sie eintrat, in diesem fabelhaften Kleid, das ihre Figur betonte, ohne zu viel zu verraten, schlug es ihm bis zum Hals. Sie war die einzige Frau, die ihn durcheinanderbrachte, nervös machte und auf die sein Körper wie der eines Teenagers reagierte, der zum ersten Mal mit einem Mädchen ausging.

»Guten Abend, *mon capitaine.*«

Er nahm ihre Hand und hauchte einen Kuss darauf. »Du siehst zauberhaft aus, Brigit. Wie immer. Aber heute überstrahlst du alles.«

»Du bist ein Charmeur, Dorian. Ich mag es, wie du mit mir sprichst und was du für mich tust.«

»Ich bin dein Diener, Brigit. Ich tue alles für dich.«

Sie lächelte zauberhaft, und ihre Augen strahlten. »Deswegen bin ich aber nicht zu dir gekommen. Ich muss etwas mit dir besprechen.«

Das klang unerwartet ernst! Er setzte sich zu ihr und sah sie besorgt an. »Ist etwas passiert?«

Sie nickte, doch ihr Lächeln verriet, dass es nichts Negatives war, ganz im Gegenteil. Sein Magen rebellierte dennoch vor Aufregung. Unzählige Ideen kamen ihm in den Sinn, stürzten gleichzeitig auf ihn ein. Hatte sie jemand anderen kennengelernt? War sie schwanger? Von ihm?

»Ganz ruhig, *mon capitaine*. Es hat nichts mit dir zu

tun.« Sie legte ihre Hand auf seine. Offenbar hatte sie bemerkt, wie nervös er geworden war. Aber ihre Worte beruhigten ihn nicht unbedingt.

»Ich bin hier, um mich zu verabschieden«, sagte sie schließlich und brach ihm damit das Herz. Seine Kehle fühlte sich mit einem Mal ganz trocken an.

»Verabschieden?«, wiederholte er heiser. Das sollte nichts mit ihm zu tun haben? Für ihn war es eine Katastrophe! Diese Worte rissen ihm den Boden unter den Füßen weg.

Er hatte immer gewusst, dass er nicht in ihrer Liga spielte, dass dieser Tag einmal kommen würde. Sie war ein Star. Zwischen ihnen war es nie wirklich ernst geworden. Für Brigit war es immer ein Spiel gewesen. Nicht mehr und nicht weniger.

»Ich habe ein Angebot bekommen, das ich unmöglich ausschlagen kann.«

»Ein Angebot?« Er kam sich wie ein Papagei vor, unfähig, etwas Eigenes, gar Sinnvolles zu formulieren. Er war viel zu geschockt von dieser Nachricht, musste sich erst einmal sammeln.

»Von der Reederei *Smith & Trone*. Sie wollen mich als Stargast auf einem ihrer Kreuzfahrtschiffe.«

Er verstand die Welt nicht mehr. Genau so einen Job hatte sie doch, bei ihm, an Bord der *Sea Love*. Weshalb wollte sie von Osburne weg zu *Smith & Trone*. Zahlten die tatsächlich so viel mehr?

»Wie … schön für dich …, Brigit.« Er versuchte sich für sie zu freuen. Natürlich wünschte er sich, dass sie glücklich war. Wenn sie dieses Engagement so sehr wollte, würde er es ihr nicht ausreden. Doch verstehen musste er diese Entscheidung nicht, wollte es auch gar nicht.

»Alle vier Abende eine Vorführung«, erklärte sie ihm die Konditionen. An Bord der *Sea Love* trat sie beinahe jeden Abend auf. Natürlich bedeutete das mehr Arbeit. Aber sicher konnte man mit dem Osburne-Management reden, das ließ sich regeln.

»Dies wird also unsere letzte Nacht sein, *mon capitaine.*«

Sie beugte sich zu ihm vor, wollte ihn küssen. Er zögerte. Dorian sehnte sich so sehr nach ihr, dass es schmerzte. Noch schlimmer war jedoch der Abschiedsschmerz, den er kaum ertrug. Ja, diese Nacht sollte unvergessen bleiben, für sie beide. Brigit sollte erkennen, was sie zurückließ. Und vor allem, wen sie zurückließ! Einen Mann, der bereit war, alles für sie zu tun, der sie so sehr begehrte, liebte, dass es schon an Selbstaufgabe grenzte.

Er riss sie an sich und küsste sie. Brigit wirkte überrascht, doch es schien ihr zu gefallen, dass er diesmal den Ton angab. Sie stöhnte leise in seinen Mund, erlaubte seiner Zunge, die Vorherrschaft zu übernehmen. Er nahm ihren süßen, verführerischen Geschmack auf. Dann hob er Brigit hoch, ohne dabei den Kuss zu unterbrechen, und trug sie zum Gästebett. Ihre Arme legten sich um seinen Hals, hielten ihn fest. Der Gedanke, diese Arme bald nicht mehr an seinem Körper zu spüren, setzte ihm zu. Doch Dorian ließ sich nichts anmerken. Er bettete sie auf die Kissen, legte sich auf sie und bedachte sie mit Küssen.

Seine Lippen wanderten tiefer hinab, über ihren

Hals, an dem er heftig ihren Puls spürte. War es ein Zeichen ihrer Erregung?

Er hauchte Küsse auf ihr wundervolles Dekolleté, leckte über den Spalt zwischen ihren Brüsten und genoss es, ihr sinnliches und so weibliches Kichern zu hören. Es klang wie die wunderschönste Melodie, erinnerte ihn an alte Zeiten, als sie sich kennengelernt hatten. Brigit hatte nie ein Geheimnis daraus gemacht, dass sie sich körperlich zu ihm hingezogen fühlte. Schon auf ihrer ersten gemeinsamen Fahrt war mehr zwischen ihnen entstanden. All die Erinnerungen an aufregende, gemeinsame Nächte kamen in ihm hoch, lösten Wehmut aus. Schmerz und Lust vermischten sich wie schon so oft. Er hatte sich ihr gern unterworfen, hatte ihr dienen wollen, und als Diener ihrer Lust sollte sie ihn in Erinnerung behalten. Dorian hatte immer gewusst, dass sich ihre Wege eines Tages wieder trennen würden.

Seine Lippen wanderten tiefer, er zog ihr Kleid hoch, bedeckte die Innenseite ihrer Oberschenkel mit Küssen, liebkoste ihre Scham. Brigit verströmte einen ganz eigenen sinnlichen Geruch, der ihn erregte. Die Lust gewann die Oberhand, verdrängte den Trennungsschmerz. Rasch löste er seinen Gürtel, zog die Uniformhose aus und befreite seinen pulsierenden Schwanz, um ihn an ihren Schamlippen zu reiben. Er wuchs, wurde größer, er spürte ihre Hitze und ihre Lust. Tatsächlich öffnete sie die Beine etwas mehr, was einer Einladung gleichkam.

Dorian zögerte keinen Augenblick länger und schmiegte sich eng an sie, vereinte sich mit ihr. Tiefer drang er in sie, spürte ihre Wärme, ihr Verlangen, das stete Pulsieren. Nie hatte er sich ihr näher gefühlt und gleichzeitig so fern. Während er sich in ihr bewegte, zog er sie hoch, riss sie abermals in seine Arme, presste seinen Körper eng an ihren.

Brigits Augen funkelten, als sie ihn ansah. Sie war es gewohnt, die Diva zu spielen, anderen Befehle zu erteilen, doch in diesem Moment sah er die wahre Brigit. Er küsste sie innig und voller Leidenschaft. Ihre Lippen waren jetzt ganz heiß, zitterten, während er ihren Mund verschloss. Seine Zunge glitt in ihren Mund und wieder hinaus, im selben Takt, wie er sie liebte. Ihr Körper wurde ganz weich in seinen Armen, er spürte ihren immer schneller werdenden Herzschlag. Ja, das war die echte Brigit, die niemandem etwas vormachte, die sich in ihrer Haut wohlfühlte.

Ein Beben erfasste ihre Körper. Er wusste erst nicht, ob es von seinem ausging oder von ihrem. Aber im Grunde spielte das im Moment keine Rolle. Sie waren eins. Was er fühlte, konnte auch sie spüren, davon war er überzeugt. Das Beben gewann in Sekundenschnelle an Intensität, wurde stärker. Es schüttelte ihre Körper. Brigit stöhnte, befreite sich von seinem Kuss, atmete hörbar ein und aus. Ihre Brüste drückten sich an seinen Oberkörper. Sie waren heiß, glühten förmlich.

Dorian konnte sich nicht erwehren und gab sich diesen süßen Erosionen hin, die ihre Körper immer stärker miteinander vereinten. Er wusste nicht mehr, wo er anfing und Brigit aufhörte, als wären sie zu einem Wesen verschmolzen.

Brigits Atem ging immer schneller, ihr Stöhnen wurde lauter, die Hitze in ihrer Mitte nahm zu, übertrug sich auf ihn. In immer schneller werdendem Rhythmus wurden sie unaufhaltsam der Erlösung entgegengetrieben. Er beschleunigte, stieß schneller und heftiger in sie. Plötzlich keuchte Brigit auf, und er konnte tatsächlich ihren Orgasmus spüren, der gewaltig und befreiend war. Kurz darauf explodierte er in ihr.

Beide hielten sich gegenseitig dabei fest. Erst wenige Augenblicke nachdem der Orgasmus verklungen war, ließen sie sich fallen, blieben nebeneinander liegen, hielten sich weiter fest umschlungen. Brigit atmete noch immer schwer, sog die Luft tief ein.

»*Merci, mon capitaine*«, flüsterte sie.

Es war sein Abschiedsgeschenk an sie. Dorian wurde schwer ums Herz. Er würde sie sehr vermissen. Rasch wandte er den Kopf, als er merkte, dass Tränen in seinen Augen brannten. Doch Brigit hatte es gesehen.

Die Feierlichkeiten waren in vollem Gange. Josh hatte sich in seine privaten Räume zurückgezogen, beobachtete vom Balkon aus das Treiben im Hof. Es war schön, endlich mal wieder auf Passionata zu sein. Auch wenn er nicht nur gute Erinnerungen mit der Lustinsel verband. Seine Flitterwochen hatte er hier verbracht. Er hatte damals geglaubt, seine Liebe zu Veronika würde ewig bestehen. Ein folgenschwerer Irrtum. Es ging nicht um verletzten Stolz, es ging um Millionen. Er hatte damals auf einem Ehevertrag bestanden. Ihr stand nur dann etwas zu, wenn sie nachweisen konnte, dass er sie während ihrer Ehe betrogen hatte. Und dies war genau genommen der Fall, weil er sich Carolin hingegeben hatte. Die Tatsache, dass diese Ehe längst keinen Bestand mehr hatte, nur noch auf dem Papier existierte, spielte kaum eine Rolle dabei.

Es klopfte an der Tür. Erst zaghaft, dann etwas entschlossener. Er war nicht in der Stimmung für Besuch, dennoch zupfte er seine Krawatte zurecht und verließ den Balkon, um den ungebetenen Gast einzulassen. Doch als er die Tür öffnete, war dort niemand zu sehen. Lediglich ein Umschlag lag auf dem Boden, war unter den Türspalt hindurchgeschoben worden. Sein Herz setzte für einen Takt aus. Déjà-vu. Hatte er wirklich erwartet, dass sich diese Sache in Wohlgefallen auflöste? Er blickte den Gang hinunter, aber der war leer. Josh öffnete den Brief und las ihn.

Bringen Sie 250000 Dollar zum Wasserfall, verstecken Sie das Geld unter dem markierten Stein. Anderenfalls gehören die Fotos schon bald Ihrer Frau.

Es gab nur einen Wasserfall auf Passionata, er war klein, kaum auffällig. Der Erpresser musste schon einmal hier gewesen sein, hatte sich auf der Lustinsel und dem Lustschiff vergnügt und seine Möglichkeiten ausgelotet. In jedem Fall gab er vor, immer noch Kopien der Fotos zu besitzen, möglicherweise war dies kein Bluff. Josh durfte kein Risiko eingehen.

Seine Finger zitterten, als er nach dem Telefon griff und seinen Bediensteten die Anweisung gab, sich nach verdächtigen Personen im Privattrakt umzusehen. Er hatte nicht viel Hoffnung, dass seine Angestellten tatsächlich den Erpresser vorfanden, denn der hatte sich gewiss längst unter die Gäste gemischt. Eine ideale Tarnung. Dennoch wollte er nichts unversucht lassen. Sie waren nur noch eine Tagesreise von New York entfernt. Wenn es ihm gelang, den Erpresser schon vorher zu stellen, konnte er ihn bequem an das NYPD übergeben.

Er steckte den Brief sorgsam in den Umschlag zurück. Vielleicht war es ratsam, das Spiel bis zum Ende mitzuspielen. Diesen Möchtegerngangster in Sicherheit zu wiegen. Er würde heute Nacht am Wasserfall sein. Mit oder ohne Geld, das würde er noch entscheiden. Jetzt hatte er erst einmal seinen Auftritt vorzubereiten. Er warf einen Blick in den Spiegel. Der Mann, der ihm entgegenblickte, sah gut aus, wenn auch ein wenig gealtert. Waren da etwa die ersten grauen Strähnen in dem ansonsten schwarzen Haar zu sehen?

Josh dachte an Carolin, die er nicht loslassen konnte. Er wünschte, er hätte sie erst nach der Scheidung kennengelernt. Vieles wäre dann einfacher gewesen. Und er hätte sich ihrer Gefühle sicher sein können.

»Ich weiß nicht, ob ich das kann.« Andrea war so aufgeregt, dass sie ungewollt eine längst überwunden geglaubte Angewohnheit für sich wiederentdeckte. Sie knabberte wie besessen an ihren Fingernägeln.

»Ich habe den jungen Mann an der Bar den ganzen Abend beobachtet. Er ist allein hier. Setz dich zu ihm, lad ihn auf einen Drink ein, was auch immer. Wichtig ist nur, dass dein Doc es mitkriegt«, redete Lena auf sie ein.

Andrea wollte am liebsten einen Rückzieher machen und auf das Schiff zurück. Der Abend hatte vielversprechend begonnen, und mit jeder Stunde, die verging, trugen die Gäste weniger am Leib. Manche Frau lief nur im Glitzer-BH herum, dennoch waren alle bisher recht zurückhaltend geblieben. Aber der Alkohol floss in Strömen, und es war nur eine Frage der Zeit, bis das erste Pärchen sich ganz seinen Gelüsten hingab und die Orgie begann.

Thomas Meinhardt hatte den großen Saal vor wenigen Minuten betreten. Er war in Gesellschaft seines Kollegen und Stellvertreters hier und hatte sie noch gar nicht bemerkt. Wenn Lenas Plan funktionierte, würde Andrea ganz leicht herausfinden, ob Thomas mehr für sie empfand oder ob er ihr die ganze Zeit über nur etwas vorgemacht hatte, wie es nach Lenas Beobachtung ganz den Anschein hatte.

»Na los, bevor er wieder verschwindet«, forderte Lena sie auf, drängte sie förmlich in Richtung Bar, wo der einsame Jüngling saß, an den sich Andrea heranmachen sollte.

Sie setzte sich schließlich zu ihm, spielte nervös mit ihren Fingern, ehe sie sich endlich dazu entschloss, ihn anzusprechen. »Guten Abend, kann ich Ihnen ein bisschen Gesellschaft leisten?«

Der junge Mann musterte sie skeptisch von oben bis unten. Andrea war nicht jedermanns Typ, das war ihr klar. Sie hatte ein paar Pfund zu viel auf den Rippen. Und sie merkte ihm an, dass ihn das nicht unbedingt mit Freude erfüllte. Dabei sah er selbst auch nicht gerade wie ein Hollywoodstar aus.

»Eine Piña Colada, bitte«, bestellte sie einen Cocktail, bevor der Typ noch eine Antwort gab, die ihr nicht gefiel.

»Sind Sie allein hier?«, fragte sie, um mit ihm ins Gespräch zu kommen.

»Sieht man das nicht?«, fuhr er sie an. Er schien frustriert, in jedem Fall genoss er ihre Gesellschaft nicht, was es unmöglich machte, Lenas Test durchzuführen.

»Sie müssen Ihre schlechte Laune nicht an mir auslassen.«

»Sie hätten auch schlechte Laune, wenn Ihre Freundin sich mit einem anderen vergnügt«, gab er verärgert zurück. In dem Moment tat er ihr doch etwas leid.

»Wir wollten einen Pärchentausch machen«, erklärte er nun plötzlich. »Konnte ich ahnen, dass der Typ vom anderen Pärchen so ein Muskelprotz ist? Meine Freundin war hin und weg.«

»Und was sagt die Freundin vom Muskelprotz dazu?«

»Scheint sie nicht zu stören, sind jetzt zu dritt am Strand, haben mich hier abgeladen.«

»Und wieso sind Sie nicht mitgegangen?«

»Ich merke, wenn ich nicht erwünscht bin. Im Gegensatz zu manch anderem.«

Das hatte gesessen. Ihr Mitleid war sogleich wieder verpufft. Sie bekam aus dem Augenwinkel mit, dass die beiden Docs sich etwas bestellten. Das verschaffte ihr zumindest ein wenig Zeit. Sie blickte sich um, ob sie eine andere Testperson für ihr Vorhaben fand. Aber außer dem jungen Mann neben ihr gab es keine einsame Seele hier.

»Ich bin Andrea«, stellte sie sich vor.

»Manuel«, erwiderte er knapp.

»Freut mich, Manuel.«

»Ja, ja.«

»Wissen Sie, Sie sollten sich den Spaß dennoch nicht verderben lassen.«

»Jetzt kommt's noch dicker.«

»Wie bitte?« Meinte er sie?

Manuel deutete zum Eingang. Ein Mann mit zwei Frauen im Arm kam herein. Er sah blendend aus. Genauso wie seine Begleiterinnen.

»Das sind sie«, sagte Manuel bitter.

Jetzt tat er Andrea wieder leid. Sie erkannte aber auch, dass sich gerade ungeahnte Möglichkeiten auftaten.

»Ich habe eine Idee, wie wir zwei Fliegen mit einer Klappe schlagen können«, sagte sie verschwörerisch.

»Wovon reden Sie bloß?«

»Es ist doch ganz einfach, Sie lieben Ihre Freundin und wollen Sie zurück. Ich liebe einen Mann, von dem ich nicht weiß, was ich von ihm halten soll. Wenn wir uns zusammentun und an einem Strang ziehen, finden wir heraus, wie unsere Partner zu uns stehen. Alles klar?«

Andrea war augenscheinlich zu lange unter Lenas Fittichen gewesen. Doch ein wenig zahlte es sich nun aus.

»Ich verstehe, worauf Sie hinauswollen. Eifersucht wecken, das könnte vielleicht funktionieren.«

»Genau. Und wenn sie nicht darauf reagieren, wie wir es uns wünschen, wissen wir zumindest, woran wir sind.«

»Einen Versuch ist es wohl wert, auch wenn ich nicht glaube, dass Irene sich noch ernstlich für mich interessiert.«

Der DJ legte eine neue Scheibe auf, und eingängige Rhythmen gemixt mit harten Bässen hallten durch den großen Saal. Es war der perfekte Moment, die Tanzfläche unsicher zu machen. Andrea war keine herausragende Tänzerin, aber sie wusste sich zu bewegen. Sie ergriff die Hand ihres Partners und zog ihn hinter sich her, um ihn auf dem Parkett mit schwingenden Hüften zu betören.

Da sie die Einzigen auf dem Parkett waren, erregten sie viel Aufmerksamkeit. Und das spielte ihnen in die Hände.

»Können Sie Irene sehen?«, flüsterte er ihr ins Ohr und drehte sie in Irenes Richtung.

»Ja, sie schaut schon zu uns herüber.«

»Wie reagiert sie? Ist sie eifersüchtig?«

»Schwer zu sagen.«

Er zog sie enger an sich, schmiegte seinen Körper an ihren.

»Streicheln Sie mir über den Rücken oder übers Haar. Machen Sie irgendetwas«, forderte er sie ungeduldig auf.

Andrea tat es. Ihre Hand glitt über seine Schulter, hin zu seinem Haar.

»Wie reagiert sie?«

»Sie sieht verärgert aus.«

»Das ist gut. Machen Sie weiter!«

»Ich bin ja schon dabei. Was ist mit dem Doc?«

»Sie meinen den Schiffsarzt?«

»Ja, doch. Schaut der auch zu uns rüber?«

Ihr Tanzpartner war in der perfekten Stellung, um das herauszufinden.

»Ich glaube, ja. Jetzt steht er sogar auf. Er sieht ziemlich wütend aus, wenn Sie mich fragen.«

»Irene kommt auch zu uns herüber.«

»Ist das wahr?« Manuel drehte sie im Überschwang herum, so dass Andrea plötzlich Thomas Meinhardt auf sich zukommen sah, der tatsächlich nicht allzu glücklich dreinschaute, die Hände in die Seiten gestemmt hatte.

»Das klappt ja wirklich«, freute sich ihr Tanzpartner und löste sich von ihr.

»Viel Glück noch«, sagte sie. Aber da war Manuel längst außer Hörweite, und Thomas stand vor ihr.

»Kann ich dich mal sprechen?«, fragte er und nahm ungestüm ihre Hand, ohne ihre Antwort abzuwarten. Andrea nickte. Er war tatsächlich eifersüchtig geworden, das konnte sie in seinen funkelnden Augen sehen. Sie blickte sich noch einmal nach Manuel und Irene um, konnte die beiden aber nirgends mehr entdecken.

Thomas führte sie nach draußen in den Garten. Es war heiß, selbst um diese mitternächtliche Stunde. Nicht einmal ein laues Lüftchen wehte.

Überall hingen Lampions, erhellten die Szenerie. Das stete Rauschen der Wellen, die an den Sandstrand gespült wurden, war zu hören. Oder kam es von einem Wasserfall in der Nähe? In das Rauschen mischten sich

Lachen und Gemurmel. In dieser Nacht war es unmöglich, allein zu sein, überall waren Menschen, die feierten, die lachten und die sich einander hingaben.

»Was sollte das?«, fragte Thomas empört und blieb nun vor ihr stehen.

»Was meinst du?«, tat sie unschuldig, aber ein Grinsen konnte sie sich dennoch nicht verkneifen. Und er konnte es nicht übersehen. Aber das war ihr egal, sie war glücklich über seine Reaktion.

»Allmählich dämmert mir, was hier vor sich geht. Du hast mich absichtlich eifersüchtig gemacht«

Sie zuckte mit den Schultern. »Ich wollte nur einen harmlosen Flirt. So wie du auch hin und wieder.«

»Ich? Ich habe mit niemandem geflirtet. Wer erzählt denn solche Sachen?« Er runzelte die Stirn.

»Lena hat dich gesehen«, half sie ihm auf die Sprünge.

»Lena hat mich … gesehen?«

»Du hast eine andere Frau geküsst. Am Pool.« Der Gedanke daran schmerzte immer noch, und Andrea hoffte von Herzen, dass es sich um irgendeine Art von Missverständnis handelte.

»Am Pool?«, wiederholte er ungläubig. Dann lachte Thomas plötzlich schallend los. Er hielt sich den Bauch, klopfte sich auf den Oberschenkel und hörte gar nicht mehr auf zu lachen.

»Lachst du mich aus?«, fragte sie erbost.

»Nein, gar nicht. Das … was Lena gesehen hat … ist eigentlich nicht zum Lachen.«

»Das meine ich wohl auch!«

»Aber das Missverständnis … das hat es in sich …

sie hat doch nur gesehen, wie ich eine Mund-zu-Mund-Beatmung durchgeführt habe.«

Jetzt war Andrea ganz erschrocken. »Ist jemand ohnmächtig geworden?«

»Nein, nein. Es war ein Lehrgang, eine Art Auffrischung für mein Team zum Thema Erste Hilfe. Die Frau, die ich ›küsste‹, war nur eine Assistentin. Es war ganz harmlos. Ehrlich.«

Aber wie hatte Lena sich nur so täuschen können? Es war doch ein Unterschied, ob jemand geküsst oder beatmet wurde. Vielleicht war die Freundin selbst mit einem ihrer Liebhaber beschäftigt gewesen und hatte nicht so genau hingesehen?

Ein zentnerschwerer Stein fiel Andrea vom Herzen. Mit dieser Auflösung gab sie sich zufrieden.

Thomas streichelte ihre Wange, blickte ihr tief in die Augen. »Deswegen also dieser Tanz? Du wolltest dich an mir rächen?«

»Nein … ich wollte nur herausfinden, ob … ich dir was bedeute … oder eben nur eine Urlaubsliebelei bin.«

»Du bist viel mehr als das«, sagte er völlig ernst und küsste sie dann innig. »Ich möchte mit dir zusammen sein, Andrea. Für immer«, gestand er, als er den Kuss beendet hatte, und sie spürte, wie ihre Knie ganz weich wurden.

Dann ergriff er ihre Hand. »Komm mit mir«, bat Thomas und zog sie hinter sich her.

»Was hast du vor?«, wunderte sie sich, folgte ihm aber.

»Ich will dir beweisen, dass es mir ernst mit dir ist.«

Er führte sie hinter ein Gebüsch, blickte sich sorgsam um. »Hier sind wir allein«, stellte er erfreut fest und kniete sich vor sie hin.

Andrea erschrak, als er ihr mit einem Ruck den Rock herunterzog. Aber es gefiel ihr auch. Leidenschaft sprühte aus seinen Augen, weckte dieses süße Prickeln in ihr, das nur schwer zu kontrollieren war.

»Darf ich?«, fragte er nun höflich und deutete auf ihren Slip.

Sie nickte. Ihre Kehle war vor lauter Aufregung ganz trocken.

»Ich weiß, es klingt wie aus einem Liebesfilm. Aber ich habe mich auf den ersten Blick in dich verliebt«, gab er zu und zog ihr vorsichtig das Höschen herunter. Der kühle Abendwind strich über ihre Schenkel. Seine Worte ließen ihr Herz schneller schlagen.

»So etwas ist mir nie zuvor passiert«, fuhr er fort und küsste ihre Scham. Sein Kuss war heiß und elektrisierend. Andrea schnappte nach Luft. Dann zog er etwas aus seiner Jackentasche.

»Und als ich das hier gesehen habe, musste ich sofort an dich denken. Mach die Augen zu«, bat er.

Sie gehorchte, war neugierig, was er ihr mitgebracht hatte.

Da tauchte etwas Kühles zwischen ihre Schamlippen, teilte sie und fand ihre Klit, die er mit dem Gegenstand reizte, bis sie glühte.

Ein heißkalter Schauer jagte über Andreas Rücken. Dann jedoch führte er den Gegenstand zu ihrer Enge, drückte ihn sacht hinein. Sie merkte, wie sie sich weitete und etwas in ihr verschwand. Es war rund und vibrierte in ihr. Liebeskugeln. Der ersten Kugel folgte eine zweite.

Andrea wusste kaum, wie ihr geschah. Ihr Herz raste, ihr Atem ging schneller, und ihr Körper reagierte empfindlicher als sonst auf jede noch so kleine Berührung. Sie hielt sich an dem Strauch fest, um nicht das Gleichgewicht zu verlieren. Die Kugeln schlugen in ihr aneinander, vibrierten, lösten süße Gefühle in ihr aus.

»Lass mich … doch auch … etwas für dich tun …«, bat sie, aber Thomas ging nicht darauf ein. Er streichelte ihre Scham, bewegte dadurch die Kugeln in ihr, was ihre Sinne schwinden ließ.

Andrea stöhnte, keuchte. Seine Hände strichen über ihre Schenkel, streichelten ihren Po. Und dann glitt ein Finger plötzlich in sie, schob die Kugeln noch tiefer in sie hinein. In ihrer Scham pulsierte es ohne Unterlass, und Thomas heizte sie an, indem er seinen Finger auch noch in ihr bewegte. Die Kugeln klackten leise.

Schweiß rann ihr über die Schläfen, ein Schauer nach dem anderen lief über ihren Körper. Plötzlich schob sich noch ein zweiter Finger in sie, was Andrea endgültig um den Verstand brachte. Er füllte sie nun vollständig aus. Andrea schrie vor Lust auf, wimmerte, seufzte vor Glück. Etwas in ihr krampfte, zog sich zusammen, nur um dann mit aller Kraft aus ihr herauszuströmen, eine Gewalt zu entfachen, wie sie Andrea niemals für möglich gehalten hätte. Der Höhepunkt war so gewaltig, dass sie sich kaum auf den Beinen halten konnte. Es zuckte in ihr, ihr Körper bebte vor schierer Lust.

Andrea sank auf die Knie und blickte dann zu Thomas auf, der sie liebevoll anlächelte, als wollte er sagen: Brauchst du noch einen Beweis?

Den brauchte sie ganz sicher nicht. So wunderbare Gefühle hatte ihr noch kein Mann geschenkt. Er half ihr, die Kugeln zu entfernen, und zog sie dann zu sich hoch in seine Arme.

Sie war auf die *Sea Love* gekommen, um ihr Glück zu suchen – und sie hatte es gefunden. Sie sank in seine Arme, genoss seine Nähe, die starke Anziehungskraft, die sie an ihn band, und schloss die Augen, spürte den Geschmack seiner Begierde auf ihren Lippen.

Carolin wäre am liebsten auf ihrem Zimmer geblieben, doch als Crewmitglied erwartete man von ihr, dass sie sich auch auf der Party zeigte, den Gästen mit Rat und Tat zur Seite stand. Sie fühlte sich in ihrer Uniform wie ein Fremdkörper, während sie durch den Saal ging. Im Ballsaal trugen die Gäste zumindest noch Kleidung, blickte man jedoch aus einem der zahlreichen Fenster, bot sich einem ein gänzlich anderes Bild.

Nackte Männer und Frauen gaben sich lustvoll einander in freier Natur hin, saßen an Lagerfeuern oder am Strand, liebten sich unter dem Sternenzelt.

»Wollen wir nicht einen Spaziergang machen?«, fragte Leonard Wagenstein sie, der wie aus dem Nichts neben ihr aufgetaucht war. Er kam ihr vor wie ein Schatten, der ihr unbemerkt folgte, den sie immer erst dann wahrnahm, wenn er sie ansprach.

»Nein, danke. Geh ruhig allein, ich halte hier drin die Stellung.«

»Dann bleibe ich auch hier. Hast du schon den Wein gekostet?«

Sie lachte und schüttelte den Kopf. »Ich bin im Dienst.«

»Niemand ist heute Abend im Dienst. Siehst du noch jemanden, der seine Uniform trägt?«

Zumindest im großen Saal war das nicht der Fall. Die Männer und Frauen, die unter dem schillernden Kronleuchter tanzten, waren äußerst leger gekleidet. Manche regelrecht freizügig.

»Du bist einfach verklemmt. Nimm dir ein Glas, und du taust auf, versprochen.« Er grinste sie unverschämt an, und ihr schlug eine leichte Fahne entgegen. Leonard hatte gewiss in mehr als nur ein Glas zu tief geschaut.

»Lass mich doch einfach in Ruhe, ja?« Der Abend war so schon belastend genug. Ihr fehlte Josh. Das Brennen in ihrer Brust war kaum zu ertragen. Sie konnte nicht verstehen, warum er sich ihr gegenüber so grausam verhielt. Was hatte sie nur falsch gemacht? Sie blickte sich nach ihm um, aber er war nicht hier. War er überhaupt mit an Land gekommen? Es musste wohl so sein, die Crew hatte niemanden an Bord zurückgelassen.

»Du hast wohl nie gute Laune?«

Sie wollte etwas Schlagfertiges erwidern, aber da gingen plötzlich die Lichter im Saal aus, nur ein einziger Spot richtete sich auf die elegante Wendeltreppe, an deren oberem Ende ein Mann im Schatten stand. Der

DJ legte eine andere Scheibe auf, und der Mann kam die Treppe im Takt der Musik herunter. Er war sehr schlank, dennoch athletisch, trug eine schimmernde Augenmaske. Etwas an seinen Bewegungen kam Carolin vertraut vor. Sie waren elegant und doch bestimmt.

»Das ist Osburne«, sagte Leonard und schnappte sich ein Weinglas von einem der vorbeieilenden Kellner.

»Osburne?« Er war hier? Nun ja, es war auch seine Party. Sie hätte dennoch nicht erwartet, dass sich der Multimillionär zu den einfachen Leuten gesellte, mit ihnen feierte.

»Ein Partylöwe durch und durch. Sympathisch, der Mann.« Leonard trank sein Glas in einem Zug leer.

»Guten Abend, verehrte Damen und Herren. Ich begrüße Sie auf Passionata. Der Name dieser Insel ist Programm. Ich hoffe, dass Sie hier ein paar unvergessliche Stunden verbringen können, und lade Sie herzlich ein, auch in der nächsten Saison wieder mit *Sea Tours* zu reisen.« Der Lichtkegel folgte Osburne, während er seine Gäste begrüßte. Was für ein Auftritt! Der Kerl war vermutlich selbstverliebter als Leonard und Manfred Fiedler zusammen, musste sich vor aller Augen groß in Szene setzen. Gleich einem König, der dem Fußvolk gnädig zuwinkte. Völlig abgehoben. Carolin wollte gehen und ihn seine Show abziehen lassen, aber in dem Moment nahm er die Maske ab und sie erkannte die markanten Züge wieder.

»Das … ist nicht Erik Osburne.« Das war Josh Sullivan!

»Aber sicher ist er das. Ich fahre schon länger auf der *Sea Love*, ich kenne den Mann.«

Sie schüttelte den Kopf. »Das ist einer unserer Passagiere.«

»Das hat er dir vielleicht erzählt, Süße. Osburne reist oft inkognito.«

Sie konnte es nicht glauben. Dieser eigenartige, surreale Auftritt fühlte sich wie ein Alptraum an. Josh war Osburne? Der Inhaber von *Sea Tours*? Die Menschen sammelten sich um ihn, prosteten ihm zu, tranken auf sein Wohl. Und er ergötzte sich augenscheinlich an der Aufmerksamkeit und dem Rummel um seine Person. Weshalb hatte er ihr nicht von Anfang an gesagt, wer er war, wenn er das Bad in der Menge doch so liebte?

Natürlich! Wie hatte sie nur so blind sein können! Auf einmal ergab alles einen Sinn. Josh hatte ihr nichts gesagt, weil sie für ihn nur eine kleine Affäre war. Deswegen hatte er sich auch auf so herzlose Weise von ihr losgesagt. Weil sie ihm nichts bedeutete. Sie war eine von vielen. Was wollte ein Millionär auch mit einem einfachen Mädchen? Natürlich war sie nur ein Zeitvertreib für ihn. Sie fühlte sich so unendlich dumm, weil sie auf seine Spiele hereingefallen, ihm verfallen war. Sogar jetzt noch.

»Ich muss gehen«, sagte sie.

»Wohin denn?«, rief Leonard ihr nach.

Sie wollte einfach raus, raus aus dieser Protzvilla, weg von ihm! Denn das Schlimmste war, dass sie diesen Mistkerl immer noch liebte. Oder viel mehr den einfachen Josh Sullivan, der charmant und ein wenig verrückt, aber sehr liebenswert war.

Mit Osburne aber wollte sie nichts zu tun haben. Diesen Widerspruch musste sie erst mal verarbeiten.

Carolin rannte aus der Villa, immer weiter, tiefer hinein in den Kiefernwald. Doch sie war nirgends ungestört, überall waren Menschen. Sie stöhnten und keuchten, sie seufzten vor Lust und Verlangen. Irgendwann merkte sie, dass sie im Kreis gelaufen war. Eine Flucht von der Insel, vor Osburne, war nicht möglich. Sie konnte nur aufgeben. Carolin ließ sich erschöpft auf einem kleinen Felsen am Strand nieder und blickte auf das Meer hinaus. Die Wellen rollten sanft zu ihr herüber, hinterließen Spuren aus Schaum im Sand.

Wieso hatte er ihr das angetan? Womit hatte sie es verdient, nach der Pleite mit Daniel noch einmal an einen Mann zu geraten, der sie so verletzen würde. Sie hatte sich doch fest vorgenommen, dass ihr dies kein zweites Mal passierte. Erneut hatte sie ihr Herz verschenkt, und erneut war es ihr gebrochen worden.

Josh hatte Carolin die ganze Zeit über im Blick behalten, während er die Treppe heruntergeschritten war. Er hatte sehen wollen, wie sie auf die Offenbarung reagierte, auf eine Reaktion gehofft, die ihr falsches Spiel verriet. Doch stattdessen hatte er Entsetzen in ihren Augen gesehen. Sie war geflohen. Vor ihm. Er würde ihren schmerzverzerrten Blick, der ihn erschütterte und gleichermaßen aufatmen ließ, nie vergessen. Sie hatte nicht gewusst, wer er tatsächlich war, steckte also nicht mit dem Erpresser unter einer Decke. Er hatte ihr unrecht getan, und sein Herz brannte, als ihm klar wurde, was das bedeutete. Josh wollte ihr nacheilen, aber der Saal war voll und alle wollten ihn sprechen, ihm zuprosten, ihm für das gelungene Fest und die aufregende Fahrt danken.

»Kommen Sie zu uns, Erik, wir müssen unbedingt anstoßen«, sagte Kapitän Dorian Zeissner und winkte ihn zu sich.

Die meisten Gäste hätte er wohl vertrösten können, aber dem Kapitän ein Gespräch zu verweigern ging natürlich nicht. Bei ihm stand die hinreißende Brigit Susette La Norma. Sie reichte ihm ein Glas.

»Vielen Dank.«

»Nichts zu danken, Mr Osburne. Ganz im Gegenteil, wir müssen Ihnen danken. Sie haben das alles hier erst möglich gemacht. Es war eine aufregende Fahrt und ein wunderbarer Zeitvertreib«, sagte die Sängerin mit ihrem charmanten Akzent.

»Es freut mich, das zu hören.« Unruhig trat er von einem Fuß auf den anderen. Er musste dringend zu Carolin, mit ihr reden, ihr alles erklären. Er hatte sich einfach scheußlich benommen. Hoffentlich würde sie seine Beweggründe verstehen, ihm verzeihen. Wenn sie ihn zurückwies, würde er das nicht ertragen.

»Ich hoffe auf viele weitere Jahre mit der *Sea Love* und Ihren imposanten Festen auf Passionata«, sagte Zeissner und hob sein Glas. »Auf eine strahlende Zukunft!«

»Ja, auf die Zukunft«, gab er zurück und stieß mit dem Kapitän und der hübschen Sängerin an. Doch immer wieder schaute er sich nervös um, ob Carolin zurückgekommen war, aber sie war nirgends zu sehen. Er hatte sich wie ein Narr verhalten. War in seinem

Misstrauen aufgegangen. Damit hatte er ihre Liebe aufs Spiel gesetzt. Vielleicht die einzige, echte Liebe, die er je erfahren würde.

Wenn er nur daran dachte, wie sie sich gefühlt haben musste, nachdem er sie einfach fortgeschickt hatte, blutete ihm das Herz. Er musste die Sache schnell aufklären!

»Entschuldigen Sie mich bitte«, sagte er hastig und stellte das Glas auf dem Tablett eines Kellners ab, der ihnen gerade ein paar Häppchen anbieten wollte.

»Nicht doch, nicht doch, Mr Osburne. Ich wollte Ihnen auch noch etwas mitteilen«, sagte Brigit Susette La Norma und hielt ihn am Arm zurück.

»Ich … bin gerade sehr … in Eile.«

»Es ist aber eine wichtige Angelegenheit, die keinen Aufschub duldet. Sie werden für Ihren Star ein paar Minuten erübrigen können.« Sie lächelte gewinnend.

»Also schön.« Er blieb stehen, doch sein Herz raste ohne Unterlass.

»Ich habe mir das noch einmal durch den Kopf gehen lassen«, fuhr sie fort.

Josh hatte keine Ahnung, wovon sie sprach, doch er fragte besser nicht nach, bevor sie noch weit ausholte und sich das Gespräch unnötig in die Länge zog.

»Ich habe die *Sea Love* sehr lieben gelernt. Und auch wenn es mir nicht leichtfällt, so trete ich doch mit voller Überzeugung von dem Angebot, das mir *Smith & Trone* gemacht haben, zurück, um weiterhin als Unterhaltungskünstlerin bei Ihnen tätig zu sein.«

Sie hatte aufhören wollen? Das hatte er in der ganzen Hektik nicht mitbekommen. Wahrscheinlich war die

Kündigung in seinem Büro in New York eingegangen. Da er die letzten Tage auf der *Sea Love* verbracht hatte, war er natürlich nicht auf dem neuesten Stand. Aber das alles zu erklären hätte zu lange gedauert.

»Sehen Sie, das ist mir erst jetzt klar geworden, fast zu spät, aber ich liebe dieses Schiff wirklich sehr«, fügte sie hinzu und hakte sich dabei bei Zeissner ein, blickte ihn an, als spräche sie in diesem Moment gar nicht von der *Sea Love*, sondern deren Kapitän. Dessen Augen weiteten sich, und er lächelte wie ein Schwerverliebter. Da dämmerte Josh, was diese Blicke zu bedeuten hatten. Und was tatsächlich der Grund für Brigits Meinungsänderung war. Josh lachte leise. Er gönnte ihnen das Glück von Herzen. Aber er hatte wirklich nicht die Zeit, sich länger mit ihnen zu freuen. Er musste seine eigene Liebe retten, wenn es dafür nicht schon zu spät war.

»Ich muss leider weiter, entschuldigen Sie mich bitte.«

»Aber Sie haben ja noch gar nichts zu dieser Angelegenheit gesagt.«

Er blieb abermals Brigit zuliebe stehen. »Sie sind immer auf meinen Schiffen willkommen. Ich freue mich, dass Sie uns treu bleiben, und natürlich wird Ihr Vertrag auch für die nächste Saison verlängert«, versicherte er ihr.

»*Merci beaucoup*, Sie werden es nicht bereuen.«

Er hob die Hand und eilte los. An der großen Flügeltür angekommen, drehte er sich noch einmal zu den beiden um. Brigit lag in Zeissners Armen, und sie küssten sich leidenschaftlich. Dieser Anblick weckte brennende Sehnsucht in ihm. Er musste Carolin finden, sie um Vergebung bitten. Hoffentlich würde sie ihm verzeihen …

»Ich wusste doch, dass du auf mich warten würdest.«

Carolin fuhr erschrocken herum. Es war merkwürdig still geworden. Aber das merkte sie erst jetzt, da Leonard wie ein Geist hinter ihr aufgetaucht war. Die Partygäste waren weitergezogen, der Strand wirkte wie ausgestorben. Nur Wasser rauschte, spielte eine ferne Melodie.

Sie sah, das Leonard ein wenig torkelte.

»Wieso tauchst du immer im falschen Moment auf?« Sie wollte allein sein, sich nicht mit dieser Klette herumärgern.

»Sei nicht so hart zu mir, Eisprinzessin.« Seine Hand legte sich auf ihre Schulter.

»Was soll das?« Sie fuhr hoch, doch er lachte nur.

»Du siehst hübsch aus, wenn du wütend bist.« Was für ein abgedroschener Spruch! Leonard war nicht Herr seiner Sinne. Zum Glück waren seine Reflexe verlangsamt, und als er um ihren Felsen herumlief, drohte er sogar zu stürzen. Eine Gefahr stellte er für sie nicht dar. Sie war in Selbstverteidigung ausgebildet, wusste sich zu wehren.

»Hier sind wir ungestört … niemand … wird es erfahren … ich schweige … wie ein Grab«, sagte er verschwörerisch.

»Was erfahren?«

»Das mit uns. Auch dein Erik nicht.«

Allmählich strapazierte er ihre Nerven. Sie sprang von dem Stein herunter und lief am Wasser entlang. Leonard folgte ihr.

»Warte! Oder willst du, dass Veronika die Fotos sieht?«

Wovon sprach Leonard? Wer war Veronika? Sie verstand kein einziges Wort. Carolin drehte sich zu ihm um und erschrak, er hatte sie fast eingeholt.

»Die Fotos. Von Erik und dir.«

»Ich kann dir nicht ganz folgen.«

»Ich habe Veronika in der letzten Saison kennengelernt. Sie hat mich gebeten, ein Auge auf deinen Erik zu haben. Und … was soll ich sagen, jetzt habe ich ihn in der Hand.«

»Er ist nicht mein Erik.«

»Die Fotos sagen aber etwas anderes.«

»Von welchen Fotos sprichst du denn?«

Er grinste überheblich. »Dieser Möchtegernfotograf hat sie mir auf dem Silbertablett serviert. Dieser Narr hat seinen Fotoapparat in der Lounge liegen lassen. Pflichtbewusst … wie ich bin, wollte ich ihn in den Tresor schließen, aber zuvor habe ich noch einen Blick auf die Bilder geworfen. Da entdeckte ich das Foto von Mr Osburne und dir. Ich musste mir nur eine Kopie auf mein Netbook ziehen. Mehr brauchte es gar nicht.«

Das musste vor der Poolkatastrophe gewesen sein. Hatte Josh … Erik …, wie auch immer er hieß, also doch absichtlich die Kamera ins Wasser befördert, um Beweise zu vernichten? Aber was waren das schon für Beweise? Es handelte sich doch nur um einen harmlosen Kuss.

Leonard legte den Arm um sie. »Vielleicht verschone ich Erik, wenn du dir ein bisschen Mühe mit mir gibst.«

Das war ziemlich deutlich. »Du hast zu tief ins Glas geschaut und weißt nicht, was du redest.«

Sie stieß ihn zurück, und er fiel rücklings zu Boden. Mühselig und doch mit steigender Wut rappelte er sich wieder hoch. Zorn blitzte in seinen Augen. »Das war nicht nett, Carolin. Es war auch nicht nett von dir, mich immer wieder abzuweisen.«

Sie erkannte ihren Kollegen nicht wieder. In dem seltsamen Zustand zwischen Trunkenheit und Wahn machte er ihr Angst. Sie wich zurück, aber er kam ihr nach, ließ nicht von ihr ab. Folgte ihr wie der Jäger seiner Beute.

»Du glaubst, weil du einen Männerjob hast, kannst du dir alles erlauben?« Er schloss abermals zu ihr auf. »Dann musst du auch einstecken können wie ein Kerl.«

Carolin legte einen Schritt zu, doch als sie sich nach ihm umblickte, stolperte sie, verlor das Gleichgewicht und stürzte in den Sand.

Leonard war schnell bei ihr, ragte triumphierend über ihr auf, wollte gerade ausholen, als ihn plötzlich, wie aus dem Nichts, etwas zur Seite riss.

Carolin blieb vor Schreck fast das Herz stehen, als sie Josh erkannte, der Leonard spielend zu Boden drückte. Der schrie und strampelte, schlug wie von Sinnen um sich. Doch egal, was er tat, Josh behielt die Kontrolle. Von irgendwoher kamen zwei Bodyguards angerannt, die Josh hochhalfen und Leonard festhielten. Ihn dann fortschafften.

Josh aber eilte zu ihr hin und half ihr auf. »Alles in Ordnung?«, fragte er besorgt und schaute ihr tief in die Augen.

Da sah sie plötzlich wieder dieses Funkeln, das Begehren, das sie so vermisst hatte.

»Ich denke schon. Wo kommst du denn so plötzlich her?«

»Ich habe dich gesucht«, sagte er, und es waren die schönsten Worte, die Carolin seit langem gehört hatte. »Komm, ich bringe dich ins Haus.«

Er legte den Arm um sie und brachte sie zur Villa zurück. Carolin war froh, dass er sie endlich wieder bemerkte, mit ihr sprach, sie als begehrenswerte Frau ansah. Aufgeregt erzählte sie ihm von Leonards Plänen, ihn zu erpressen, doch er schien bereits informiert. »Die Polizei in New York wird ihm einen herzlichen Empfang bereiten. Dafür werde ich sorgen.«

Weiche Kissen schmiegten sich wohltuend an Carolins Rücken. Sie seufzte leise, blickte zur Decke, die mit Stuck verziert war. Erik Osburnes Schlafzimmer glich dem Gemach eines Prinzen. Das allein war surreal genug. Noch surrealer waren die sanften Rhythmen, die durch die riesigen Fenster von draußen zu ihr heraufschallten. Die Party war noch nicht vorbei. Alle amüsierten sich, niemand ahnte, was heute Nacht geschehen war. Fast so als hätte das alles gar nicht stattgefunden. Einen Augenblick lang lauschte sie den Lauten der Lust, und plötzlich fand sie diese lüsterne

Melodie sehr anregend. Carolin wollte sich nicht länger verschließen. Ohne das Lustschiff, den besonderen Service an Bord und die verrückte Crew hätte sie Josh nie kennengelernt.

Josh blickte sie an. Er hätte am bunten Treiben am Strand teilnehmen, sich ins Partyleben stürzen können, doch er war bei ihr geblieben, saß neben ihr auf einem Hocker und hielt ihre Hand. Er wirkte nachdenklich. Tiefe Furchen hatten sich auf seiner Stirn gebildet. Carolin musterte ihn genau, versuchte hinter dem teuren Anzug und dem professionellen Styling Josh wiederzuerkennen. Ihren Josh, der eigentlich Erik Osburne war. Diesen Umstand musste sie erst einmal verdauen.

»Ich muss mich bei dir entschuldigen und dir einiges erklären«, setzte er an.

Carolin hörte ihm aufmerksam zu, ihr Blick hing an seinen Lippen, verfolgte jedes Zucken seiner Mundwinkel.

»Wieso hast du mir nicht gesagt, wer du wirklich bist?«, fragte sie, bevor er noch etwas sagen konnte. Was war der Grund dafür gewesen, sie anzulügen, ihr etwas vorzumachen?

»Ich reise gern inkognito. Mein Leben ist dann einfacher. Ich fühle mich freier, kann durchatmen.«

Sie konnte das nachvollziehen. Es musste schrecklich sein, wenn man aufgrund seines Status immer von falschen Freunden umgeben war, niemals wusste, wer es ehrlich mit einem meinte.

»Außerdem hast du deutlich gemacht, dass du Erik Osburne nicht sonderlich leiden kannst. Und das hätte meine Chancen bei dir gemindert.«

Sie lachte. »Wenn ich gewusst hätte, wie sympathisch dieser Erik Osburne ist, dann hätte ich meine Meinung schnell geändert.«

»Wahrscheinlich hättest du das. Doch es gab noch einen Grund, weshalb ich vorsichtig sein musste. Meine Frau ... ich meine, meine Noch-Frau will eine Schlammschlacht austragen. Eine außereheliche Affäre wird gegen mich verwendet.«

Erik Osburne war verheiratet, und Carolin hatte die Rolle einer Geliebten eingenommen. Das fühlte sich nicht unbedingt gut an, aber Josh versicherte ihr, dass die Liebe zwischen ihm und Veronika in die Brüche gegangen war, lange bevor sie sich begegnet waren. Jetzt verstand sie endlich, was Leonard gegen Josh in der Hand gehabt hatte.

Er senkte den Blick. »Vorübergehend hatte ich auch dich im Verdacht, mit diesem Fotografen gemeinsame Sache zu machen.«

»Was?« Das konnte sie nicht glauben. Das war doch völlig absurd!

»Ich dachte, du wüsstest von meiner Identität und würdest dich mir nur deshalb an den Hals werfen, damit er die kompromittierenden Fotos schießen und Veronika zuspielen kann. Offenbar waren sowohl du als auch der Fotograf unschuldig, und Leonard steckte hinter allem.«

»Du hättest doch wissen müssen, dass ich so etwas niemals tun würde.«

»Ich weiß, es war dumm von mir. Es tut mir auch leid.« Er zeigte ehrliche Reue und erzählte ihr von dem Erlebnis, das ihn im Leben am meisten verletzt hatte und noch heute sein Handeln beeinflusste. Der Verrat seines besten Freundes Cody. Und nachdem sie diese Geschichte erfahren hatte, konnte sie ihm nicht mehr böse sein. Viele Menschen hatten mit ihm ein falsches Spiel getrieben, und er hatte begonnen, anderen zu misstrauen, und dabei verlernt, Freund und Feind zu unterscheiden. Aber, und das war das Wichtigste, er vertraute ihr jetzt. Und er hatte sie vor Leonard gerettet.

»Kannst du mir noch einmal verzeihen?«

Sie nickte ernst. »Natürlich. Aber eins muss ich dennoch wissen.«

»Alles, was du willst.«

»Wie soll ich dich von jetzt an nennen? Erik oder Josh?«

Er lachte leise. »Ich wurde immer Josh genannt. Das ist mein zweiter Vorname.«

»Josh gefällt mir gut«, gab sie zu, obgleich sie auch Erik mochte. Genau genommen mochte sie alles an diesem Mann. Seine strahlenden Augen, sein charmantes Lächeln, seinen athletischen Körper. Die Art, wie er sie ansah, wie er mit der Zunge seine Unterlippe leicht befeuchtete oder sich durch das Haar fuhr. Sie glaubte, ihn ewig ansehen zu können, ohne dass es ihr dabei jemals langweilig würde.

Die sanften Rhythmen verwandelten sich in harte Bässe. Das Gelächter und Gemurmel der Gäste drang zu ihnen herauf.

»Du verpasst die Party«, erinnerte sie ihn leise.

»Ich habe solche Partys schon oft gefeiert, aber jetzt möchte ich lieber bei dir sein. Wenn du es mir erlaubst.«

Sie lächelte. Natürlich erlaubte sie das. Er näherte sich ihren Lippen und verschloss ihren Mund mit dem seinen. Carolin ließ seine Zunge ein, genoss seinen herb sinnlichen Geschmack und sog diesen unwiderstehlichen Moschusduft tief ein. Dieser Geruch war erregend und erweckte lustvolle Gefühle in ihr.

»Du bist noch geschwächt«, sagte er mit belegter Stimme.

»Mir geht es gut«, versicherte sie. Sie brauchte jetzt keine Ruhe, sie brauchte ihn! Und Josh verstand, legte sich auf sie, wärmte sie mit seinem Körper, so dass sie seinen erigierten Schwanz spürte, der gegen den Stoff drückte, sich ihr entgegenschob. Das machte sie so nervös, dass sie ihren Gürtel nicht aufbekam.

Zitternd versuchte sie ihn zu lösen, doch erst beim dritten Versuch gelang es ihr. Rasch streifte sie die Uniformhose ab, und Josh glitt an ihrem Körper herab, küsste ihren Venushügel und versank mit seinen Lippen in ihrer Scham.

Erinnerungen an ihr erstes gemeinsames Mal kamen ihr auf. Er hatte sie so wundervoll geleckt, sie mit der Zunge auf unerträglich sinnliche Weise verwöhnt und dadurch Gefühle in ihr geweckt, die sie längst totgeglaubt hatte.

Seine Zunge fuhr über den Spalt ihrer kleinen Schamlippen, spielte an ihrem Damm und drang schließlich in sie ein und leckte sie. Ausgiebig und zärtlich.

Das Prickeln in ihrem Unterleib wurde heftiger. Ein Stöhnen entwich ihrer Kehle. Sie biss sich auf die Unterlippe, bewegte ihr Becken im Rhythmus seiner Zunge, reckte sich ihm entgegen.

Seine Hände streichelten die Innenseiten ihrer Schenkel, Schauer jagten ihr durch den Körper. Sie hätte sich in diesem Moment verlieren können, aber in dem Augenblick hob er plötzlich den Kopf und sah sie direkt an. »Bleib für immer bei mir«, flüsterte er.

»Was?« Hatte sie sich verhört? Ihr Herz klopfte vor Aufregung immer schneller.

»Bleib bei mir. Für immer.« Das klang wundervoll, dennoch war sie sich nicht sicher, ob er es ernst meinte. Ob er sich der Tragweite dieser Frage bewusst war.

»Du weißt, dass du mir versprochen hast, mir nicht wehzutun«, erinnerte sie ihn. »Ich habe nämlich auch eine Geschichte.« Irgendwann würde sie ihm diese erzählen.

»Das werde ich auch nicht«, versprach er.

»Und deine Noch-Frau?«

»Ich werde Veronika eine Abfindung zahlen, damit komme ich ihr entgegen. Sie wird darauf eingehen, ich kenne sie gut. Das ist besser, als mit leeren Händen dazustehen. Danach bin ich wieder frei.« Sein Lächeln wurde breiter, strahlender. »Frei für dich. Ich möchte dir New York zeigen. Saint Tropez. Die ganze Welt.«

»Du bist verrückt.«

»Ich weiß.«

Sie streckte die Arme nach ihm aus, und er legte sich abermals auf sie, küsste sie innig. Sie hielt ihn fest, strich über sein edles Hemd, erspürte die heiße Haut darunter, sog seinen aromatischen Duft ein.

Und noch etwas spürte Carolin in diesem Moment. Josh hatte sich seiner Hose entledigt und nun rieb sich sein heißes Glied an ihrer Scham, suchte nach dem

Weg zu ihr. Sie spürte das Pulsieren in seinem Penis. Instinktiv öffnete sie die Beine, um ihn einzuladen.

»Was sagst du?«, fragte er. »Willst du uns eine Chance geben?«

Sie lächelte. »Natürlich. Ich liebe dich.«

Er drang in sie, sein Unterleib zitterte, bebte genau wie der ihre. Es war der schönste Moment in ihrem Leben.

Gleißendes Licht sprengte den Nachthimmel, tauchte das Zimmer von Erik Osburne in bunte Farben. Das begleitende Pfeifen und Zischen hörte sie kaum, weil sich all ihre Sinne auf ihn konzentrierten. Ein phantastisches Feuerwerk stieg über Passionata auf, erhellte die kleine Insel, als wollte es die Welt auf diesen sinnlichen Ort aufmerksam machen.

Josh hielt sie fest und küsste sie innig. Dann überließen sie sich dem Gipfel vollkommenster Lust.